삼개주막
기담회4

삼개주막
기담회4

2쇄 발행 2023년 10월 12일

지은이 오윤희
펴낸이 배선아
편 집 박미애
펴낸곳 고즈넉이엔티

출판등록 2017년 3월 13일 제2022-000078호
주 소 서울특별시 마포구 성지1길 35, 4층
대표전화 02-6269-8166 **팩스** 02-6166-9199
이 메 일 gozknockent@gozknock.com
홈페이지 www.gozknock.com
블 로 그 blog.naver.com/gozknock
페이스북 www.facebook.com/gozknock
인스타그램 www.instagram.com/gozknock

ⓒ 오윤희, 2023
ISBN 979-11-6316-394-7 03810

표지/내지이미지 Designed by Getty Images Bank, Freepik

삼개주막 기담회 4

오윤희 기담소설

고즈넉
이엔티

한때 어두운 마음에 홀려 홀로 길을 헤맸던 소년은
이제 한층 성숙하고 성장한 모습으로
다시 자신의 출발점을 향해 돌아가려 하고 있었다.

차
례

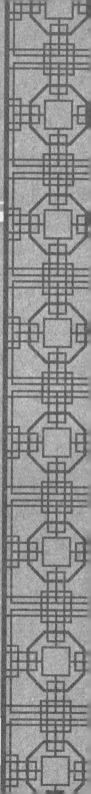

또 다른 모험의 시작

하늘엔 잿빛 구름이 잔뜩 끼어 있었다. 습기를 한가득 머금은 먹구름에선 금방이라도 비가 후드득 떨어져 내릴 것만 같았다. 길을 지나는 행인들은 불안하게 하늘을 올려다보며 부지런히 잰걸음을 놓았다.

선노미는 종종걸음으로 지나는 사람들을 멀거니 쳐다보았다. 얼마 전까지는 자신에게도 돌아갈 곳이 있었다. 하지만 지금 선노미에겐 가야 할 곳도, 갈 수 있는 곳도 없다. 당장 폭우가 쏟아진다 해도 어디 처마 밑에 들어가 비 긋기를 기다리는 게 고작일 것이다.

"하아……."

선노미 입에서 한숨이 새 나왔다. 불과 한 달 전만 해도 이런 신세가 될 줄은 몰랐다. 그때는 그리운 가족들 품으로 돌아가 이야기꽃을 피우게 될 줄 알았는데. 이렇게 낯선 곳을 헤매며 하루하루 끼니와 잘 곳을 걱정하게 될 줄이야.

한양 삼개나루 인근 주막집에서 주모인 어머니를 도와 잡일을 하던 열다섯 살 소년 선노미의 인생행로가 묘하게 틀어진 건 어느 괴짜 선비를 만나고부터였다.

한번 보고 들은 일은 토씨 하나 안 빼고 기억할 수 있는 능력을 지닌 선노미는 주막에서 보고 들은 기이한 이야기를 모조리 기억했다가 동무에게 들려주곤 했다. 자주 주막에 들렀던 연암(燕巖)이라는 선비가 이를 눈여겨보고 선노미를 자신의 친목 모임에 초청해 본격적으로 기담회를 열었다.

그러던 중 청나라 황제의 생일을 축하하는 조선인 사행단에 합류하게 된 연암은 선노미에게 놀라운 제안을 했다. 자신의 시종 자격으로 함께 청나라에 다녀오자고. 대륙을 오가는 길에 기이한 이야기를 잔뜩 수집해 오자고. 기억력이 좋은 데다 언문까지 깨친 선노미가 그 역할엔 제격이라면서.

처음엔 망설이던 선노미도 어머니의 격려가 더해져 결국 연암을 따라나섰다. 청나라까지 가는 길은 고달프고 험했지만, 이제껏 보지도 듣지도 못했던 놀라운 일들이 가득했다. 그만큼 선노미의 세상 보는 눈도 넓어지는 것 같았다. 하지만 여행 마지막에 다다랐을 때 생각지도 못한 사건에 휘말린 선노미는 청나라에서 자신과 연암을 지키기 위해 한 사내를 죽이고 말았다.

어쩔 수 없는 일이었다고는 하나, 사람을 해쳤다는 죄책감은 선노미의 마음을 무겁게 짓눌렀다. 마음이 불편해 연암과 사행단 동료들 얼굴도 제대로 바라보기 힘들었다. 하물며 가족들에게는 말할 것도 없었다. 아무것도 모르고 자신을 자랑스러워할 어머니, 오라버니가 청나라에 다녀온 걸 동네방네 뽐내고 다닐 철없는 두 여동생을 생각하니 선노미는 자다가도 가슴이 갑갑해졌다. 그토록 꿈꿨던 가족과의 상봉이 이제는 두렵고, 피하고만 싶은 일이 되었다.

손에 피를 묻히고서 아무렇지 않은 척 살아갈 순 없다. 살인자가 된 몸으로 아무 일 없었다는 듯 가족들 품에 안길 순 없다. 앞으로 뭘 어떻게 하겠다는 계획은 없었지만, 시시때때로 자신을 집어삼키려는 죄책감에서 벗어나고 싶었다. 그래서 압록강을 건너 조선으로 돌아오자마자 한밤중에 연암에게 작별 편지를 남기고 몰래 사행단 숙소를 빠져나왔다. 그랬건만······.

막상 혼자가 되고 나니 앞길이 막막했다. 청나라로 떠날 때 어머니가 쥐여준 여비가 남았지만, 얼마 못 가 다 떨어질 게 뻔했다. 그러고 나면 어떻게 끼니를 이어야 하나. 잠은 또 어디서 자나.

선노미는 얼마 전 묵은 주막에서 자신을 빤히 쳐다보던 주모 얼굴을 떠올렸다. 별의별 뜨내기 객들을 다 봐온 주모에게도 떠돌아다니는 어리숙한 소년은 이상해 보이는 모양이었다.

이따금 험상궂은 사내들 두셋이 사냥감을 찾는 맹수 같은 눈초리로 흘깃거리는 일도 있었다. 그때마다 선노미는 바지 안쪽에 찬 돈주머니가 무사한지 손으로 더듬어 확인하곤 했다. 객지에 홀로 떠도는 앳된 소년이 얼마나 약하고 손쉬운 먹잇감으로 보이는지 새삼 깨달으면서.

사행단 일행을 떠나기로 결심했을 때만 해도 자신이 이토록 무방비한 존재라는 걸 선노미는 미처 몰랐다. 낯설고 물선 청나라까지 다녀온 몸이니 조선 땅에서는 어디든 사는 게 대수롭지 않을 것 같았지만 그건 오만이었다.

'늘 연암 나리가 계셨으니까……'

언제나 술에 취한 듯 불그스름한 연암의 얼굴이 머리를 스치고 지나갔다. 부산스러워도 형처럼 든든한 시종 장복과 무뚝뚝한 표정 뒤에 살가운 속내를 숨기고 있던 마부 창대도. 이제껏 의식하지 못했지만, 험한 여정을 견딜 수 있었던 건 그들의 도움과 보호 덕분이었다는 사실을 선노미는 뒤늦게 깨달았다.

툭. 툭.

어느새 빗방울이 하나둘 떨어졌다. 방울방울 떨어지던 비는 눈 깜짝할 사이 굵은 빗줄기가 되어 사정없이 땅으로 내리꽂혔다. 하늘을 뒤덮은 먹구름 때문에 주변이 순식간에 한밤처럼 어두워졌다.

후드득후드득.

빗줄기는 갈수록 거세졌다. 사람들이 두 손으로 머리를 감싼 채 우왕좌왕 뛰었다. 행인들의 발길이 스치고 지나갈 때마다 움푹 파인 웅덩이에서 물이 첨벙첨벙 사방으로 튀었다.

'이를 어쩐다……'

선노미도 피할 데를 찾아야 했다. 금세 거세진 빗줄기에 시야가 부옇게 흐려져 어디가 어딘지 분간이 안 갔다. 저만치 앞에 집 한 채가 눈에 띄었다. 그곳 처마 밑이라면 잠시 비를 피할 수 있을 것 같았다. 선노미는 냅다 뛰기 시작했다.

처마 밑에 도착했을 때는 이미 온몸이 비로 흠뻑 젖은 뒤였다. 한 기가 스멀스멀 피부를 파고들었다. 입추도 지나 내리는 초가을 비는 제법 쌀쌀했다.

선노미는 한기를 떨치기 위해 몸에 축축하게 들러붙은 옷을 쥐어 짰다. 물기가 뚝뚝 떨어졌다.

"엣취!"

재채기가 나왔다. 이마에 손을 대보니 미지근하게 열도 나는 것이 아무래도 고뿔에 걸릴 듯했다. 이러다 폐렴으로 번지기라도 하면 큰 일인데…….

굵은 빗줄기 사이로 젊은 아낙이 어린아이 손을 잡고 급하게 달려 가고 있었다. 아이가 엄마 걸음을 쫓지 못해 자꾸만 뒤처지자 엄마는 아예 아이를 안아 올려 품에 안고 제 옷 앞섶을 머리에 덮어씌웠다.

아이를 감싸 안은 엄마가 다시 잰 발길을 옮기는 걸 먼발치서 지켜 보다 선노미는 다리에 힘이 풀려 털썩 주저앉았다. 갑자기 자신이 한 없이 처량하게 느껴졌다. 어쩐지 버림받고 오갈 데 없는 불쌍한 고아 같다는 생각이 들어서였다. 가족을 떠난 사람은 정작 자신인데도.

"어머니……."

주책맞게 눈물이 찔끔 나서 선노미는 다리 사이에 얼굴을 파묻었 다. 이런 꼴이 되려고 가족 곁을 떠난 게 아니었는데. 이러려고 연암

또 다른 모험의 시작 13

나리와 일행을 등진 게 아니었는데. 갑자기 터진 눈물은 둑이라도 무너진 것처럼 걷잡을 수 없이 쏟아졌다.

"왜 그리 슬피 우느냐."

머리 위에서 목소리가 들렸다. 혹시 집주인이 내다보고 내쫓으려는 건가 싶어 선노미는 고개를 들었다.

낯선 남자가 내려다보고 있었다. 나이를 짐작하기 어려운 얼굴이었다. 눈매며 입가에 잔뜩 잡힌 잔주름을 보면 환갑 언저리쯤 보였지만, 이상스레 빛나는 형형한 눈동자를 보면 이제 마흔을 좀 넘긴 것 같기도 했다. 남자는 파르스름하게 깎은 민머리에 회색 가사를 걸치고, 한 손에는 염주를, 다른 한 손에는 목탁을 들었다.

'아, 스님이구나.'

선노미는 안도의 한숨을 내쉬었다.

"넌 이 집 아이가 아니지?"

스님이 물었다.

"여기 사는 아이라면 집 앞에서 비를 맞으며 이렇게 울고 있을 리가 없지."

선노미가 우물쭈물하자 스님은 혼자 묻고 답하며 중얼거렸다.

"길을 잃었니?"

선노미는 고개를 흔들었다. 어쩌면 길을 잃었다는 게 아주 틀린 말은 아니었다. 하지만 기약 없는 방랑을 선택한 건 저 자신이다. 그러니 미아라고 할 수는 없다.

"그럼 집을 나온 거냐?"

선노미의 초라한 행색을 훑어보면서 스님이 다시 물었다. 또다시 뭐라고 대답해야 할지 몰라 선노미는 입을 꾹 다물었다.

"갈 곳은 있느냐?"

"……아니오."

마지못해 대답하며 선노미는 자신이 오갈 데 없는 신세라는 사실을 다시금 뼈저리게 느꼈다.

"흐음……."

스님이 감탄인지 탄식인지 모를 소리를 냈다. 한동안 선노미를 빤히 바라보던 스님은 결심한 듯 입을 열었다.

"그럼 나랑 함께 가자꾸나."

"네?"

선노미는 눈을 크게 떴다.

"여기서 멀지 않은 곳에 내가 머무는 암자가 있다. 거기서 비를 피하고, 며칠간 묵었다 가려무나. 형편이 넉넉하진 않아도 끼니는 때울 수 있으니까."

"하지만……."

거절하려는데 주책맞게 배에서 꼬르륵, 소리가 들렸다.

스님이 눈가의 주름을 접으며 미소 지었다. 날카로운 눈빛이 순식간에 사라졌다.

"가서 뜨뜻한 밥 한술 뜨면 한기도 풀릴 거다."

선노미도 마음을 바꾸었다. 어차피 갈 곳도 마땅치 않은데 사양할 이유가 없었다. 조용한 암자에서 며칠 머물며 앞으로 어찌할지 고민해볼 수 있을 것이다. 손을 내미는 이가 스님이라는 것도 선노미의 경계심을 허물었다.

"감사합니다."

선노미가 허리를 깊이 숙여 인사하자, 스님이 푸근한 미소를 지었다.

"이것도 다 전생의 인연일 테지. 그건 그렇고, 네 이름은 뭐냐?"

"선노미입니다."

"선노미라……."

스님은 곰곰이 이름을 곱씹었다.

"부모님이 선한 놈 되라고 지어주신 모양이구나. 좋은 이름이야."

부모님 얘기에 선노미는 마음이 무거워졌다.

"빗줄기가 아까보다 제법 가늘어진 것 같으니 어서 출발하자꾸나, 선노미야."

스님이 먼저 성큼성큼 걸음을 놓았다. 물웅덩이에 버선발이 젖는 것도 개의치 않는지 걸음걸이가 시원시원했다.

망설이던 선노미도 다시 추적추적 내리는 비를 맞으며 스님을 따라 걷기 시작했다.

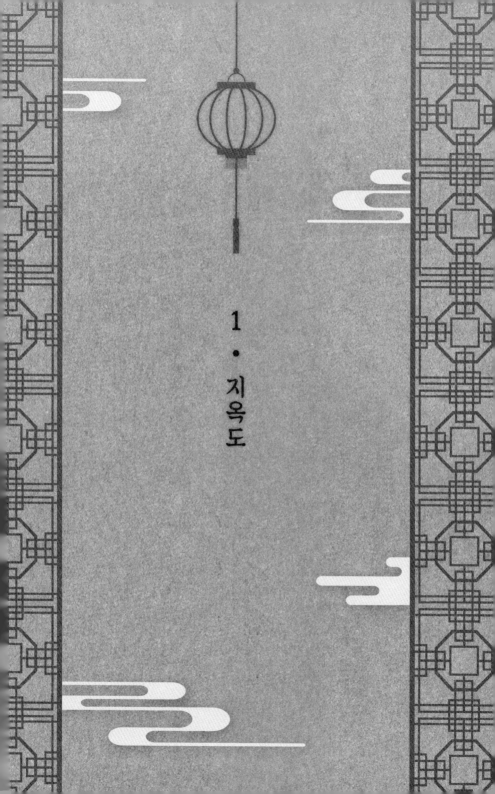

1
·
지옥
도

폭우가 그친 하늘은 투명하리만치 맑았다. 어제까지 세차게 내리퍼붓던 비가 언제 그랬냐는 듯 푸른 하늘엔 구름 한 점 없었다. 아직다 마르지 않아 질척거리는 땅과 나무와 풀포기에 맺힌 빗방울에만간밤에 세상을 훑고 지나간 거센 빗줄기의 흔적이 남아 있었다.

단잠을 푹 자고 일어난 선노미는 기지개를 켜고 암자 안마당으로나왔다.

습기를 머금은 흙냄새가 상쾌하게 코를 찔렀다. 지난밤 오랜만에따뜻한 밥으로 배를 채우고 걱정 없이 푹 자서 그런지 감기 기운도감쪽같이 사라지고 없었다.

"형, 이제 일어난 거야?"

마당을 쓸고 있던 까까머리 동자승이 선노미에게 아는 척을 했다.

일곱 살짜리 동자승 불필은 머리 모양이 까놓은 알밤처럼 동글동글해서 민머리가 제법 잘 어울렸다. 동글동글한 건 머리통만이 아니었다. 아이답게 호기심 가득한 커다란 두 눈도, 작고 다부진 체형도 동글동글했다. 그림으로 그린다면 동그라미 몇 개로 금세 그려낼 수 있을 것 같았다.

"난 아까부터 일어나서 마당 쓸고 있었는데."

불필이 짐짓 뽐내는 투로 말했다. 타고난 천성이 붙임성이 좋은 건지, 나이 터울이 크지 않아 친근감을 느껴서인지 불필은 처음 봤을 때부터 선노미에게 '형, 형' 하면서 살갑게 굴었다.

"그랬니."

부지런 떠는 어린아이를 앞에 두고 게으름을 피운 것 같아 겸연쩍어진 선노미가 괜히 뒷머리를 긁적였다.

"응, 동트기 전부터 우생 스님이랑 불경도 외웠는걸."

우생은 선노미를 여기로 데려온 승려였다. 인적 드문 호젓한 산기슭에 자리 잡은 암자는 우생 말마따나 단출했다. 절의 주지이자 유일한 승려인 우생, 동자승 불필, 주방에서 밥 짓는 할멈까지 절에 상주하는 사람은 셋밖에 없었다. 외지인에게 낯을 가리는 할멈은 좀처럼 부엌 밖을 나오는 일이 없다고 했다.

"대단하네. 불경은 날마다 외는 거야?"

"응."

그런 당연한 걸 왜 묻느냐는 듯 불필이 동그란 머리를 아래위로 크게 끄덕였다.

"매일 새벽에 일어나야 하는데 안 싫어?"

어쩌면 '싫어'라는 대답이 돌아올 것도 같았는데, 불필은 입술이 찰싹 붙어버린 것처럼 아무 말도 하지 않았다. 돌아보니 아이는 난감한 표정을 짓고 있었다.

"그런 거, 한 번도 생각 안 해봤어…… 그냥 늘 하던 거니까……"

불필이 말꼬리를 흐렸다. 괜스레 아이를 곤란하게 만든 것 같다는 생각에 선노미가 얼른 화제를 돌렸다.

"넌 여기서 오래 살았니?"

"응, 갓난아기 때부터."

이번엔 불필이 망설이지 않고 대답했다.

갓난아기 때부터 절에서 컸다면 새벽마다 큰스님을 따라 불경 외는 일상이 밥 먹고 뒷간 가는 것만큼 당연하게 여겨질 것 같았다. 이미 몸에 밴 습관이 돼 좋은지 싫은지 생각해볼 필요도, 이유도 없었겠지. 그런데 아기 때 왔다면 불필은 고아일까. 아니면 부모에게 버림받은 걸까. 선노미는 마냥 해맑게 웃는 불필이 새삼 안쓰럽게 느껴졌다.

"형은 뭐 하는 사람이야?"

서로 말없이 멀뚱거리는데, 불필이 불쑥 물었다.

"보부상이나 과거 보러 가는 선비 같진 않은데."

불필이 선노미 주위를 한 바퀴 빙 돌며 눈을 가늘게 뜨고 차림새를 훑었다.

선노미의 난감한 시선이 불필의 정수리에 머물렀다.

그러게. 나는 과연 뭘 하는 사람일까. 예전 같았으면 쉽게 대답할 수 있었을 텐데. 주막에서 잡일을 보는 일꾼이라고. 하지만 지금 제 처지는 뭐라고 해야 할지 몰랐다.

"……그냥 이런저런 일 때문에 생각을 정리하려고 떠돌아다니는 중이야."

선노미가 입에서 나오는 대로 대충 얼버무렸다.

"떠돌아다녀?"

불필의 동그란 눈이 더 동그래졌다. 그러더니 쓸고 있던 빗자루를 바닥에 팽개치고 대뜸 고 동그란 얼굴을 들이밀었다.

"진짜 부럽다! 어디 어디 가봤는데? 어디가 제일 좋았어? 얘기 좀 해줘. 궁금해."

"어…… 그게……."

선노미가 우물쭈물하자 불필은 금세 시무룩해져서는 중얼거렸다.

"난 아는 데가 여기밖에 없단 말이야."

선노미가 괜스레 멋쩍어하는데, 등 뒤에서 굵직한 목소리가 들렸다.

"불필아, 또 손님 성가시게 하는 게냐."

돌아보니 우생이 엄한 얼굴을 하고 서 있었다.

"별로 성가시게 군 거 없는데……."

불필은 힐끔힐끔 큰스님 눈치를 보면서 목을 움츠렸다.

"선노미는 이제 기운을 다 차린 모양이구나."

주눅 든 불필을 보던 우생의 시선이 선노미에게로 향했다.

"긴히 일러둘 게 있으니 날 따라오너라."

우생이 성큼성큼 앞서 걸어갔다.

선노미는 불필이 딱하다 싶으면서도 이 자리를 벗어나 다행이라 생각하며 부리나케 스님의 뒤를 쫓았다.

마주 앉은 우생의 표정이 떫은 감을 깨문 것처럼 불편해 보였다. 말하기 껄끄러운 게 있는 모양이었다. 대체 뭘까. 혹시나 상황이 여의치 않으니 나가달라는 거면 어쩌나 싶어 불안했다. 선노미는 가여운 눈을 하고 우생을 마주 보았다.

"대충 둘러봐서 알겠지만."

우생이 어렵게 입을 열었다.

"우리 암자는 형편이 그리 넉넉지 못하단다. 절에 기거하는 사람들도 근근이 생계를 이어가는 수준이지. 고달픈 중생을 보살피는 게 부처님을 믿는 자의 도리이긴 하나, 식솔을 더 늘릴 순 없는 노릇이야. 그러니 안됐지만, 언제까지고 여기서 머무를 순 없겠구나."

"네……."

선노미는 속으로 가슴을 쓸어내렸다. 이 암자에 계속 머무는 건 자신도 원하는 게 아니었다. 며칠만 더 끼니 걱정 덜면서 어찌할지 정한 뒤 떠날 참이었으니.

"그렇다고 지금 나가라는 얘기는 아니다. 한정 없이 오래 머무는 게 아니라면 당장 상황이 어려운 이들은 다 받아주려 하니까. 춘식과 영달도 그래서 아직 여기 있는 거고."

춘식과 영달이라면 선노미 숙소 맞은편 방에 묵고 있는 일행이었다. 열흘쯤 전에 들어왔다고 했다. 한밤중 둘이 산길을 헤매다 영달이 발을 다치는 바람에 춘식이 부축해 어찌어찌 계곡을 내려가는데, 더는 못 가겠다 싶었을 때 부처님의 도우심 덕분인지 암자를 발견했다고 한다.

선노미도 어제 맞은편 방문이 열린 틈으로 서른쯤 되는 두 남자를 얼핏 보았다. 둘 중 하나는 눈에 띄게 다리를 절었다. 둘은 선노미를 보고서도 별로 관심을 두는 기색이 없었는데, 애초에 주변에 별 흥미가 없거나, 저들 문제로 신경 쓰느라 눈 돌릴 틈이 없는 듯했다.

"그리고 또 하나."

우생의 목소리가 별안간 딱딱해졌다.

"여기 머무는 동안 절대 본당에 들어가선 안 된다."

이번엔 명령에 가까운 단호한 어조였다. 얼마나 고압적이었는지 선노미는 저도 모르게 흠칫 놀라 고개를 들고 올려다보았다.

"알겠느냐?"

우생이 단단히 다짐이라도 받듯 물었다.

"……네."

선노미가 고개를 천천히 끄덕였다.

부처님을 모시는 절에서 본당은 가장 신성한 곳이니 함부로 들락거려서는 안 된다는 것쯤 모르지 않았다. 우생의 날 선 태도가 당연할 수도 있었지만, 그렇게만 보기엔 왠지 석연치 않았다. 언질만 해둬도 알아들을 텐데, 이렇게까지 눈을 부릅뜨고 엄한 표정을 하다니. 어쩐지 그게 전부인 것만은 아닐 거라는 추측이 슬며시 고개를 들었다.

'내가 너무 예민하게 구는 걸 거야.'

선노미는 한 가닥 피어오르는 의심을 애써 외면했다.

암자에서의 생활은 대체로 평온했다. 끼니때가 되면 불필이 소박하지만 따뜻한 밥상을 내왔다. 기거하는 방은 단출해 살림살이라고는 이부자리 한 채가 고작이었다. 그래도 비바람과 추위를 피하는 덴 부족함이 없었다. 때때로 들려오는 우생의 염불 외는 소리는 선노미의 어지러운 마음을 고요하게 가라앉혀주기도 했다.

며칠 지내다 보니 선노미는 불필과도 제법 친해졌다. 예상대로 불필은 갓난아기 때 역병으로 부모님을 모두 잃었다고 했다. 동네 사람들은 물론이고 친척들조차 먹고살기 빠듯한 형편에 군식구 받기는 힘들다며, 아무도 떠맡지 않으려 했다. 결국엔 딱하게 여긴 우생이 데려와 키웠다.

'불필(不必)'은 지금은 아무한테도 필요하지 않겠지만 자라서 꼭 필요한 사람이 되라는 의미로 우생이 붙여준 이름이라고 했다. 캐묻지 않았는데도 불필은 이런 제 사정을 미주알고주알 잘도 털어놓았다.

"형은 부모님이 살아계셔? 형제는?"

한참 동안 제 이야기를 늘어놓다 말고 물었다. 불우한 태생의 흔적이 조금도 보이지 않을 만큼 불필의 두 눈망울은 맑고 반짝였다.

"어머니만 계셔. 그리고 여동생이 둘."

"좋겠다."

불필이 아이답지 않게 한숨을 푹 내쉬었다. 선노미는 측은한 마음에 위로라도 해주려고 말했다.

"너는 우생 스님이 계시잖아."

"그건 그렇지만……"

마지못해 대답하는 불필의 말투는 심드렁했다.

"게다가 넌 앞으로 뭘 하게 될지도 알고 있잖아. 난 전혀 모르는 처진데."

선노미가 일부러 불필의 어깨를 툭툭 쳤다.

"앞으로 뭘 할지 정해진 게 좋은 건가?"

불필이 고개를 반짝 들고 되물었다. 그게 싫어서가 아니라, 정말로 궁금해서 묻는 눈치였다.

"좋은 거 아냐? 고민할 필요 없으니까. 왜, 넌 싫어? 스님 되는 게?"

불필은 단번에 고개를 저었다.

"싫은 건 아냐."

"그런데?"

"그냥 형이 좀 부러워서."

"내가 부럽다고?"

선노미가 화들짝 놀라 되물었다.

"형은 뭘 할지 선택할 수 있잖아. 나는, 처음부터 그런 거 없었는데."

선노미는 아이가 조숙하다고 여기면서도 이 아이만 했을 때 제 모습이 비춰지는 것 같아 뜨끔했다. 주막에서 동분서주하던 게 떠올랐다. 그때는 매일 이른 아침부터 늦은 밤까지 어머니를 도와 일하는 게 당연했다. 작은 주막 안에서 매일 같은 일만 하는 게 힘들고 갑갑하기도 했지만, 관두고 싶다거나 다른 일을 하고 싶은 적은 없었다. 태어나서부터 자연스레 해왔던 일이니까.

그때는 앞으로 뭘 할지 고민해본 적도 없었다. 몇 년이 지난 후에도 여전히 주막에 있을 거고, 그것만큼은 변함이 없을 것 같았다. 하지만 지금 떠도는 처지가 되고 보니 더는 정해진 미래 같은 건 없는 꼴이었다. 그래서 막막했는데, 달리 생각해보면 아무것도 정해지지 않았으니 정하는 것도 마음대로겠구나, 싶었다.

"하지만……."

선노미가 저도 모르게 말을 더듬었다.

"뭘 하고 싶은지 전혀 모르겠어."

입 밖으로 속마음이 불쑥 튀어나왔다.

"처음부터 그걸 아는 사람이 어딨어."

불필이 제법 어른스럽게 대꾸했다.

"그런 건 다들 살면서 하나씩 깨달아가는 거래. 그래서 삶이 고달프지만, 의미가 있는 거라고. 우생 스님께서 그렇게 말씀하셨어."

불필은 일곱 살짜리가 주워섬기기엔 너무 어려워 보이는 얘기를 잘도 종알종알 읊어댔다.

선노미는 불필을 물끄러미 바라보았다. 쟤는 지금 자기가 하는 말 뜻을 제대로 알기는 하는 걸까. 어이없다가도 문득 저보다 나은 인생 선배처럼 느껴지기도 했다.

문득 건넌방에서 삐걱, 하고 문 여는 소리가 들리더니 불필의 어깨 너머로 영달과 춘식이 방을 나오는 게 보였다.

춘식이 먼저 햇빛을 보며 기지개를 켜자, 뒤이어 영달이 툇마루로 성큼성큼 걸어와 섬돌에 올려놓은 짚신에 발을 꿰었다.

'어라?'

선노미는 속으로 고개를 갸웃했다. 영달은 분명 다리를 다쳤었는 데……. 멀쩡한 걸음걸이를 보니 전혀 다친 사람 같지 않았다.

선노미의 시선을 의식했는지 영달이 별안간 고개를 휙 돌려 쳐다 보았다. 눈빛이 벨 것처럼 날카로웠다. 선노미는 온몸에 소름이 쭉 돋아 얼른 고개를 돌렸다.

영달은 주위를 한 번 두리번거리고는 짚신을 신고 안마당으로 걸 음을 내디뎠다.

절뚝절뚝.

걸음걸이는 다시 다리 저는 사람으로 돌아와 있었다.

"형, 왜 그래? 뒤에 뭐가 있어?"

황망해 있던 선노미는 불필이 부르는 소리에 번뜩 정신이 들었다. 불필도 무슨 일인가 싶어 돌아봤지만 고개만 갸우뚱할 뿐이었다.

"아, 아무것도 아냐."

선노미는 고개를 세차게 흔들었다. 그러면서도 제가 본 게 잘못 본 건 아닌지 눈을 비벼보기까지 했다.

불길한 예감은 맞아떨어졌다.

이틀 뒤 이른 아침, 영달이 조반을 드는 큰스님 방으로 허겁지겁 뛰어 들어왔다. 평소처럼 한쪽 다리를 질질 끌면서.

"스님, 혹시 춘식이 못 보셨습니까?"

영달은 얼굴이 벌겋게 달아올라 있었다.

"못 봤는데. 왜 그러나?"

"아침에 일어나 보니 춘식이 온데간데없이 사라졌지 뭡니까. 절 안을 샅샅이 뒤져봐도 안 보입니다."

"근처 어디 산책이라도 나갔나 보지."

우생이 태평스럽게 대꾸했다.

"그렇다면 다행인데, 그게……."

영달이 말을 못 잇고 우물쭈물했다. 뭔가 짚이는 구석이 있는데 입 밖으로 꺼내기 어려워하는 기색이었다.

"왜 그러나?"

우생이 차분히 묻는데도 영달은 대답하기 곤란한지 고개를 내리깔았다.

우생은 더는 캐묻지 않고, 마침 밥그릇을 깨끗이 비운 불필에게 넌

지시 말했다.

"다 먹었으면 이 근처에 춘식이 있나 한번 돌아보고 오너라. 어차피 갈 만한 곳도 많지 않을 테니."

우생이 말을 마치자마자 불필이 쪼르르 암자 밖으로 달려나갔다.

한참 지나 돌아온 불필은 풀이 죽은 얼굴로 우생에게 고개를 흔들었다. 근방을 다 뒤져봤는데 없더라는 말에 그제야 우생의 표정도 심각해졌다.

"춘식이 안 보인 게 대체 언제부터인가?"

"간밤에 잠깐 측간에 간다고 나가길래 그런가 보다 하고 다시 잠들었는데……."

어제 일을 곰곰이 생각하던 영달의 얼굴이 별안간 붉으락푸르락 달아올랐다.

"이럴 수가……. 이럴 수는 없습니다! 몸도 성치 않은 저를 두고 혼자서 몰래 산을 내려가버리다니요!"

춘식이 달아난 거라고 짐작한 영달은 이제 걱정스럽다기보다 화가 난 것처럼 보였다.

"그렇게 단정하지 말게. 평소보다 좀 멀리 나갔거나, 불필이 미처 못 봤을 수도 있는 게지. 밤중에 산속에서 길 잃고 헤매다 겨우 여길 찾아 들어왔는데 뭣 하러 굳이 다시 위험한 한밤에 길을 나섰겠나."

영달은 우생의 위로에도 낙심한 듯 고개를 푹 떨구었다.

"혹시 두 사람 싸우기라도 한 건 아니고?"

영달은 여전히 아무 대꾸도 없었다. 어느새 우생의 눈동자에 차가운 서릿발 같은 빛이 스쳐 지나갔다.

"설마 본당엘 들어간 건 아니겠지?"

우생의 목소리가 전에 없이 날카롭게 나왔다.

잠자코 있던 영달이 펄쩍 뛰었다.

"아, 아닙니다! 스님께서 본당엔 절대 발을 들이지 말라고 신신당부하지 않으셨습니까."

"그렇다면 다행이다만."

어쩐지 안절부절못하는 영달을 우생은 묘한 시선으로 뚫어지게 쳐다보았다.

밤이 깊도록 춘식은 돌아오지 않았다. 영달은 흥분이 가시고 나선 내내 잔뜩 굳은 얼굴로 뭔가 골똘히 생각하는 것 같았다. 암자에 머물던 식객이 흔적도 없이 자취를 감춘 탓에 우생도 적잖이 심란해 보였다. 평상시랑 다를 바 없는 건 불필 하나밖에 없었다.

선노미는 일찍 저녁상을 물리고 제 방에 틀어박혔다. 암자 분위기가 무겁게 가라앉은 데다, 안마당을 서성거리다 괜히 영달을 마주치기라도 하면 껄끄러울 것 같아서였다.

보름달의 환한 빛이 얇은 창호지를 넘어 방 안으로 스며들어왔다. 불현듯 달빛 아래 식구들끼리 꽃 구경했던 기억이 떠올랐다. 여동생들 머리 위로 하늘하늘 떨어져 내리던 꽃잎, 깔깔거리는 웃음소리, 어머니의 넉넉한 미소. 일 년도 지나지 않은 일이 이렇게 까마득한 과거처럼 느껴지니 서글프기만 했다. 언제 그들을 다시 볼 수 있을까. 아니, 다시 볼 수 있기는 한 걸까.

마음의 짐을 떨치지 못한 채 언제까지고 지금처럼 떠돌아다니게 될지 모른다 생각하니 다시 가슴이 답답해졌다. 당장 이 암자를 나가게 되면 또 어떻게 할지부터가 막막했다. 미래가 한 치 앞도 보이지 않는 어둠 속이었다.

형은 뭘 할지 선택할 수 있잖아.

불필이 했던 말이 머리를 스치고 지나갔다. 그래, 이젠 나도 선택할 수 있지. 하지만 뭘 선택해야 하는지 아직 잘 모르겠어…….

생각에 잠긴 사이 밤이 꽤 깊어 갔다. 그전까지 드문드문 들리던 우생과 불필의 말소리, 발걸음 소리도 뚝 끊긴 걸 보니 다들 잠이 든 것 같았다. 인기척이 사라진 산중 암자는 무서우리만치 고요했다.

시간이 얼마나 흘렀을까…….

우……우우.

어디선가 적막을 깨는 소리가 들려왔다.

'뭐지?'

자리에 누워 뒤척이던 선노미가 벌떡 몸을 일으켰다. 소리는 그다지 멀지 않은 곳에서 나는 것 같았다.

'산짐승인가?'

산속에 있는 암자니까 여우나 너구리 같은 게 내려왔다 해도 그리 이상한 일은 아니다.

우우……우우.

소리는 이번엔 좀 더 또렷하게 들렸다. 기묘한 소리였다. 산짐승 소리라고 하기엔 위화감이 느껴지고, 사람 소리라기엔 동물의 신음에 가까웠다. 선노미는 방문 가까이 귀를 갖다 댔다. 소리의 정체가 뭔지는 몰라도 직감적으로 알 수 있었다. 소리를 내는 이는 분명 괴로워하고 있다. 그것도 아주 격렬하게.

어쩌면 새끼를 잃은 짐승이 여기까지 찾아 내려왔을지도 모른다. 아니면 사냥꾼 덫에 걸린 짐승이 살려달라고 내는 신음인지도.

망설이던 선노미는 조심스럽게 문손잡이를 잡아 밀었다. 낡은 문이 삐걱 소리를 내며 천천히 열렸다. 산짐승이 갑자기 달려들지도 모를 터였다. 최대한 살그머니 소리의 정체를 확인하고, 도움이 필요하면 가서 도와줄 요량이었다.

우웅……웅.

소리는 본당 앞에서 나고 있었다.

선노미는 두근거리는 가슴을 진정시키고 살금살금 본당 쪽으로 발을 내디뎠다.

다가갈수록 소리는 점차 더 또렷하게 들렸다. 저만치 앞에 희끄무레한 것이 보였다. 선노미는 고목 뒤에 몸을 숨기고 '그것'의 정체를 살펴보았다.

우우우.

형체가 앞뒤로 몸을 흔들며 기묘한 소리를 내고 있었다. 하필 달빛이 닿지 않는 곳이라 제대로 모습이 드러나지 않았다. 선노미는 자세히 보기 위해 고개를 길게 뺐다.

소리를 내는 이는 몸집이 그리 크지 않았다. 저보다 훨씬 작고 연약해 보였다. 땅바닥에 웅크리고 앉아 있던 '그것'이 천천히 몸을 일으켰다. 허리를 펴고 서자 주름진 하얀 치맛자락이 시야에 들어왔다.

'저, 저건!'

선노미가 저도 몰래 숨을 삼켰다. 희끄무레한 형체의 정체는 여자였다. 하얀 옷을 입은 여자. 대체 여인이 왜 한밤중에 혼자 이런 곳을 돌아다니고 있는 거지? 게다가 저렇게 괴상한 소리를 내면서?

'서, 설마 귀신?'

거기까지 생각이 미치자 선노미는 소름이 쭉 끼쳤다. 이제껏 귀신 이야기를 적잖게 들었지만, 듣는 것과 직접 보는 건 달랐다. 선노미가 이 세상 존재가 아닌 걸 만난 건 이제껏 딱 한 번밖에 없다. 태어나 처음으로 연모했던 소녀. 그 소녀가 이 세상 사람이 아니라는 걸 깨달았을 때도 놀랍고 두렵긴 했지만, 그때는 애틋한 감정이 무섭다는 생각보다 더 컸었다. 그러나 지금은 그때와 다르다.

선노미는 두 다리가 후들후들 떨렸다. 저 기이한 존재가 자신을 발견하기 전에 어서 방으로 돌아가 이불을 뒤집어쓰고 싶었다. 들키지 않으려 소리를 죽인 채 뒷걸음질 치는데, 별안간 날카로운 것이 발바닥을 찔렀다. 뾰족한 돌멩이를 밟은 모양이었다.

"아얏!"

반사적으로 비명이 튀어나왔다. 아차 싶어 입을 틀어막았지만 이미 늦었다. 저만치 앞에 있던 여자가 선노미 쪽을 홱 돌아보는 걸 보지 않고서도 느낄 수 있었다.

자박자박.

여자의 잰 발걸음 소리가 들렸다. 혹시 내 쪽으로 오는 걸까. 심장이 세차게 두근거려 금방이라도 가슴을 뚫고 튀어나올 것 같았다. 얼른 도망가고 싶었지만 굳어버린 발은 땅에 붙은 것처럼 움직이지 않고 등 뒤로 차가운 식은땀만 흘러내렸다. 뭔지 몰라도 무서운 걸 보게 될 것 같아 선노미는 그 자리에서 두 눈을 질끈 감고 속으로 되뇌었다.

'괜찮아, 괜찮아, 괜찮아.'

제법 시간이 흘렀다.

그러나 아무 일도 일어나지 않았다. 짐승 같기도, 인간 같기도 한 기묘한 소리도 사라지고 없었다. 한참을 기다리던 선노미는 마침내 감았던 눈을 뜨고 여전히 벌렁거리는 가슴을 진정시키며 사방을 조심스레 둘러보았다.

여자는 보이지 않았다. 선노미 자신만 어둠 속에 혼자 덩그러니 있을 뿐이었다. 기묘한 울음소리 대신 산속에서 들리는 바람 소리만 이따금 고요한 적막을 깨뜨렸다.

'꿈이라도 꾼 건가?'

하지만 선노미는 알고 있었다. 자신이 본 게 결코 꿈이 아니라는 것을.

선노미는 밤새 잠들지 못하고 뒤척였다. 대체 그 여자는 뭐였을까? 왜 본당 앞에서 그리 울부짖었을까? 우생이 본당에 들어가지 말라고 경고한 게 그 여자와 관련이 있는 걸까?

본당엘 들어갔냐는 우생의 말에 하얗게 질려 손을 내젓던 영달의 얼굴이 떠올랐다. 먼발치서 지켜보던 선노미는 그가 뭔가 숨기고 있다고 직감했다. 그렇다면 영달은 혹시 우생 몰래 본당에 들어갔다가 거기서 요상한 걸 본 게 아닐까?

무슨 꿍꿍이인지 몰라도 다리를 다친 척 연기한 것도 그를 의심하게 했다. 춘식이 갑자기 실종된 것도 어쩐지 이 암자와 무관하지 않은 것 같았다. 더욱이 영달은 무언가를 알고 있는 듯 보이기도 했다. 만약 여기 위험한 게 있다면 영달의 속셈을 알아보는 게 좋을 듯했다. 얘기를 나눠봐야겠다.

그렇게 결론 내린 선노미는 동이 트자마자 영달이 머무는 방을 찾았다.

"일어나셨어요?"

안에선 아무런 기척이 없었다.

아직 자는 건가? 선노미는 고개를 갸웃했다. 마음이 뒤숭숭할 테니 어젯밤 뒤척이다 늦게 잠들었는지도 모른다. 나중에 와야겠다며 돌아서는데, 섬돌 위에 있어야 할 짚신이 보이질 않았다.

그러고 보니 방 안에선 여전히 기척이 없었다. 선노미는 주저하다가가 방문을 열어보았다. 아무도 없었다. 텅 빈 공간이 유난히 휑뎅그렁해 보였다.

'혹시 그도 사라진 걸까? 춘식처럼……'

선노미는 빈 방이 마치 영달과 춘식을 집어삼킨 마귀의 입 속처럼 느껴져 소름이 돋았다.

"영달이 안 보인다고?"

선노미가 심각하게 말하는데도 우생은 어쩐지 딱히 걱정하지 않는 눈치였다.

"산을 내려간 거겠지. 친구도 떠난 마당에 혼자 더 머물러서 무얼 하겠나."

"다친 다리로요?"

사실 다리는 멀쩡할지도 모르지만 선노미는 굳이 그 말을 입 밖에 내지 않았다.

"궁하면 다 통한다 하지 않았느냐. 더는 이 곳에 있고 싶지 않았나 보지."

"하지만 인사 한마디 없이……."

"말 한마디 없이 떠나는 객들은 생각보다 많단다. 다들 사정이라는 게 있는 법이니까."

선노미는 우생을 빤히 쳐다보았다. 우생은 영달이 사라진 게 분명한데도 아무런 동요가 없어 보였다. 머물던 객이 하나도 아니고 둘씩이나 갑자기 자취를 감췄는데 어떻게 저럴 수 있지? 자신이 사라지게 한 게 아니라면?

거기까지 생각이 미친 선노미는 헉, 하고 숨을 들이켰다. 어쩌면 우생도 만춘 같은 자인지 모른다. 청나라에서 자신이 죽여버리고 말았던 사람. 만춘은 파도에 떠밀려 온 연암과 선노미를 보살피는 척하면서 눈을 멀게 하고 정신까지 마비시키려 했다.

그렇게 생각하니 우생이 암자에서 머물게 한 것도, 춘식이나 영달 같은 뜨내기들을 조건 없이 받아들인 것도 모두 수상했다. 예전엔 호의라고 여겨졌던 것들이 지금은 꿍꿍이가 있는 게 아닐까 의심스러워졌다. 혹시 오갈 데 없는 사람들 데려다 몰래 어딘가로 팔아버리는 건 아닐까, 하고.

만약 우생에게 무슨 흑심이 있는 거라면 어서 빨리 여길 벗어나는 게 좋겠다. 지금이라도 그만 떠나겠다고 할까? 아냐, 섣불리 그랬다간 눈치채고 수를 써서 막으려 할 수 있어. 다른 사람들처럼 몰래 떠나는 게 나을 거야. 하지만 그들은 제 발로 떠난 게 아닐지도 모르는데…….

머릿속이 복잡해 선노미는 아침밥이 입으로 넘어가는지, 코로 넘어가는지 알 수 없었다.

"형, 무슨 생각을 그렇게 골똘히 해?"

돌아보니 불필이 제 옆에 앉아 있었다. 놀아줬으면 하는 눈치였다.

"으응, 너 혹시……."

이 절에 산 지 오래된 불필이라면 궁금해하는 걸 어느 정도 알려줄지 모른다. 선노미는 조심스레 운을 떼보았다.

"밤에 본당 앞을 서성이는 흰옷 입은 여자 본 적 있어?"

불필은 해괴한 걸 본 사람마냥 선노미를 멀거니 바라봤다. 선노미가 무슨 말을 하는지 도통 모르겠다는 얼굴이었다.

"그럼 밤중에 괴상한 소리를 들은 적은?"

불필이 이번엔 세차게 고개를 흔들었다.

"우생 스님이 그러는데 난 한번 잠들면 누가 업어가도 모른대."

선노미는 한숨을 내쉬었다. 얘는 정말 아무것도 모르는 건가.

"대체 본당엔 뭐가 있는 거야? 뭐가 있기에 절대 들어가지 말라고 하시는 거야?"

"거긴 큰 그림밖에 없는데."

불필이 심드렁하게 대꾸했다.

"그림이라고? 어떤 그림?"

"그게……."

불필의 대답은 중간에서 툭 끊겼다.

"불필이 이놈! 하라는 공부는 안 하고 또 여기서 게으름을 피우고 있었구나."

우생이 기척도 없이 다가와 둘 곁에 서 있었다.

"그렇게 계속 게으름 피우면 바보가 된다."

"스님은 매번 그 말씀만."

불필이 낼름 혀를 내밀었다.

"어허, 이놈이 그래도!"

불호령이 떨어질까 무서웠던지 불필이 쫑알거리다 말고 부리나케 공부방으로 달려갔다.

'그림…… 이라고?'

홀로 남은 선노미는 본당 쪽을 물끄러미 쳐다보았다.

아침상을 물린 선노미는 마음의 결정을 내렸다. 이 암자엔 분명 이상한 것이 있다. 가슴속에 싹트기 시작한 의심은 어느새 무럭무럭 자라 불안을 부채질했다. 이 이상 이곳에 머물다간 또 어떤 괴상한 일에 휘말릴지 모른다. 하루빨리 이 암자를 떠나야 한다. 당장은 고단한 생활이 이어질지라도 위험에 빠져 허우적거리는 것보단 나았다.

며칠간 먹을 것과 잘 곳을 내준 우생에게 감사하다는 편지를 남기려다 그만뒀다. 그러려면 불필에게 지필묵을 부탁해야 했는데, 자칫 우생이 낌새를 알아차리게 될 수도 있었다. 그런 위험을 무릅쓰고 싶진 않았다.

떠날 준비를 마친 선노미는 문득 본당 쪽을 돌아보았다. 대체 저기에 뭐가 있기에 절대로 들어가지 말라고 한 걸까. 그리고 며칠 전 본당 앞에서 본 귀신인지 뭔지 모를 여자는 누구였을까.

저도 모르는 사이 선노미의 발길은 서서히 본당 쪽을 향하고 있었다. 강렬한 무언가에 이끌린 것처럼.

떠나기로 했잖아. 이런 데서 왜 우물쭈물하는 거야.

하지만 저 문을 열면 의문이 풀릴지도 몰라.

그런 게 다 무슨 소용이 있어. 들키기 전에 어서 빨리 떠나.

선노미 안에서 두 개의 마음이 치열하게 실랑이를 벌였다.

뒤도 돌아보지 않고 떠나는 게 현명하다는 걸 알면서도 쉽게 발걸음이 떨어지지 않았다. 어쩐지 단단히 닫혀 있는 본당 문이 '나를 열어봐'라고 말하는 것 같았다. 금기가 이토록 달콤한 유혹이라는 사실을 선노미는 태어나 처음으로 깨달았다.

그냥 문고리만 한번 당겨보는 거야. 만약 닫혀 있으면 미련 없이 떠나는 거고.

선노미는 그렇게 핑계를 대고 문을 향해 다가갔다. 금단의 영역으로 향하는 발걸음은 두려움과 기묘한 설레임으로 비틀거렸다.

문 앞에 다다른 선노미는 저도 모르게 축축해진 손바닥을 바지춤에 비벼 닦았다. 숨을 한 번 고르고 문고리를 당기자 문은 허무할 정도로 쉽게 열렸다. 그렇게 엄포를 놓으면서 이렇게 무방비 상태로 놔두다니. 경고하는 것만으로 충분하다고 생각한 건가. 들어가선 안 된다는 말이 오히려 들어가고픈 욕망을 자극한다는 걸 우생은 몰랐던 걸까.

문을 열자 진한 향냄새가 먼저 코끝을 찔렀다. 암자 곳곳에 밴, 사찰 특유의 향이었다.

방 안 한 귀퉁이에 있는 커다란 향로엔 향이 여러 개 꽂혀 있었고, 이제 막 불을 붙인 것처럼 끄트머리에서 모락모락 연기가 피어오르고 있었다.

방 한가운데엔 금빛 불상이 결가부좌를 틀고 앉아 있었다. 온화한 미소 대신 엄숙하게 굳은 표정은 어딘가 모르게 낯설게 느껴졌다.

선노미의 시선이 불상을 넘어 벽으로 향했다. 그림이 한 벽면 전체를 차지하고 있었다. 거기 눈길이 닿은 순간, 선노미는 충격으로 몸이 움찔했다. '본당엔 그림밖에 없어'라고 했던 불필의 말을 이해할 수 있었다. 방에 그림밖에 없었던 건 아니었지만, 어쩌면 그림밖에 없기도 했다. 다른 건 눈에 들어오지도 않을 정도로 그림의 존재감은 압도적이었다.

색감부터 눈을 떼기 어려울 만큼 강렬했다. 제일 먼저 눈길을 사로잡은 건 그림 면적의 대부분을 채우고 있는 선혈처럼 시뻘건 빨강이었다.

이글이글 타오르는 불덩이를 표현한 색. 금방이라도 그림을 다 태워버릴 것처럼 생생하게 그려진 불이 시커먼 먹구름 아래서 비처럼 후드득 떨어지고 있었다.

불비는 신(神)의 분노처럼 무자비하게 그림 속 세상에 떨어졌다.

한 남자는 얼굴과 팔에 불을 맞고 비명을 지르고 있었다. 시커멓게 타들어가는 피부가 너무나 생생하게 묘사돼 살이 타는 역한 냄새까지 나는 것 같았다.

머리칼에 불이 붙은 남자는 공포와 고통으로 비명조차 나오지 않는 것처럼 보였다.

불은 혓바닥을 날름거리는 뱀처럼 일렁거리며 남자의 머리에 붙어 서서히 온몸을 녹이고 있었다. 한쪽 눈은 이미 뭉개져 형체가 사라졌고, 핏발이 가득 선 다른 한쪽 눈은 극심한 고통을 견디느라 부릅뜬 탓인지 금방이라도 눈알이 튀어나올 것만 같았다.

온몸이 아예 불길에 휩싸인 이는 언뜻 봐서는 인간이라기보다는 활활 타오르는 불기둥처럼 보였다. 남자인지 여자인지도 구분하지 못할 정도로 얼굴은 그을려 있었다. 피부와 내장이 녹는 고통을 감당할 수 없어서인지 그는 타들어가는 손으로 온몸을 쥐어뜯고 있었다. 드러난 한쪽 다리는 이미 새카맣게 타서 재가 된 상태였다.

그들의 고통이 너무나 생생하게 와닿아 선노미는 차라리 눈을 질끈 감고 싶었다. 하지만 이상하게도 그림에서 눈을 뗄 수가 없었다. 누가 그렸는지 몰라도 그림에는 보는 이의 시선을 붙들어 매는 기이하고 강렬한 힘이 스며 있는 듯했다.

그림 한 귀퉁이엔 불비를 피해 처마 밑에 숨어 있는 두 남자도 그려져 있었다. 불길이 머리 위 처마와 서까래를 갉아먹으며 서서히 다가오는 걸 잔뜩 겁에 질린 눈으로 올려다보고 있었다. 아직 불꽃이 완전히 꺼지지 않은 작은 불똥들이 어깨나 다리 위로 툭툭 떨어져 살갗을 지지는 탓에 그들은 몸을 뒤틀며 비명을 질러댔다.

어쩐지 두 남자 얼굴이 낯이 익은 것 같아 선노미는 그림을 자세히 들여다보았다.

'저 사람들은!'

숨이 턱 막혔다.

춘식과 영달이었다. 믿을 수가 없어 몇 걸음 더 가까이 다가가 다시 봐도 분명 그들이었다.

미간 사이가 넓은 펑퍼짐한 얼굴과 어딘지 모르게 음험해 보이는 눈매. 두 사람이 틀림없었다. 사라진 두 사람이 어쩌다 그림 속으로 들어갔을까. 왜 저렇게 고통받고 있는 것일까.

쪼그리고 앉아 있는 그림 속 영달이 천천히 고개를 움직여 선노미 쪽을 쳐다봤다. 이곳에서 꺼내달라는 듯이 애타는 눈길로.

선노미는 저도 몰래 악, 비명을 지르며 뒷걸음질 쳤다. 그림이 움직이다니! 그런 일은 있을 수 없어. 이건 착각일 거야…….

하지만 착각이 아니었다. 옆에 있는 춘식은 심지어 자신을 보고 뭐라고 중얼거리기까지 했다. 입 모양을 보니 '도와줘!'라고 말하는 것 같았다.

'이, 이게 대체 뭐야…….'

등골이 뻣뻣해지고 처음 겪어보는 공포가 몰려왔다. 누가 목 뒤에 차가운 얼음물을 왈칵 들이부은 것처럼 소름이 쭉 끼쳤다. 어서 빨리 여기서 도망치고 싶었지만, 놀라서인지 두려워서인지 발을 뗄 수가 없었다.

이봐, 거기 누구야!

누군가 선노미에게 말을 걸었다. 그럴 리 없다고 생각하고 고개를 내저었지만, 고통을 참느라 이를 악물고 내뱉은 험악한 목소리는 분명 그림 속에서 들려오고 있었다.

우릴 살려줘!

구해줘! 도와줘!

별안간 여기저기서 사람들이 소리 지르기 시작했다. 신음하면서, 숨을 헐떡이면서.

으아아아!

꺄아아아!

한 번도 들어본 적 없는 끔찍하고 처절한 비명이었다.

귀를 막고 싶었다. 하지만 그런다고 소리에서 벗어날 수 없다는 걸 선노미는 직감했다. 이 소리는 귀를 통해 들리는 게 아니었다. 알 수 없는 힘으로 인해 이 지옥 같은 광경의 소리들은 오직 선노미에게만 들리고 있었다. 다른 이들은 들을 수 없을지도 몰랐다.

구해줄 수 없다면 너도 여기로 와!

누군가 악에 받친 음성으로 소리쳤다.

그래, 너도 들어와!

너도 죄를 지었잖아!

한기가 선노미의 온몸을 타고 내렸다. 분노와 고통에 몸부림치는 사람들이 금방이라도 그림 속에서 튀어나와 자신의 멱살을 틀어쥘 것 같았다.

꿈틀.

등에 붙은 불을 끄려고 바닥을 뒹굴고 있던 한 남자가 몸을 움직였다. 시선을 선노미에게 똑바로 고정한 채로.

꿈틀.

손에 불이 붙어 펄펄 날뛰던 남자도 선노미를 향해 몸을 뒤틀었다.

화르륵.

온몸이 불길에 휩싸여 불기둥 같은 형태를 한 자도 선노미 쪽으로 한 걸음 다가왔다.

갑자기 그림 속 사람들이 모두 다 꿈틀거리며 자신을 향해, 서서히 그림 밖으로 걸어 나오려 했다.

"아, 안 돼! 뭐 하는 거야! 나오지 마!"

선노미가 놀라 뒷걸음쳤다. 조금 전까지 바닥에 딱 달라붙어 있던 발이 저절로 떨어졌다.

꿈틀.

벽면 전체가 움직이는가 싶더니 그림 속 사람들이 조금씩 앞으로 다가들었다.

꿈틀.

벽이 다시 한번 출렁였다. 이젠 이미 한쪽 다리를 그림 밖으로 내민 사람도 보였다. 그들은 금방이라도 그림을 뚫고 나올 기세였다.

'이대로라면……'

저들한테 끌려 그림 속으로 들어가게 될 것 같았다. 선노미는 눈을 질끈 감았다. 이 방에 들어온 것을 뼈저리게 후회했지만 돌이킬 수 없었다.

땅땅.

갑자기 묵직한 걸로 땅바닥을 내리치는 소리가 들렸다.

벽면을 뒤덮은 그림 전체가 마치 거센 풍랑을 만난 배처럼 크게 한 번 들썩였다.

땅땅.

한 번 더 내리치는 소리가 들리자 그림 속 인간들의 움직임이 일제히 멈췄다. 그 상태 그대로 그림 속에 붙박였다.

사람들을 제압한 이는 벽화 양쪽 귀퉁이에 그려진 두 괴물이었다. 하나는 사람 몸에 소의 머리를 하고 있고, 다른 하나는 역시 사람 몸에 말 머리를 하고 있었다. 둘 다 각각 한 손엔 삼지창을, 다른 한 손엔 커다란 몽둥이를 들고 있었다.

'우두나찰, 마두나찰!'

나루터에서 자란 선노미는 두 나찰의 존재가 낯설지 않았다. 뱃사람들 중엔 배를 타기 전에 절이나 사당을 찾아 기도를 드리는 사람들이 꽤 있었다. 언제, 어떻게 변할지 모르는 게 물길이라 어디든 기도를 올려 안위를 빌고 마음의 안정을 찾고 싶어 했다. 언젠가 삼개주막에 들렀던 뱃사람들 얘기에서 선노미는 두 나찰이 죄인들을 지옥에 가두는 일을 한다는 사실을 알게 되었다.

땅땅.

두 나찰이 다시 한번 삼지창으로 땅바닥을 내려찍자, 미련을 버리지 못한 눈길로 선노미를 보던 그림 속 인간들이 마침내 시선을 거두고 원래의 자리로 천천히 돌아갔다.

또르르.

그들의 시선이 가시자, 이번엔 소와 말을 닮은 두 나찰의 커다란 눈망울이 자신에게로 움직였다. 선노미는 저도 몰래 침을 꼴깍 삼켰다.

또르르.

선노미를 빤히 쳐다보던 나찰의 눈망울이 다시 원래대로 돌아갔다. 더 이상 흥미가 없다는 듯. 그러자 그림 속 인간들도 마치 아무 일 없었던 것처럼 미동도 하지 않았다. 금방이라도 선노미를 끌고 들어갈 듯 일렁이던 지옥은 그저 한 폭의 고요한 그림으로 돌아가 있었다.

'이, 이게 어떻게 된 거지.'

선노미는 잠깐 사이 꿈을 꾼 것 같은 기분이었다. 너무도 끔찍하고 해괴한 꿈을. 이게 정말 꿈인가 생시인가 싶어 선노미는 넋 놓고 두 눈만 끔뻑거렸다.

"기어이 그림을 보고야 말았구나."

등 뒤에서 우생의 목소리가 들렸다. 돌아보니 어느 틈에 본당 문을 열고 들어온 우생이 뒤에 서 있었다. 우생의 얼굴에도 당혹감이 어려 있었다.

"저 그림은 대체……."

간신히 한마디를 내뱉은 선노미는 다리에 힘이 풀려 스르르 바닥에 주저앉고 말았다.

"네가 본 건 지옥도다."

얼굴이 하얗게 질린 선노미에게 우생이 물을 건넸다.

선노미는 벌컥벌컥 사발을 들이켰다. 갈증은 가셨지만, 아직도 날뛰는 심장은 쉽게 진정되지 않았다.

"지옥도…… 라고요?"

"그래, 지옥에 가면 어떤 일이 벌어질지 그린 그림 말이다. 죄를 짓지 말라고 경고하기 위해 그린 거지. 그림을 본 사람은 나쁜 마음을 먹지 못할 테니까."

"지옥도……."

선노미는 우생의 말을 되뇌었다. 하긴 그림 제목을 몰라도 자신이 본 게 지옥이 아니면 뭘까 싶기도 했다. 그 끔찍한 광경이 지옥이 아니라면, 다른 무엇을 지옥이라고 불러야 할까.

"스님 눈에도 그림이 움직이는 게 보이나요?"

조금 마음이 가라앉은 선노미가 용기를 내어 물었다. 뜻밖에도 우생은 고개를 끄덕였다.

"그림 속 사람들이 꿈틀대거나 나를 사납게 노려보는 모습이 보인다. 저 그림의 힘을 못 느끼는 건 아마도 불필 정도겠지. 그 아이 눈에는 그냥 무서운 장면을 그린 그림으로만 보일 게야."

"어째서죠?"

"죄를 짓지 않아 마음이 깨끗할 테니까."

우생이 잠깐 뜸을 들였다가 씁쓸하게 덧붙였다.

"더 나이를 먹고 마음의 때가 타면 그때는 불필이도 그림이 움직이는 걸 보게 되겠지만 말이다."

불가해한 말이 나오자 둘 사이엔 어색한 침묵이 흘렀다.

"그런데 어떻게 그림이 움직일 수 있는 거죠?"

선노미가 아까부터 줄곧 궁금했던 걸 물었다. 우생이 후우, 한숨을 내쉬었다.

"이야기하자면 길구나."

우생이 착잡한 시선으로 선노미를 바라보았다.

"하지만 그림을 보아버렸으니, 계속 숨길 수만은 없겠지."

고작 그림에 얽힌 사연을 앞에 두고 우생은 심경이 복잡한 듯 보였다. 선노미에게 말해야 할지 어떨지, 어디까지 알려줘야 할지 몰라 고민하는 눈치였다.

"저 그림은 내가 태어나기도 전, 이 암자에서 머물렀던 어떤 무명화가가 그린 그림이다."

마침내 무겁게 입을 연 우생은 암자가 처음 세워진 그날을 더듬어 올라갔다.

우생이 기거하는 암자가 세워진 건 지금으로부터 60여 년 전이다. 부처님의 은덕으로 병에 걸려 죽을 뻔한 삼대독자 아들을 살린 부자가 절을 지으라며 큰돈을 시주한 덕분이라고 했다.

절이 완성된 뒤 선대 주지 진명 스님은 본당 벽에 근사한 탱화를 그리고 싶었다. 그는 사방으로 솜씨 좋은 화가를 수소문했지만, 인연이 없는 탓인지 좀처럼 마땅한 사람을 구할 수 없었다.

그러던 어느 날, 마을에 내려갔다 올라오던 진명은 길가에 정신을 잃고 쓰러진 남자를 발견해 들쳐업고 암자로 돌아왔다. 한눈에도 병색이 완연한 남자였다. 눈 밑이 시커멓게 움푹 들어가 있고, 온몸은 비쩍 여위어 있었다. 얼굴은 황달이라도 걸린 사람처럼 노란 걸 보니 아무래도 간이 안 좋은 모양이었다.

남자는 꼬박 이틀을 인사불성으로 누워 있다 간신히 눈을 떴다. 진명에게 목숨을 구해줘 감사하다며 인사를 올렸지만, 정작 살아난 데 안도하거나 감격한 얼굴은 아니었다. 남자는 이름이 박현이라고 했다.

"댁은 어디시오? 가족들이 걱정하실 텐데 기별이라도 넣어야지."

"가족들과는 인연을 끊었습니다."

박현이 쓸쓸하게 대답했다.

"저런……. 혹시 연유를 여쭤봐도 되겠소?"

"……보시다시피 병이 깊어 살날이 길지 않습니다."

그렇다면 더더욱 가족들 곁에 있어야 하는 거 아닌가 싶었지만, 진명은 말을 아꼈다. 누구에게나 말 못 할 사연이 있을 테니까. 가족과 불화가 있을 수도 있고, 형편이 찢어지게 가난해 곧 죽을 사람 약값이라도 덜자는, 애틋한 마음으로 일부러 집을 나왔을 수도 있다.

"……혹시 제 옆에 짐꾸러미가 없던가요?"

진명이 보관하고 있던 보따리를 건넸다. 박현이 정신을 잃고 쓰러진 곳에 함께 있길래 챙겨온 물건이었다.

박현이 가슴을 쓸어내리며 보따리를 풀었다. 조촐한 보따리 안에서 옷 두어 벌과 붓 몇 자루, 먹과 물감 따위의 화구(畫具)가 나왔다.

"화가셨구려."

진명이 반색을 했다.

"……네."

대답하는 박현의 표정이 어쩐지 어두웠다.

"참 반갑소. 그렇지 않아도 그림을 그려줄 화가를 찾고 있었는데. 괜찮으시다면 여기 머물면서 본당 벽에 그림을 좀 그려주실 순 없겠소?"

"글쎄요, 그게……."

박현은 난감한 얼굴로 말꼬리를 흐렸다.

진명은 주저하는 반응에 너무 성급하게 굴었나 싶었다. 마음이 급한 탓에 다 회복도 되지 않은 환자에게 무리한 부탁을 하다니.

"제 몸 상태야 걱정할 바가 아니나……."

진명의 속내를 읽은 것처럼 박현이 입을 열었다.

"다시는 그림을 그리지 않겠다고 맹세한 처지라서요."

"그림을 안 그린다고?"

화가가 그림을 안 그린다니, 중이 염불을 안 외는 것이나 마찬가지 아닌가, 진명은 생각했다. 물론 입 밖에 내지는 않았지만.

"······사정이 있습니다."

박현이 더는 말하기 거북하다는 듯 눈을 내리깔았다.

"두 번 다시 붓을 손에 쥐지 않겠다고 다짐했는데도 집을 나올 때 제일 먼저 집어든 게 이 붓이었습니다. 얼마나 징글징글한 굴레인지······."

목소리에 깊은 회한이 묻어났다.

'사연이 깊겠군.'

진명은 더는 캐묻지 않기로 했다.

"딱히 가실 곳이 없으면 한동안 여기 머무시오. 거창한 대접은 못 해드려도 따뜻한 밥이랑 비바람 피할 방 정도는 내드릴 수 있으니."

"감사합니다."

이번에는 진심을 담아 박현이 깊이 고개를 숙여 인사를 올렸다.

그 뒤로 박현은 한동안 암자에 머물렀다. 예술가는 성격이 괴팍하고 예민해 타인과 잘 어울리지 못한다고 들었던지라 진명은 조금 걱정스러웠다. 하지만 그는 예의 바르고 모난 구석이 없었다. 그렇다고 함께 지내기 쉬운 사람이냐 하면, 그건 또 아니었다. 술에 탐닉하는 버릇 때문이었다.

박현의 낯빛이 누렇게 뜬 것도 아마 술을 많이 마셔 간이 망가진 탓일 거라고 우생은 생각했다.

그런 지경에도 그는 눈만 뜨면 술을 찾았다. 이미 중독되었는지 술이 없으면 눈에 띄게 불안해했다. 암자에 술이 있을 리 없으니 걸핏하면 마을에 내려가 술을 사 마시고 만취해서 휘청거리며 돌아오기 일쑤였다.

진명이 앉혀놓고 '대체 어쩌자고 이러나. 한 번만 더 술 마시고 오면 쫓아낼 거다' 꾸지람해도 그때뿐, 달라지는 것은 없었다. 어찌 보면 박현은 삶에 아무런 미련이 남지 않은 사람처럼 보였다. 혹은 이승에서의 번뇌를 하루빨리 끊어버리려 작심한 것 같기도 했다.

그러던 어느 날 진명이 법당에서 기도를 올리는 틈을 타 몰래 술을 마시러 나갔던 박현이 만신창이가 돼 돌아왔다. 저 상태로 혼자 돌아온 게 용하다 싶을 정도로 몸은 성한 곳이 없었다. 찢어진 이마에선 피가 흐르고, 한쪽 눈은 퉁퉁 부어 거의 감기다시피 했다. 다리도 절뚝절뚝 절고 있었다.

"이게 무슨 일인가! 싸움판에라도 뛰어든 게야?"

진명은 기겁을 했지만 박현은 대꾸도 하지 않았다.

"어서 안으로 들어가 눕게. 다친 데가 한두 군데가 아니야."

진명이 부축해 방으로 들어가려 했다. 박현은 고개를 젓더니 바닥을 짚고 성치 않은 몸을 일으켰다.

"그 몸으로 어딜 가려는 겐가?"

"……그림을, 그리겠습니다."

박현이 제 입으로 그림을 그리겠다고 한 건 이곳에 온 이래 처음이었다. 다른 때 같았으면 반가웠을 얘기지만 하필 지금 그런 얘기를 꺼내니 진명은 오히려 걱정스럽기만 했다. 한편으론 대체 무슨 심경의 변화가 있었기에 저러나, 궁금했다.

"그럼보다 사람 몸이 우선 아닌가. 일단 몸부터 좀 추스르고 나서 그리게."

박현은 다시 고개를 저었다.

"지금 아니면 안 됩니다."

진명이 만류하려는데 박현이 먼저 말을 가로막았다.

"제겐 남은 시간이 얼마 없습니다."

박현이 하도 단호하게 구니 진명도 더는 말릴 수 없었다.

화가는 짐 보따리에서 화구를 꺼내 챙겨 들고 본당으로 들어가 문고리를 걸어 잠갔다. 진명은 방해하지 말라는 뜻으로 받아들였다.

그로부터 꼬박 하루 밤낮이 흘렀다. 깊은 어둠이 걷히고 동녘 하늘이 밝아올 무렵, 굳게 닫혔던 본당 문이 유난히 큰 소리를 내며 열렸다. 진명이 밥은 먹어가면서 하라고 여러 번 두드려도 열리지 않던 문이었다.

진명은 문 소리에 허겁지겁 본당으로 달려갔다.

핏기가 가신 창백한 얼굴에 눈이 퀭한 박현이 금방이라도 쓰러질 듯 벽에 손을 짚은 채 서 있었다.

"자네, 괜찮은……."

진명의 시선이 박현의 등 뒤로 보이는 벽화에 가닿은 순간, 충격에 하던 말을 잊었다.

숨이 막힐 정도로 압도적인 그림이었다. 눈이 아리게 시뻘건 불비, 하늘에서 떨어지는 불을 맞고 고통에 몸을 뒤트는 인간들의 모습이 너무도 생생하게 묘사돼 마치 눈앞에서 그 일이 실제로 벌어지고 있는 것 같았다. 살이 타는 냄새가 코를 찌르고 고막을 찢는 비명이 귓가에서 들리는 듯했다. 고개를 돌려버리고 싶을 정도로 참혹한 장면이지만, 그림은 눈을 뗄 수 없게 만들 만큼 너무도 강렬했다.

"참으로…… 대단해."

한참 동안 말을 잇지 못하던 진명이 겨우 감탄사를 내뱉었다.

아무리 그림 그리는 게 업인 화가라지만, 고작 한 자루 붓으로 이토록 놀라운 세계를 창조할 수 있는지, 그림이 이토록 끔찍한 아비규환을 담아낼 수 있는지 진명은 미처 알지 못했다. 정말이지 하늘이 내린 재능이라고밖에 할 수 없었다.

"마음에 드신다니 다행입니다."

백지장처럼 새하얗게 질린 박현의 얼굴에 만족스러운 미소가 언뜻 스치고 지나갔다.

"어째서 이런 재주를 숨기고 있었는가."

진명이 미처 말을 마치기도 전에 박현이 스르르 바닥으로 쓰러졌다. 기력을 모조리 쏟아부어 더는 버틸 힘이 남지 않은 것 같았다. 그를 자리에 누이면서 진명은 지옥도가 화가가 세상에 남긴 마지막 작품이 될 것 같다고 예감했다.

박현은 한나절 내내 정신을 차리지 못했다. 싸늘한 손발이며 푸른 입술을 보건대 그의 명줄이 얼마 남지 않은 게 확실했다. 눈을 뜬 건 늦저녁이 다 될 무렵이었다.

"정신이 좀 드는가?"

곁에서 용태를 살펴보던 진명이 그의 여윈 손을 덥석 쥐었다.

"스님……."

힘겹게 눈꺼풀을 들어 올린 박현은 다행히 진명을 알아보는 것 같았다.

"애써 말할 필요 없네. 그냥 누워 있게."

"……저는……얼마 못 가…… 죽겠지요."

목소리를 내는 게 힘겨운지 입에서 말들이 띄엄띄엄 나왔다.

진명은 굳이 그의 말을 부인하지 않았다. 이미 박현을 데려갈 죽음이 바로 문 앞까지 와 있다는 사실을 둘 모두 잘 알고 있었다.

"죽기 전에…… 고백할 게…… 있습니다."

"고백이라니?"

"저 그림은…… 지옥도는…… 보통 그림이…… 아닙니다."

"아무렴, 보통 그림이 아니지. 내가 비록 그림에 문외한이긴 하나, 머리털 나고 저렇게 훌륭한 그림은 처음 보네. 자네는 참으로 뛰어난 재주를 가졌어."

"……그런 뜻이 아니라……."

박현이 천천히 고개를 흔들었다.

"저건…… 실제로…… 일어난 일입니다."

"실제로 일어났다고?"

진명이 무슨 의미인지 몰라 눈썹을 치켜떴다. 저런 지옥에서나 벌어질 법한 일이 실제라니? 그게 말이나 되는 소린가.

"아마…… 지금쯤…… 일어나고 있겠지요. 혹은 조만간…… 벌어지거나."

도통 무슨 뜻인지 진명은 이해가 되지 않았다. 생사의 문턱에서 정신이 혼미해지는 걸로만 보였다.

"말짱한…… 정신으로…… 하는 말입니다."

도저히 믿을 수 없다고 말하는 것 같은 진명의 표정을 보며 박현이 덧붙였다.

"제가 그리는 그림은…… 언젠가는…… 모두…… 현실이 되어버리니까요."

"그림이 현실이 되다니, 그게 무슨 뜻인가?"

숨이 목구멍까지 차올랐는지 박현은 잠시 말을 멈췄다. 나뭇가지처럼 가냘픈 손을 들어 올려 물을 찾았다. 진명이 물 대접을 건네자 박현은 목을 축이고 마지막 기력까지 쥐어짜 제 이야기를 털어놓았다.

어린 시절부터 그림을 잘 그려 박현은 천재 소리를 들으며 자랐다. 붓을 들기만 하면 마치 홀린 것처럼 순식간에 한 폭의 그림을 완성했다. 무얼 그릴까 고민할 필요도 없었다. 눈에 보이지 않는 신비한 존재가 잠시 그의 머리와 몸을 빌려 붓을 움직이는 게 아닐까 싶을 정도였다.

　사람들은 모두 그가 화가로서 크게 성공할 거라고 입을 모았다. 하지만 그의 재능엔 저주가 함께 따라왔다. 마치 동전의 양면처럼. 저주란, 그가 그린 그림은 빠르건 늦건 간에 모두 현실로 이뤄진다는 거였다.

　아는 사람이 투전판에서 싸움질하는 그림을 그리면 실제로 그런 일이 벌어진다. 강도가 으슥한 밤길에 이웃 아녀자를 겁탈하고 죽이는 그림을 그리면 그게 바로 현실이 된다. 옆 동네에서 큰불이 나는 그림을 그려도 마찬가지다.

　처음엔 그저 기막힌 우연이라고만 여겼다. 하지만 안타깝게도 우연은 계속해서 쌓였고, 더는 우연으로만 치부하기 어려워졌다. 백발백중 현실이 되는 그의 그림은 오히려 예언이라고 불릴 만했다.

　그렇다면 아름다운 것, 기쁜 일만 그리면 될 것 아닌가 싶었지만 안타깝게도 그렇게 간단한 문제가 아니었다. 어떻게 된 일인지 본인이 의식하지도 못하는 사이, 손에 든 붓은 자꾸만 추악하고 슬픈 장면들만 그리고 있었다. 그래서 박현은 자신이 그린 그림인데도 완성본을 보고 화들짝 놀란 적도 많았다.

　선하고 아름다운 것은 억지로 그릴 수 없는 반면, 끔찍하고 공포스러운 것들은 애써 그리려 하지 않아도 희한하게 손이 술술 잘 움직였다. 물론 그 그림 속에서 벌어진 일이 현실이 되는 건 두말할 필요가 없었다.

이런 기이한 일들이 반복되자, 박현은 그림 그리는 게 무서워졌다. 하지만 입소문이 나서인지 멀리서도 그를 찾아오는 사람들이 많아져 그림을 마음대로 그만둘 수도 없었다. 박현이 점쟁이라도 되는 양 그에게 제 미래를 그려달라고 하는 이들도 있었다. 그래도 그 정도는 양반이었다. 앙심을 품고 누군가를 해코지하는 그림을 그려달라고 부탁하는 이들도 적지 않았다. 그들을 볼 때마다 박현은 인간이 선하게 태어난다는 건 거짓말이라고, 세상은 악의로 가득 차 있다고 몸을 떨었다.

세상의 더러움을 알게 되면서 박현은 저주받은 재능이 원망스러워졌다. 술을 마시기 시작한 건 그 무렵부터였다. 차라리 그림 따위는 깨끗이 잊어버리고 장사라도 해볼까 생각한 적도 있었다. 하지만 그것마저 마음대로 할 수 없었다. 한동안 붓을 잡지 않으면 그림을 그리고 싶다는 강렬한 열망이 그를 붙잡고 늘어졌다. 그 열망에 사로잡혀 무언가를 그리게 될 때까지.

그러면 또다시 그린 그림을 보고 괴로워하는 악순환의 연속이었다. 지독한 괴로움이 밀려오는 만큼 비워내는 술병도 늘어만 갔다.

그런 박현에게 하나밖에 없는 어린 아들은 유일한 위안이었다. 늦장가를 가서 남들이 막내를 볼 나이가 돼서야 겨우 품에 안은 아들이었다. 아이가 해맑게 웃는 모습을 보면서 박현은 잠시나마 마음속 번뇌와 갈등을 잊을 수 있었다.

아버지 외모를 쏙 빼닮은 아들은 그림 그리는 재능까지 물려받은 것 같았다. 걸음마를 막 뗄 무렵부터 붓을 손에 쥐더니 그림을 그리기 시작했다. 어지간한 어른 저리 가라 할 만한 솜씨였다.

동네 사람들은 마치 신기한 기예를 보는 것처럼 아들이 그림 그리는 모습을 지켜봤다. '저 고사리손으로 잘도 그리네', '크면 아비보다 더 잘 그리겠어'라고 수군거리면서. 팔불출이라고 할까 봐 내색은 못 해도, 그런 말을 들을 때마다 박현은 입이 귓가까지 벌어지는 걸 주체할 수 없었다.

처음엔 이것저것 가리지 않고 그리던 아들은 언젠가부터 인물화에 정착하는 것처럼 보였다. 아들의 그림 속 사람들은 모두 금방이라도 종이 밖으로 튀어나올 것처럼 생생했다.

어느 날 아내와 가깝게 지내는 동네 아주머니가 박현의 집을 찾아왔다가 아들이 그린 그림을 보고 깜짝 놀랐다.

"아니, 이건 우리 남편 아냐. 얘는 본 적도 없을 텐데 어떻게 이렇게 똑같이 그렸지? 거참 신통방통하네."

그림 속 남자는 박현도 잘 알고 있는 아주머니 남편과 똑 닮은 모습을 하고 있었다. 박현의 마음에 불안이 드리우기 시작했다. 저주받은 재능……. 그리고 그 불길한 예감은 어김없이 맞아떨어졌다.

아들은 사람의 배우자를 보지 않고도 정확히 그리는 희한한 재주를 갖고 있었다. 자신의 능력이 묘한 방식으로 대물림된 것만 같았다. 얼마 안 가 그의 집은 어린 아들에게 미래 배우자를 그려달라고 몰려오는 사람들 때문에 문지방이 다 닳아버릴 지경이었다.

"참으로 신기한 일도 있지."

하루는 같은 동네에 사는 아낙 을순이 부엌에서 일하는 박현의 아내에게 헐레벌떡 달려왔다.

"자네, 요전에 나랑 같이 여기 온 엄마랑 그 딸내미 기억하지? 내 먼 친척. 그때 재미로 이 집 꼬맹이한테 그림을 그리게 했잖아."

"엄마 쪽은 남편 얼굴을 정확하게 그렸는데, 결혼을 앞둔 딸의 정혼자 얼굴은 틀리게 그렸었죠."

아내가 고개를 끄덕이며 대꾸했다. 박현도 그 일을 기억하고 있었다. 아들이 틀린 적은 처음이었기에. 아들을 찾아온 모녀는 '그래도 반은 맞췄으니 어지간한 점쟁이보다야 낫네'라며 그저 웃어넘겼었다.

"그 정혼자가 갑자기 폐렴에 걸려 죽었다지 뭐야."

"세상에!"

아내가 놀라 눈을 크게 떴다.

"그런데 말이야, 진짜 놀라운 건……."

을순은 주위를 둘러보며 목소리를 낮췄다.

"자네도 봤다시피 그 집 딸이 얼굴 고운 걸로 소문이 자자해서 금방 다른 혼사 얘기가 나왔는데, 세상에! 그 새로운 정혼자 얼굴이 그림 속 얼굴이랑 똑같다고 하더라고."

이번엔 박현도 너무 놀라 입이 딱 벌어졌다.

"내일이 혼삿날이야. 행여 또 안 좋은 일이 생길까 봐 이번엔 혼례를 서둘렀다는구만. 자네 아들 예언이 적중한 거야."

신이 나서 떠벌리는 을순의 얘기를 귓전으로 들으며 박현은 절망감에 눈을 질끈 감았다. 미래를 그릴 줄 아는 재능이 결국 축복이 아니라 저주가 되리라는 것을 그는 너무도 잘 알고 있었으니까.

'아들까지도 나랑 같은 운명을 걷게 된단 말인가.'

박현은 하늘이 한없이 원망스러웠다.

아들이 무럭무럭 커갈수록, 저주 같은 재능이 점점 더 빛을 발할수록 박현은 아들을 보는 게 괴로워 견딜 수 없었다. 아들 앞에 펼쳐질 미래가 마치 눈앞에 선하게 보이는 것만 같았다. 괴로움을 잊기 위해 그는 술독에 파묻혀 살았다. 그러는 새 몸속의 병은 더욱 깊이 자리 잡고 있었다.

살날이 길지 않다는 걸 깨달은 박현은 도망치듯 집을 나왔다. 얼마 안 남은 삶의 마지막 순간만큼은 시시각각 자신을 괴롭히는 눈앞의 괴로움에서 벗어나고 싶어서였다.

짐보따리를 꾸리는데 손이 저도 모르게 제일 먼저 화구로 향했다. 그런 제 손을 내려다보며 박현은 탄식했다. 저주받은 재능이 죽을 때까지 놓아주지 않으려는 것 같아서. 그것이 죽음의 순간까지도 지고 가야 하는 멍에인 것 같아서.

집을 떠나 지방으로 떠돌던 박현은 산속에서 정신을 놓고 말았다. 그리고 무슨 인연에 이끌렸는지 진명의 눈에 띄어 암자까지 오게 된 것이다.

"어째서 그렇게 귀신에 홀린 표정이냐."

우생이 선노미의 안색을 살피며 잠시 이야기를 멈췄다.

아닌 게 아니라 선노미는 귀신에 홀린 기분이었다. 세상에 이런 우연이 있다니.

예전에 삼개주막을 찾았던 팔생이라는 보부상이 배우자 얼굴을 그려주는 화가 노인에 대해 이야기하는 걸 들은 적이 있었다. 미래를 볼 수 있는 건 축복이 아닌 저주라고 말했다던 노인. 그 노인이 박현이라는 화가의 아들이었던가.

"아니, 아무것도 아니에요."

선노미가 고개를 흔들었다.

"그런데 화가는 왜 저런 지옥도를 그린 건가요?"

자신이 그린 그림이 현실이 될 거라는 걸 알고 있었으면서.

"지옥을 보았으니까."

"네?"

예상치 못한 답변에 선노미가 눈을 크게 떴다.

"지옥이란 건 저승에만 있는 게 아니다. 이 세상에도 있지. 어쩌면 이 세상의 지옥이 더 끔찍할지도 모르고."

우생이 이야기를 이어나갔다.

만신창이가 돼 돌아왔던 그날도 박현은 술을 마시러 인근 마을 주막을 찾았다. 술상을 받아들고 마시는데, 저만치 손님 없는 평상 아래 몸을 둥글게 만 채 웅크린 소녀가 눈에 띄었다.

열두셋쯤 됐을까. 말간 얼굴에 곱상하게 생긴 아이였다. 오랫동안 빗지 않은 머리가 더부룩하게 헝클어지고, 입은 옷도 낡고 때가 탄 걸 보니 살뜰하게 보살펴주는 사람이 없는 모양이었다. 소녀는 신음도 아니고 노래도 아닌, 알 수 없는 소리를 중얼거리며 웅크린 몸을 좌우로 흔들고만 있었다.

"저 아이는 누구요?"

박현이 평상을 정리하는 주모에게 물었다.

"진이 말이에요?"

주모가 여자아이 쪽을 흘깃 바라보며 대꾸했다.

"왜 저기서 저러고 있는 거요?"

"백치니까요."

주모의 목소리엔 성가시다는 기색이 역력했다.

"아기 때 병을 앓아 바보가 됐대요. 듣지도 말하지도 못하는데, 툭하면 동네를 떠돌다 저렇게 아무 데나 숨는다니까요. 아주 귀찮아 죽겠어요."

"부모는 뭐 하는 사람이기에 딸을 저렇게 내버려두는 거요?"

"둘 다 죽었죠. 몇 년 전에 돌림병으로."

"저런……. 그럼 돌봐주는 사람은 있소?"

"동네 어르신 한 분이 데려가셨어요. 당신도 홀몸이니 서로 의지하며 살면 좋지 않겠냐면서요. 쟤한테는 친척도 없으니 잘됐죠."

박현은 진이를 찬찬히 뜯어보았다. 사정을 들으니 아이의 행색이 초라한 게 이해가 갔다. 노인 혼자 정신도 온전치 않은 아이를 돌보는 게 쉬운 일은 아닐 것이다. 먹이고 입히는 것만 해도 힘에 부칠지 모른다. 박현은 겁먹은 생쥐처럼 몸을 흔들고 두리번거리는 진이를 안쓰러운 마음으로 바라보았다.

저주받은 재능으로 심신이 상한 제 처지도 처량하다지만, 어린 나이에 부모를 잃고 남의 손에 얹혀 살아가야 하는 소녀의 처지도 비할 데 없이 딱했다. 박현은 괜히 마음이 울적해져 술을 연거푸 들이켰다.

얼마 후 한 노인이 주막으로 들어와 사방을 살피더니 평상 아래 숨은 진이를 발견했다.

"어딜 갔나 했더니 또 여기서 이러고 있구나."

아마도 아까 주모가 말했던 그 보호자인 모양이었다.

"갑수 어르신, 저 좀 봐주세요. 쟤가 자꾸 여기 와서 저러고 있는 바람에 제가 아주 죽겠어요."

주모가 기다렸다는 듯 부엌에서 달려 나와 불평을 늘어놓았다.

갑수라고 불린 남자는 겸연쩍은 얼굴로 미안하게 됐다며 연신 사과했다.

"하긴 남정네 혼자 애를 돌보는 게 쉬운 일은 아니겠지만요."

주모는 한바탕 불평을 늘어놓고 나서는 말투가 조금 누그러졌다.

갑수는 예순을 갓 넘긴 듯 보였다. 어르신이라는 말에 허리가 굽은 노인네인 줄 알았는데, 나이에 비해 체격이 좋고 정정했다. 머리는 허옇게 셌지만, 얼굴엔 주름도 별로 없었다. 날 때부터 건강한 체질이었을 것이다.

"진아, 민폐 그만 끼치고 집에 가야지."

갑수가 진이의 손을 잡아끌었다. 진이는 뭐라고 웅얼거리며 몸을 틀었다. 싫다며 버티는 것 같았다.

"여기서 이러면 아주머니가 장사를 못 하시잖니. 돌아가서 네가 좋아하는 쌀밥 지어주마."

쌀밥이라는 말에 진이의 안색이 조금 밝아졌다. 그래도 이곳에 미련이 남는지 몇 번을 더 주저주저하다 결국엔 마지 못해 갑수를 따라나섰다.

질질 발을 끌던 진이가 무슨 생각이 들었는지 갑자기 뒤돌아 박현을 바라봤다. 둘의 시선이 잠깐 마주쳤다. 아주 짧은 눈맞춤이었지만, 박현은 진이의 텅 빈 동굴 같은 검은 눈이 무언가를 말하고 있는 것 같다고 느꼈다.

"아휴, 아주 속이 다 시원하네."

두 사람이 떠나자 주모가 후련하다는 듯 앞치마를 툭툭 털었다.

박현은 잠자코 다시 술을 따랐다. 아이의 눈빛 때문에 어쩐지 술맛이 나질 않았다. 문득 진이가 앉아 있던 평상 아래 뭔가 떨어져 있는 게 보였다. 작고 희끄무레한 물체였다. 박현이 허리를 숙여 떨어진 물체를 집었다.

"명순이 비녀구만."

어깨 너머로 본 주모가 혼잣말을 했다.

"명순?"

"죽은 진이 엄마요. 진이가 제 엄마 물건이라는 건 아는지 늘 갖고 다니면서 만지작거리더라고. 짜증이 나다가도 그런 걸 보면 또 안쓰럽고 그래요."

"그 아이한테는 중요한 물건이었겠어."

박현이 비녀를 보며 중얼거렸다. 맨정신이 아닌 아이라 늘 품고 다니는 물건이 안 보이면 불안할 것이다. 이걸 찾아다니다 위험한 데서 길을 잃어버릴지도 모른다.

"그 아이가 사는 곳이 어디요?"

술값을 치르면서 박현은 저도 모르는 사이 주모에게 그렇게 묻고 있었다.

진이네 집은 마을 어귀에서도 한참을 더 들어가야 했다. 이웃들과도 동떨어져 교류도 없을 것 같은 외진 곳이었다. 동네 아낙들이 오다가다 한 번씩 들여다볼 수 있는 곳이면 좋으련만. 박현은 그마저 안타까운 마음이 들었다.

"계십니까?"

안마당으로 들어가 방문 앞에서 기척을 냈다. 돌아오는 대답이 없었다. 안방과 부엌 쪽을 둘러봐도 안에 사람은 없는 것 같았다.

아까 집으로 돌아간다고 했었는데. 오다 잠깐 다른 델 들렀나?

길이 어긋나면 비녀는 어떻게 돌려주나…… 망설이던 차에 마당

안쪽 후미진 곳에 헛간 같은 건물이 눈에 들어왔다. 헛간 문은 조금 열려 있었다. 박현은 그리로 걸음을 옮겼다.

가까이 다가가자 열린 문 사이로 갑수 목소리가 희미하게 들렸다. 갑수는 혼자가 아니었다. 왁자지껄한 소리와 키들거리는 웃음소리가 들리는 걸로 보아 모인 사람은 여럿인 것 같았다.

'이런 데서 뭘 하는 거지?'

다들 일을 보고 있는데 방해하는 게 아닌가 싶어 박현은 먼저 문틈 으로 가만히 안쪽을 살폈다.

남자 다섯 명이 원을 그리듯 빙 둘러서 있었다. 갑수처럼 제법 나 이를 먹은 이도 있고, 아직 삼사십 대 장년의 남자도 섞여 있었다. 박 현에게 등을 돌리고 서 있어 표정까진 보이지 않았지만, 어쩐지 다들 묘하게 흥분한 분위기였다.

잠시 후 원 한가운데서 초로의 남자 하나가 몸을 일으켰다. 이제껏 바닥에 누워 있어 시야에 잡히지 않았던 남자였다. 그는 헉헉 숨을 몰아쉬며 벌겋게 달아오른 얼굴에 흐르는 땀을 소매로 닦았다.

"이봐, 좀 쉬엄쉬엄하라고. 다른 사람들도 생각해야지."

동년배처럼 보이는 남자가 이죽거리며 막 몸을 일으킨 남자에게 말했다.

"하필 내 차례 때 진이 저것이 도망쳤잖아. 오래 기다렸으니 그만 큼 재미를 봐야 할 것 아닌가."

진이라고? 박현은 눈을 부릅떴다.

축 처져 바닥에 드러누워 있는 진이 모습이 그제야 눈에 들어왔다. 치마가 위로 들쳐 올라가 하얀 맨다리가 그대로 드러나 보였다. 가슴팍에 옷고름도 이리저리 풀어 젖혀진 상태였다. 헝클어진 머리칼에 얼굴이 뒤덮인 진이는 정신을 잃었는지 꼼짝도 않고 누워 있었다.

"모자란 데다 벙어리지만, 품긴 그만이란 말이야."

누군가가 킬킬거렸다.

"그래서 더 좋은 거 아닌가? 어디 가서 말하고 다닐 일도 없고."

다른 이가 맞장구를 쳤다.

"갑수 어르신도 엉큼하시지. 처음부터 이럴 생각으로 쟤를 데려온 거죠?"

젊은 남자가 끼어들었다.

"안 그러면 밥만 축내는 식충이를 왜 데려왔겠나. 먹여주고 재워주는 대신 여자 맛이라도 좀 봐야지."

남자들 사이에서 와락 웃음이 터져 나왔다.

"어르신한테 뭐라고 하지 말게. 덕분에 우리도 이렇게 함께 재미 보는 거 아닌가."

"자네, 집에 가서도 좋아라 하는 티를 내는 건 아니겠지? 아서라, 그러다 제수씨 알면 경을 칠라."

"여편네는 이미 대충 눈치챘어. 사창가에 돈 내버리거나 바람나는 것보다 이게 낫다고 오히려 안심하는 모양이더라고."

"거참 현명한 부인일세."

모여 있는 자들이 재미난 농담이라도 한 것처럼 키득키득 웃었다.

박현은 온몸이 와들와들 떨렸다. 어떻게 저렇게 태연하게 웃고 떠들 수 있는 거지? 가엾은 아이에게 저런 모진 짓을 하고선! 잘못을 저지르고 있다는 자각도 없는 걸까? 너무 놀라 발이 땅에 뿌리내린 것처럼 꼼짝도 할 수 없었다. 힘이 풀린 손에서 비녀가 툭 떨어진 것조차 알아채지 못했다.

"그럼 다시 몸 좀 풀어볼까."

이번엔 덩치 큰 남자 하나가 자리에서 일어나 바지춤을 내리고 진이 위에 엎드렸다. 정신을 잃은 것처럼 보였던 진이가 별안간 우우우, 소리를 내며 몸을 뒤틀었다. 남자는 우악스러운 손으로 단번에 진이 입을 틀어막고 다른 한 손을 치마 속으로 찔러넣었다. 맹렬하게 몸부림치던 진이는 다 포기한 듯 축 늘어졌다.

"이게 다들 무슨 짓이오!"

더는 보고 있을 수 없어 박현이 문을 벌컥 열고 안으로 뛰어들었다. 남자들은 낯선 자의 등장에 일순 당황한 것 같았다.

"넌 뭐 하는 놈인데 남의 집에 함부로 들어와서 행패야?"

갑수가 눈을 부라렸다.

"당신네들 하는 짓거리는 내 두 눈으로 똑똑히 봤어. 관아에 가서 다 고할 거요!"

어리둥절 박현을 쳐다보던 사람들이 피식 코웃음을 쳤다.

"어디 그러시든가."

"다들 모르는 일도 아닌데 그래봤자 너만 헛고생이지."

"뭐, 관아에 있는 양반들은 진이 안 품어본 줄 아나?"

그들이 돌아가며 한마디씩 비아냥거렸다.

박현은 충격으로 머릿속이 하얘지는 것 같았다. 다들 안다고? 그렇다면 동네 전체가 아이 하나를 농락해온 게 아닌가. 이 사람들이 과연 인간일까. 두려움과 혐오감에 박현이 저도 몰래 한 발짝 뒷걸음질 쳤다.

그러자 조금 전 진이를 덮치려 했던 덩치 큰 남자가 주섬주섬 일어나 가까이 다가왔다.

"이제야 상황 파악이 됐나 봐? 아, 어딜 가시나? 방해꾼은 혼이 나야지."

그 말이 신호라도 되는 양 어느새 다른 이들도 곁으로 몰려들었다.

"그래야 건방진 짓을 하면 어떻게 된다는 걸 알지."

"당신들, 이, 이러고도 무사할 줄 알아!"

박현이 슬금슬금 뒤로 물러섰다. 덩치 큰 남자가 달려들어 그의 멱살을 와락 움켜쥐었다.

"무사하지. 무사하고말고. 우리는 집을 털러 온 뜨내기 도둑놈을 혼내준 것뿐이니까."

말을 마치기 무섭게 남자가 박현의 뺨을 후려쳤다. 눈앞에서 번개가 번뜩인 것 같았다. 다음 순간 누군가에게 다리를 걸어차이는 바람에 박현은 바닥에 그대로 털썩 무릎을 꿇었다. 그것을 시작으로 무지

막지한 발길질, 주먹질이 이어졌다.

퍽, 퍽, 퍽.

손발이 내리꽂힐 때마다 묵직한 통증이 박현의 온몸을 들쑤셨다. 찢어진 이마에서 흐른 피가 눈꺼풀에 맺혀 시야를 가렸다. 핏물 사이로 보이는 사내들은 마치 마귀들 같았다. 욕망에 눈멀고, 양심이 마비돼버린 마귀.

'이게 바로 지옥인가……'

나쁜 짓을 한 자들이 죽어서 가는 곳만이 지옥이 아니다. 이자들이 있는 세상, 여기가 바로 지옥이다. 그래, 너희들한테 어울리는 지옥을 만들어주마. 그 속에서 영원히 살도록 해주마. 정신이 아득해지는 와중에 박현은 이를 악물었다.

시간이 얼마나 흘렀을까. 눈을 뜨고 둘러보니 주변엔 아무도 없었다. 남자들도, 진이도 어디론가 사라졌다. 박현은 가까스로 몸을 일으켰다. 온몸이 상처투성이였다. 여기저기가 다 아파서 몸 전체가 얼얼하게 마비된 것 같았다.

박현은 비틀거리는 걸음을 옮겨 암자를 향해 걷기 시작했다. 몸도 가누기 힘든 그를 움직이게 만든 건 타오르는 분노와 사명감이었다. 그에겐 마지막으로 해야 할 일이 있었다.

진명의 만류에도 화구를 챙겨 본당에 들어선 그는 신들린 것처럼 벽에 그림을 그리기 시작했다. 박현의 붓이 스치고 지나갈 때마다 지옥의 모습은 점차 생기를 띠었다. 불비에 괴로워하는 갑수와 남자들, 온통 불길에 휩싸인 마을. 피부가 타고 내장이 녹는 것처럼 뒤틀리고 일그러진 그림 속 인물들의 고통스러운 표정은 생생하기 그지없었다.

'다 됐다…….'

마침내 박현이 붓을 내려놓았을 때는 눈앞에 지옥이 펼쳐져 있었다. 그 지옥이 조만간 현실이 되리라는 사실을 그는 너무도 잘 알았다.

"스님…… 마지막으로…… 부탁이 있습니다."

박현이 흐려지는 시선으로 진명을 바라보았다.

"진이를…… 돌봐…… 주세요. 그 아이가…… 다시 그런 일을 당하지 않게……."

박현은 끝까지 말을 맺지 못했다. 벌어진 그의 두 눈이 초점을 잃은 채 멀거니 허공을 향했다. 코에서도, 입에서도 더는 숨결이 느껴지지 않았다. 진명은 떨리는 손으로 그의 눈꺼풀을 덮어주었다.

장례를 치러주고 며칠이 더 지나서야 진명은 박현이 말했던 마을을 찾아갔다.

죽은 이의 말을 곧이곧대로 믿은 건 아니었다. 그림으로 그린 일이 현실이 되고, 지옥도처럼 하늘에서 불비가 내린다는 이야기를 어찌 믿을 수 있을까. 죽어가면서 정신이 혼미해진 박현이 헛소리를 했을 것이다. 하지만 단 하나, 진이 이야기만은 흘려들을 수 없었다. 만약 정말로 가엾은 소녀가 그런 끔찍한 일을 당하고 있다면 어떻게 해서라도 구해줘야 했다.

마을은 아무도 살지 않는 곳처럼 을씨년스러웠다. 마을에 큰 화재라도 났는지 집집마다 서까래와 벽면이 시커멓게 그을려 있었다. 커다란 고목들도 불에 타고, 부러진 가지들이 널브러져 있었다.

'아니, 이건…….'

저도 모르게 불비가 내린 박현의 그림을 떠올리고서 진명은 온몸에 소름이 돋았다. 하지만 설마 그런 일이 진짜로 벌어졌으려고…….

"이보시오, 혹시 마을에 무슨 일이 있었소?"

진명이 마침 지나가는 젊은 여자를 붙들고 물었다. 짐보따리를 머리에 이고 양손엔 어린아이들 손을 잡은 걸 보니 마을을 떠나려는 참인 것 같았다.

"있었죠. 있었다 뿐이겠어요. 하늘에서 불비가 내렸는데요."

여자가 내뱉듯이 말했다. 우연히 마주친 진명에게 화풀이라도 하려는 것처럼 말투가 거칠었다.

"불비라고?"

진명은 머리를 세게 얻어맞은 기분이었다.

"며칠 전 먹구름이 새까맣게 몰려오길래 비가 오나 싶었더니……."

생각만 해도 진저리가 쳐지는지 여자는 별안간 흠칫 몸을 떨었다. 사납던 여자의 눈에 공포의 빛이 스치고 지나갔다.

"비가 아니라 불이었어요. 하늘에서 불이 비처럼 떨어졌다고요!"

진명은 여전히 믿을 수가 없었다.

"그럼…… 비를 맞은 사람들은?"

모두 타 죽거나 크게 다쳤다고 했다. 불비를 맞은 피해자는 대부분 바깥일을 하는 남정네들이었지만, 아녀자도 없지는 않았다. 여자의 남편도 죽은 사람 중 하나였다.

말하다 보니 다시 감정이 북받쳤는지 여자가 별안간 울음을 터뜨렸다. 진명은 어찌할 바를 몰라 관세음보살을 중얼거리며 울음이 잦아들길 기다렸다.

"그래서 마을을 떠나려는 건가?"

"떠나야지요. 이렇게 무서운 곳에서 어떻게 살아요."

한바탕 울고 나서 조금 누그러진 여자가 코를 훌쩍이며 말했다. 여자는 소매로 눈물을 훔친 뒤 아이들 손을 잡아끌고 다시 길을 떠나려 했다.

"잠깐, 혹시 진이라는 아이가 어떻게 됐는지 아는가?"

"진이? 그 모자란 애 말씀이세요?"

여자가 고개를 갸웃했다.

"갑수 어르신이 돌아가셨으니 걔도 죽지 않았을까요? 바보라서 난리통에 제대로 피신도 못 했을 것 같은데."

여자는 더는 볼일이 없다는 듯 뒤도 돌아보지 않고 떠났다.

진명은 망연자실해서 한참을 서 있었다. 박현이 했던 말이 진짜였단 말인가. 이럴 수가, 이럴 수가…….

믿을 수 없는 상황에 어지럼증이 몰려와 진명은 한동안 그을린 담

벼락을 짚고 서 있었다. 곧 정신을 차리고 진명은 진이를 찾아 나섰다. 사람들이 눈에 띌 때마다 진이의 행방을 물었다. 혹시나 어디 안에 들어가 숨어 있을까 싶어 이미 집주인이 떠나 황량한 빈집도 다 뒤졌다. 하지만 어디에서도 진이의 모습은 보이지 않았다.

'여자 말대로 진이는 아비규환 속에서 목숨을 잃은 건가.'

진명은 가슴이 아렸다. 하지만 찾을 수 없으니 아쉬운 마음을 안고 홀로 암자로 돌아오는 수밖에 없었다.

나중에 전하는 말로 들은 바에 따르면, 주민들이 다 떠난 마을은 결국 얼마 못 가 폐허가 됐다고 했다. 죄로 가득한 마을은 그렇게 세상에서 사라졌다. 벽에 그려진 그림만이 한때 그곳에서 무슨 일이 벌어졌는지를 생생하게 말해주고 있었다.

진명이 지옥도에 이상한 힘이 있다는 사실을 깨달은 건 그로부터 몇 달 뒤였다. 암자에 잠시 머물던 사내 하나가 그림 속으로 빨려 들어갔기 때문이다.

워낙 순식간에 벌어진 일이라 곁에 있던 진명조차 어떻게 손을 쓸 수가 없었다. 그저 제 눈을 의심하며 지옥도가 집어삼킨 그자를 멀거니 바라볼 뿐이었다.

다음 날 수배 중인 범인을 찾아 산중 암자까지 온 포졸들한테서 얘기를 듣고 나서야 진명은 사내가 도망 중인 범죄자였다는 사실을 알았다. 그자는 여자를 여럿 강간하고 죽였다고 했다. 그제야 진명은 어째서 그가 그림 속으로 빨려 들어갔는지 이해했다. 그가 있어야 할 곳은 바로 그림 속 지옥이었으니까.

그 뒤에도 비슷한 일이 몇 차례 일어났다. 절에 머물던 사람이 갑자기 사라졌다 싶으면, 어느새 그림 안에 들어가 있었다. 그렇다고 그림을 보는 모든 이들이 지옥도 안으로 들어가는 건 아니었다. 그림 속에서 불비를 맞고 고통스러워하는 사람들은 자신과 비슷한 악인들만 지옥으로 끌어들이는 것 같았다.

그림에 끌려 들어간 이들은 알고 보면 하나같이 용서받지 못할 죄를 지은 자들이었다. 사람을 죽이거나, 강도질을 하거나, 아녀자를 겁탈하거나. 박현의 기이한 재능인지, 하늘이 악인에게 내리는 형벌인지, 한을 품고 죽은 진이의 원망 때문인지 몰라도 벽 속 그림에 갇히는 자들은 세월이 갈수록 하나씩 늘었다.

이런 일들이 반복되자 진명은 외부인들의 본당 출입을 막아야겠다고 결심했다. 절이라는 곳이 사람을 가려가며 받을 수도 없거니와 신상을 꼬치꼬치 캐물을 수도 없으니, 아예 본당에 발을 들이지 않도록 하는 편이 안전할 것이었다.

하지만 진명의 조치는 뜻하지 않은 오해를 불러일으켰다. 산속 암자에 잠깐 머물렀던 이들을 통해 절에 외부인들이 절대 발을 들여선 안 되는 본당이 있다는 입소문이 났고, 입소문은 '그곳에 귀중품이 있다더라', '금부처가 있다더라' 하는 뜬소문으로 와전됐다. 그래서인지 이따금 귀중품을 털려고 마음먹은 사람들이 이런저런 핑계를 대고 암자를 찾아왔고, 그들 중 일부는 지옥도에 갇혀 영원히 절을 떠날 수 없게 됐다.

"춘식과 영달도 아마 그런 자들이겠지."

우생이 탄식 섞인 목소리로 말했다.

선노미는 고개를 끄덕였다. 우생의 설명을 들으니 영달이 왜 일부러 다리를 절었는지 알 것 같았다. 춘식과 영달은 암자에 머물 핑계를 대기 위해 그런 연극을 한 것이다. 그런데 도중에 영달 몫까지 가로채겠다는 욕심이 생긴 춘식이 한밤중에 몰래 혼자 본당 문을 열었다가 변을 당한 것이다.

춘식이 저를 배신하려 했다는 사실을 뒤늦게 깨달은 영달은 치밀어오르는 분노를 삭이다가 혹시라도 더 챙겨갈 건 없을까 하고 한발늦게 본당엘 들어갔고, 그 역시 그림 속으로 빨려 들어갔을 터다.

처음 춘식이 사라졌을 때 당황했던 우생은 나중에 지옥도를 보고서 대충 사정을 짐작했다. 그러나 들어가지 말라는 경고가 영달이 본당 문을 여는 것까지 막을 수는 없었다. 이제 선노미는 영달이 사라졌다는 말에도 우생이 동요하지 않았던 게 이해가 갔다. 우생은 영달이 갈 만한 곳을 이미 알고 있었던 것이다.

우생이 선노미를 바라보며 가만히 물었다.

"네 눈에는 그림이 어떻게 보였더냐?"

"사람들이 금방이라도 밖으로 튀어나올 것 같았어요. 절 잡아가려는 것처럼요."

"그랬군……."

우생의 얼굴에 그늘이 드리워졌다.

"뭔가 죄를 지은 모양이구나."

덤덤한 목소리에 비난하는 기색은 없었지만, 선노미는 호된 꾸지람이라도 들은 사람처럼 단박에 풀이 죽었다.

"그래도 그들이 널 데려가지 않은 걸 보면 가벼운 죄였겠지."

선노미는 목구멍까지 나온 '아니오'라는 말을 가까스로 꿀꺽 삼켰다. 무겁기로 치자면 기껏해야 작당하고 절을 털려 했던 춘식과 영달보다 사람을 죽인 제 죄가 훨씬 더 무거울 것이었다. 하지만 우생 앞에서 그런 얘기까지 다 털어놓을 순 없었다. 갑자기 의문이 선노미 머리를 스치고 지나갔다.

'그런데도 어째서 난 그림 속으로 빨려 들어가지 않은 거지?'

"어쩌면 그럴 만한 사정이 있었을지도 모르지."

우생의 목소리에 선노미는 퍼뜩 고개를 들었다. 우생이 은은한 시선으로 선노미를 바라보고 있었다.

"네가 무슨 잘못을 저질렀는지 나는 모른다. 하지만 너는 네가 한 일 때문에 괴로워하고 반성하는 것처럼 보이는구나. 그게 그림 속으로 끌려 들어간 악인들과 너의 가장 큰 차이겠지."

겨우 그것 때문이라고? 벌을 안 받은 이유가! 다행이라고 가슴을 쓸어내리면서도 선노미는 우생이 하는 말이 잘 이해가 가지 않았다.

"너는 이미 가슴속에 지옥을 가지고 있지 않느냐."

우생이 선노미의 두 눈을 똑바로 바라보며 말했다.

'가슴속 지옥이라고……?'

선노미가 눈을 크게 떴다. 그러고 보니 연경(燕京)에서 만났던 서양인 선교사도 비슷한 말을 했던 것 같았다. 어둠이 마음을 좀먹게 내버려두지 말라고. 그 역시 잘못을 저지르고 번뇌하던 제 가슴속을 꿰뚫어 보았나 보다.

"이미 저지른 잘못을 돌이킬 순 없다. 하지만 반성하고 죄를 갚을 순 있어."

선노미 머리 위에서 우생의 위엄 어린 목소리가 들렸다.

"……어떻게 해야 죄를 갚을 수 있나요?"

선노미가 어렵게 입을 뗐다.

"세상에 선한 영향을 끼치는 것도 죄를 갚는 방법 중 하나다. 네가 저지른 잘못을 갚을 수 있을 만큼 앞으로 착한 일을 많이 하도록 해라. 타고난 재주와 능력을 사용해서 말이다."

"하지만……."

선노미가 당혹스러움에 말꼬리를 흐렸다.

"전 딱히 할 줄 아는 게 없는데요."

우생은 조용히 고개를 흔들었다.

"네가 아직 깨닫지 못한 것뿐이야. 세상에 쓸모없는 사람은 하나도 없다. '필요없다'는 이름을 가진 불필이조차 틀림없이 쓰일 곳이 있어."

선노미를 바라보는 우생의 시선이 아까보다 조금 따뜻해진 것 같았다.

'내가 할 수 있는 일…….'

선노미는 생각에 잠겼다. 이제껏 그런 건 한 번도 생각한 적이 없었다. 하지만 내가 할 수 있는 일, 내 쓸모를 찾으면 불필이가 말했던 '선택'이란 게 좀 더 쉬워질지도 몰랐다.

"그런데요, 스님."

문득 아직 풀리지 않은 궁금증이 떠올라 선노미가 입을 열었다.

"흰옷을 입은 여자는 누구인가요?"

"여자라고?"

우생이 어리둥절한 표정을 지었다.

"네, 춘식이 사라진 날 밤에 본당 앞에서 이상한 소리를 내는 여자를 봤거든요."

"꿈을 꾼 게로구나. 절에 그런 여자가 있을 리 없잖느냐."

우생이 재밌는 농담이라도 들었다는 얼굴로 허허 웃었다.

아닌데. 꿈일 리가 없는데. 선노미는 석연치 않았지만, 어쩐지 더 캐물어선 안 될 것 같다는 생각에 조용히 자리에서 물러났다.

이튿날 선노미는 암자를 떠났다. 우생은 더 있고 싶으면 그러라 했으나, 선노미는 이 이상 신세를 지고 싶진 않았다. 또다시 끼니와 잘 곳을 걱정하며 떠돌아다닐 걸 생각하면 걱정이 안 되는 건 아니다.

하지만 선노미는 마음이 조금 든든해진 것 같았다. 새로운 목표가 생겼으니까. 자신의 쓸모를 찾아 어떻게 그것을 살릴지, 어떻게 세상에 선한 영향을 끼칠지 선택하는 것. 그러니 앞으로의 방랑은 무작정 떠돌던 이제까지와는 다를 터였다.

"형도 떠나네."

배웅하러 나온 불필이 시무룩하게 말했다.

"그래도 해자필반이라 했으니 또 언제 만날지 몰라."

불필이 아는 체하는 걸 듣던 우생이 곁에서 흠흠, 헛기침을 했다.

"불필아, 회자정리 거자필반(會者定離 去者必返)이라고 내가 몇 번을 일렀느냐. 만남엔 헤어짐이 있고, 헤어지면 만날 때가 있는 거라고."

"아, 맞다! 그럼 다시 할게. 거자…… 뭐더라? 거자가 정리를 하는 거니까, 선노미 형 나중에 꼭 다시 만나."

우생이 듣기 괴로운 듯 끄응, 신음했다.

선노미가 웃으며 불필의 까칠까칠한 민머리를 쓰다듬었다.

"넌 나중에 반드시 훌륭한 스님이 될 거야. 벌써 나한테 큰 깨달음을 줬으니까."

"정말?"

영문도 모른 채 좋아하는 불필과 걱정 어린 얼굴로 배웅하는 우생을 뒤로하고 선노미는 암자를 나섰다. 구름 한 점 없는 청명한 가을 하늘이 자신을 내려다보고 있었다. 새파란 하늘을 한 번 올려다본 선노미는 세상 밖으로 한 걸음을 내디뎠다. 또 어떤 일이 펼쳐질지 모르는 미지의 여정 속으로.

선노미를 배웅한 우생은 불필을 잠시 떼어놓고 혼자 암자 부엌으로 향했다.

끼이익, 육중한 소리를 내며 문이 열리자, 웅크리고 있던 할멈이 고개를 들었다.

염색하지 않은 하얀 치마저고리에 머리엔 한눈에도 꽤 오래돼 보이는 손때가 잔뜩 탄 비녀를 꽂고 있었다. 할멈이 환하게 웃으며 우생에게 달려왔다.

"어머니."

우생이 안쓰러운 표정으로 그녀에게 다가갔다. 한때 '진이'라는 이름으로 불렸던 소녀는 이제 세월의 풍파를 맞아 머리가 하얗게 세고 등이 굽은 할멈이 돼 있었다.

"ㅇㅇㅇ……."

진이가 반가운 듯 우생의 얼굴로 손을 뻗었다. 지능이 떨어져도 모성애는 다른 이들과 다를 게 없는지 진이는 우생만 보면 좋아서 어쩔 줄 몰랐다. 이제는 아들 역시 얼굴에 주름이 지고 흰머리가 생겼지만, 진이는 아직도 우생을 아기처럼 대했다.

진명이 불비가 내린 마을에서 진이를 찾지 못한 채 돌아왔다고 한 건 거짓말이었다. 진명은 갑수네 헛간 안에 숨어 겁에 질려 오들오들 떨고 있는 진이를 발견해 암자로 데려왔다. 오랜 세월 학대를 당한 진이는 처음엔 진명의 그림자만 봐도 깜짝깜짝 놀랐지만, 그의 살뜰한 보살핌 덕분인지 시간이 가면서 차츰 안정을 되찾았다.

얼마 후 진이는 배가 불러오기 시작했다. 진명이 그녀를 암자로 데려올 때는 몰랐는데, 그즈음부터 이미 진이 배 속에는 아기가 자라고 있었던 모양이었다. 물론 누구의 아이인지는 알 수 없었다.

진명은 진이가 낳은 핏덩이 아기를 받아들고 '우생(愚生)'이라고 이름 붙였다. 이 아이의 아비가 누구인지는 모른다. 하지만 아기가 어리석음 속에서 태어났다는 사실 하나만큼은 분명했다. 아기를 잉태시킨 건 이기적인 욕망에 눈이 먼, 인간의 하찮고 하찮은 어리석음이었다.

암자에서 태어난 우생은 동자승으로 자랐고, 훗날 진명이 세상을 떠나자 그의 뒤를 이어 절의 주지가 됐다. 우생은 제 모자(母子)를 보살펴준 진명에 대한 고마움을 잊지 않았다. 아무도 떠맡으려 하지 않은 불필을 데려다 키운 것도 그것이 진명에게 받은 은혜를 갚는 길이라고 생각했기 때문이다.

우생이 승려로 성장하는 동안 진이도 암자에서 차츰 제 자리를 찾았다. 사람들에게 받은 상처가 커서인지 진이는 여전히 사람들을 두려워했다. 단출한 암자에 낯선 이가 찾아오기라도 하면 부엌에 꼭꼭 숨어 절대 밖에 나오려 하지 않았다. 사람들 눈이 닿지 않는 어두컴컴한 부엌이 그녀에겐 가장 안전한 피신처였다. 자연히 부엌에서 보내는 시간이 길었고, 그러는 동안 어찌어찌 부엌일을 익혔다. 우생이 청년이 됐을 무렵, 진이는 어느새 밥 짓는 일을 도맡아 하고 있었다.

세월이 흘러 진이도 나이를 먹었다. 우생은 흰머리가 늘어가는 어머니를 보면서 이젠 그녀의 마음속 상처가 완전히 아물었다고 생각했다. 하지만 그건 착각이었다. 어느 날 우생은 본당 앞에서 슬피 울고 있는 진이를 발견했다. 암자에 머물던 객이 지옥도 속으로 들어간 날이었다. 누군가 지옥도 속으로 빨려 들어가고 나면 진이는 어떻게 그걸 알았는지 본당 앞에서 한참을 통곡하곤 했다.

진이가 눈물을 흘리는 까닭을 우생은 정확히 알 수 없었다. 잊고 싶은 과거가 떠올라서인지, 그게 아니라면 저로 인해 그려진 그 그림 속으로 빨려간 누군가의 운명이 안타까워서인지. 아마도 앞으로도 그 이유를 알 수 없을 거라고, 우생은 생각했다.

"아직 그리도 괴로우십니까. 그렇게나 마음이 힘드십니까."

우생이 손을 뻗어 진이의 어깨를 감쌌다. 나이가 들면서 살이 내린 진이의 어깻죽지는 한 줌도 안 되게 가냘팠다.

언제쯤 되면 어머니는 자신의 마음속 지옥에서 벗어날 수 있을까. 우생은 안타까운 마음에 진이를 감싸 안은 두 팔에 꼭 힘을 주었다.

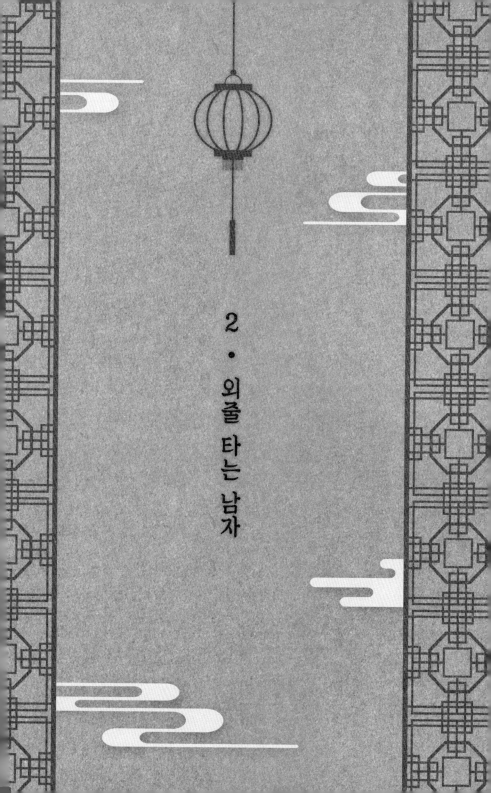

2 · 외줄 타는 남자

서쪽 하늘로 해가 뉘엿뉘엿 넘어가고 있었다.

노을이 푸른 가을 하늘을 봉숭아꽃처럼 고운 붉은색으로 물들였다. 스러져가는 해가 세상과 이별하며 남기는 선물처럼 아쉽고 뜨거웠다.

저무는 해를 바라보던 선노미의 발길이 다급해졌다. 황홀한 풍경에 넋을 놓을 때가 아니었다. 조금 뒤면 땅거미가 내려앉고 금세 어둑어둑해질 것이다. 빨리 하룻밤 잘 곳을 찾아야 한다. 하지만 산길을 막 벗어난 터라 마을로 접어드는 길을 찾기 어려웠다. 인적도 하나 없으니 묵을 곳을 찾을 수 있을지 걱정이었다. 썰렁한 바람만 이따금씩 휘익 지나갔다.

'이를 어쩐다.'

불안해진 선노미가 입술을 잘근잘근 씹었다. 밤이면 사람 다니는 길로도 산짐승이 출몰하는 게 예사다. 산짐승만 무서운 게 아니라 사람도 두렵다. 캄캄해지기 전에 어서 동네를 찾아야만 했다.

잰걸음으로 한참을 더 걷다 보니 저 멀리서 하얀 연기가 하나둘 피어오르는 게 보였다. 주막에서 오래 일한 선노미는 그게 부뚜막에서 나는 연기라는 걸 한눈에 알아챘다. 아낙들이 저녁밥을 지으려고 불을 때고 있는 것이다.

선노미는 연기가 피어오르는 방향으로 걸음을 서둘렀다.

보이는 것과 달리 마을까지는 거리가 꽤 멀었다. 발길을 서둘렀는데도 좀처럼 인가가 나오지 않았다. 마침내 제 키보다 높이 쌓인 돌무더기를 발견했을 때는 이미 사방이 온통 어둠으로 뒤덮인 뒤였다.

돌무더기는 서낭당 표시였다. 서낭당을 지나는 사람들이 복을 빌기 위해 돌멩이를 하나씩 쌓아 올리는데, 그러다 보면 어느 순간 수북이 쌓여 멀리서도 서낭당이란 걸 쉽게 알아볼 수 있다.

'서낭당이 있다는 건 이곳이 마을 초입이라는 얘긴데.'

마을 수호신 역할을 하는 서낭당은 동네 어귀에 짓는 경우가 많으니 조금만 더 가면 틀림없이 인가가 나올 것이다. 하지만 시야가 벌써 캄캄해져서 길도 잘 구분이 가지 않았다. 게다가 두 다리가 이제 더는 못 걷겠다고 아우성을 치고 있었다. 난감해진 선노미는 급한 대로 서낭당 주위를 살폈다.

눈앞엔 둘레가 한 아름 넘는 굵은 나무가 가지마다 빨갛고 노랗고 파란 천 조각을 치렁치렁 드리운 채 서 있었다. '신목(神木)'이라 불리는 신령스러운 나무다. 마을에서 굿을 올리거나 제사를 지낼 일이 있으면 이 나무 앞에서 올리리라. 나무 뒤편엔 낡고 쓰러져가는 당집이 서 있었다. 아마도 마을에서 섬기는 신의 위패나 그림이 모셔져 있을 것이다.

선노미는 조심조심 당집으로 걸음을 옮겼다. 오랫동안 사람 손을 타지 않았는지 나무 기둥은 곳곳에 벌레를 먹어 움푹 패여 있었고, 안에선 퀴퀴한 냄새가 났다. 외관은 낡았지만, 당집 안은 몸을 바짝 붙이면 열 명 정도는 누워 잘 수 있을 정도로 제법 널찍했다.

'어찌해야 하나……'

선노미는 잠시 망설였다. 신을 모시기 위해 세운 당집에 함부로 들어와 잠을 청하는 건 불경스러운 일이다. 신의 노여움을 살지도 모른다. 자다가 귀신을 만날까 두렵기도 했다. 하지만 한여름도 아닌 쌀쌀한 가을 날씨에 바람 막아줄 지붕도 없는 길바닥에서 노숙하는 건 더더욱 내키지 않았다.

'신령님도 이해해주시겠지.'

어지간히 박정한 신이 아니면 한밤중에 갈 데 없는 나그네 처지를 이해해주실 거야. 애써 그렇게 눙치며 선노미는 바닥에 몸을 뉘었다.

의외로 당집 안은 아늑했다. 스르르 눈을 감자 수마가 덮친 것처럼 순식간에 잠이 몰려왔다. 그대로 깊은 단잠에 빠져들었다.

버스럭.

얼마나 지났을까. 근처에서 들리는 소리에 선노미는 눈을 떴다.

산짐승인가 싶어 더 귀를 기울여봤지만 고요했다. 괜히 긴장한 탓이라고 주워섬기고 선노미는 다시 자리에 누워 잠을 청하려 했다.

버스럭.

이번엔 소리가 아까보다 좀 더 크게 들렸다.

쉿, 조용!

사람 목소리였다. 낮게 속삭이는 어조가 누군가를 나무라는 것 같았다.

선노미는 화들짝 놀라 잠이 다 달아났다. 서낭당에 자신 말고도 누가 더 있다. 선노미는 눈을 동그랗게 뜬 채 귀를 쫑긋 세웠다.

잠시 조용해지는가 싶더니 또다시 버스럭거리는 소리가 이어졌다. 이번엔 저벅거리는 선명한 발소리였다. 누군가 살금살금 당집으로 다가오고 있는 게 분명했다. 아까 속삭이는 소리로 보건대, 일행은 하나가 아닐 것이다.

선노미는 잔뜩 긴장해 마른침을 삼켰다. 대체 누구길래 한밤중에 당집 주변을 서성거리는 걸까? 분명 멀쩡한 사람들은 아닐 거야. 저도 당집에 들어와 있으면서 그들이 수상쩍은 인물이 틀림없다고 단정했다. 강도거나, 떳떳지 못한 일을 저질러 도망 다니는 자들이거나.

돈이 든 주머니를 움켜쥔 손에 힘이 들어갔다. 이건 내가 가진 전 재산이야. 이 돈을 뺏기면 끝이다. 어떻게든 지켜야 해!

무기가 될 게 없나, 선노미는 고개를 돌려 둘러보았다. 안타깝게도 쓸 만한 게 아무것도 없었다. 무방비라고 생각하니 입안이 바싹바싹 타는 것 같았다. 이럴 줄 알았으면 나무 막대기라도 하나 챙겨놓는 건데. 후회해도 소용없는 일이었다.

선노미는 문에 바짝 붙어 나무가 삭아 드러난 틈으로 밖을 내다보았다. 문고리를 잡은 손이 덜덜 떨렸다. 나무문에 난 구멍으로 얼굴을 바짝 붙였다.

바스락.

발소리가 들리면서 신목 뒤에 숨어 있던 그림자가 모습을 드러냈다. 어두워서 생김새가 잘 보이지 않지만, 그가 당집을 향해 서서히 다가오고 있는 건 분명했다.

선노미는 결단을 내렸다. 여기서 물러날 곳은 없다. 건장한 사내라면 완력으론 상대가 안 될 것이다. 그러니 가까이 오면 갑자기 소리를 지르자. 그러면 상대편도 당황할지 모른다. 그때를 틈타 도망치자.

마침내 나무 뒤에서 다가오던 사람의 모습이 온전히 드러난 순간.

"와아아아!"

선노미가 있는 힘을 다해 소리를 지르며 당집 밖으로 뛰쳐나갔다.

"으아아앗!"

갑작스러운 반응에 놀랐는지 상대도 요란하게 비명을 질러댔다.

"꺄아아악!"

"엄마야!"

상대방의 비명이 신호라도 된 양 나무 뒤에서 연쇄적으로 비명이 터져 나왔다. 그곳에 몸을 숨기고 있던 사람은 한둘이 아니었다.

징징징징.

난데없이 징소리도 울려 퍼졌다. 비명 소리와 징 소리가 뒤섞여 순식간에 아수라장이 됐다. 선노미는 혼이 쏙 빠진 채 도망도 못 가고 엉거주춤 서버리고 말았다.

"뭐야, 사내애 아냐?"

징소리가 멎자 선노미와 마주 선 자가 얼빠진 목소리로 중얼거렸다.

그는 망설이지 않고 성큼성큼 다가왔다. 가까이서 보니 저보다 열 살은 많아 보이는 남자였다. 키도 한 뼘 더 크고 체격이 후리후리했다. 남자가 울긋불긋 요란하게 분칠한 얼굴을 선노미에게 쑥 들이밀었다.

"으아아아!"

도깨비 같은 얼굴이 눈앞으로 쑥 다가오자 선노미는 저도 모르게 비명을 지르며 뒤로 엉덩방아를 찧었다.

남자는 이번엔 소리 지르는 대신 재미난 구경거리라도 본 것처럼 배를 잡고 웃어댔다.

이들은 알고 보니 선노미처럼 잘 곳을 찾아 헤매던 사당패였다. 전국 팔도를 떠돌아다니며 기예와 연극을 선보이는 사당패는 남자들로만 구성된 남사당패와 여자들도 섞인 여사당이 있는데, 이 사당패엔 여자도 몇 섞여 있었다.

이웃 마을에서 공연을 마치고 재를 넘을 무렵 밤이 되어 길을 잃었고, 한참 헤매다 방금 서낭당에 당도했다고 했다. 그들도 선노미처럼 당집에 묵기로 한 것이다.

캄캄한 어둠 속에서 본 당집은 황량하고 을씨년스러웠다. 당장 귀신이 튀어나와도 이상할 게 없어 보였다. 다들 머뭇머뭇하면서 발길을 옮기는데, 당집 문이 벌벌 떨 듯이 흔들리는 게 눈에 들어왔다.

담이 작은 사람들이 기겁하며 그냥 돌아가자고 했다. 저 안에 있는 게 귀신이 틀림없다며.

결국 사당패 우두머리인 꼭두쇠 칠성이 광대 진봉에게 당집 안에 있는 게 뭔지 좀 살펴보고 오라 하고 나머지 패거리들은 나무 뒤에 숨어 지켜봤다고 했다.

"이런 소란을 피울 줄이야."

칠성이 한심하다는 눈초리로 진봉을 굽어보며 혀를 끌끌 찼다.

"그거야 쟤가 갑자기 소리를 지르니까 놀라서 그랬죠. 그러게 왜 절 보냈어요."

진봉이 선노미를 가리키며 투덜거렸다.

"발이 빠르니까 여차하면 잘 도망갈 것 같아 그랬지."

"쟤가 사람이어서 다행이지 귀신이라면 발 빠른 게 다 무슨 소용이래요."

진봉은 못내 억울하다는 투였다.

"하여튼 너 때문에 다들 간 떨어질 뻔했잖아."

징을 들고 있던 여자가 끼어들어 궁시렁거렸다.

"난 너 때문에 더 놀랐다. 왜 갑자기 징을 쳐댄 거야?"

"그거야 네가 놀라니까 나도 모르게 그런 거지."

칠성이 옥신각신 말다툼하는 패거리들을 진정시켰다.

"그건 그렇고."

어수선한 와중에 진봉이 문득 생각났다는 듯 선노미를 돌아보았다.

"넌 왜 이런 데서 혼자 자고 있어?"

사당패 일행의 시선이 일제히 선노미에게 쏠렸다.

"그게……."

선노미가 대답을 찾지 못해 말꼬리를 흐렸다.

"집 나왔냐?"

진봉이 쩔쩔매는 선노미 표정을 살피며 물었다. 망설이던 선노미는 마지못해 고개를 끄덕였다.

"무슨 사연이 있는지 모르겠다만, 어지간하면 돌아가거라. 집 떠나면 고생이야. 지금쯤이면 너도 느끼고 있겠지만."

칠성이 타이르듯 말했다. 대부분 나이가 스물에서 서른 안쪽인 것 같은데 칠성은 마흔 가까이 되어 보였다. 그래서인지 경박하다 싶을 만큼 들뜬 패거리들과 달리 행동거지가 차분하고 진중했다. 패거리를 이끄는 꼭두쇠는 뭐가 달라도 달랐다.

"집이라고 어디 다 똑같은 집인가."

진봉이 어쩐지 침울한 목소리로 중얼거렸다.

"우리 아버지는 노름에 빠져 맨날 어머니랑 형제들 두들겨 패기만 했는데. 제가 도저히 못 견뎌서 뛰쳐나왔잖아요."

일행 중 누군가도 고개를 끄덕였다.

"나도 별반 나을 거 없어. 부모라는 자들이 입 하나 덜자고 어린 나를 길바닥에다 버렸으니까."

몇몇이 어두운 과거를 늘어놓자 분위기가 착 가라앉았다. 말은 안 해도 다들 말 못 할 사연 하나쯤 안고 사는 것 같았다. 선노미는 저 때문에 분위기가 이리된 것 같아 괜스레 미안해졌다.

"달리 갈 데는 있니?"

칠성이 선노미에게 물었다.

"……아니오."

제 입으로 그렇게 대답하고 나니 정말 갈 곳이 없는 신세라는 걸 다시 한번 확인한 것 같았다.

"혹시 사당패에 들어올 생각은 없고?"

칠성이 잠시 고민하는 듯하다 물었다.

선노미가 눈을 크게 떴다. 다른 패거리도 처음엔 눈을 끔벅거리기만 했다. 곧이어 놀란 표정으로 수군대는 걸 보니 그들도 칠성의 제안을 예상치 못한 것 같았다.

"진봉이 말마따나 사연이 있어 집을 나왔으면 무턱대고 돌아가라고 할 순 없지. 그렇다고 혼자 떠돌아다니다간 무슨 변을 당할지 모르는 거 아니냐. 차라리 우리랑 같이 다니는 편이 안전할 거다."

선노미는 뭐라 대답해야 할지 몰라 멍하니 바라보기만 했다.

"우리 입장에서도 손해 보는 일은 아닐 거야. 네 얼굴 보려고 오는 여인네들도 꽤 생길 거 같거든."

칠성이 선노미의 곱상한 얼굴을 찬찬히 뜯어보며 덧붙였다.

"저는…… 할 줄 아는 게 없는데요."

화끈 달아오르는 얼굴을 감추려 고개 숙이곤 대답했다.

칠성의 제안은 솔깃했다. 이들 무리에 섞이는 편이 훨씬 안전하고 덜 고달플 것 같았다. 그렇지만 별다른 재능도 없는데 무작정 받아들여달라고 하는 건 너무 염치없는 짓이다.

"그건 두고 보면 알겠지."

칠성이 크게 괘념치 않는 투로 다독였다.

"이렇게 하는 건 어떠니? 당분간 우리랑 같이 지내면서 네가 뭘 할 수 있을지 찾아보는 거다. 결정은 그 뒤에 해도 늦지 않아."

뭘 할 수 있을지 찾아본다고? 그건 선노미도 바라던 바였다. 냉큼 고개를 끄덕였다.

"그래, 그럼 됐다. 세세한 건 나중에 얘기하기로 하고 앞으로 잘 지내보자꾸나."

칠성이 격려하듯 선노미 어깨를 툭툭 쳤다. 패거리들도 우두머리가 하는 말이니 딱히 토를 달지 않으려는 눈치였다.

상황이 일단락되자 다들 피곤한지 당집 바닥에 벌렁 드러누워 잠이 들었다.

이따금씩 들려오는 선득한 바람 소리 말고는 사위가 고요한 한밤중이었다. 낯선 사당패 사이에 끼어 있자니 도무지 잠이 오지 않아 자리를 뒤척이는데 문득 구석진 곳에 있는 어린 여자애가 눈에 띄었다. 치마저고리가 아니라 사내애들 같은 바지 차림이었지만 가느다란 뼈대와 가녀린 이목구비 때문에 여자라는 사실을 단박에 알아차릴 수 있었다. 여자애는 선노미보다도 꽤 어려 보였다.

'저렇게 어린 애가 왜?'

여자애는 얼른 등을 돌리고 드러누웠다. 돌아누울 때 선노미는 아이가 방긋 웃는 모습을 본 것 같았다.

날이 밝자, 칠성은 선노미를 악기 다루는 광대들에게 데려갔다.

"줄타기는 훨씬 더 어릴 때부터 배워야 하니 이미 늦은 것 같고, 이쪽이 아마 처음 시작하기 무난할 거다."

칠성이 선노미 어깨에 장구를 메어주고 꽹과리를 손에 들린 다음, 위아래로 쓱 훑어보았다.

"그러고 서 있기만 해도 제법 그림이 되네. 어쩌면 꽤 인기가 좋겠어. 사람들은 가무를 잘하는 미소년을 좋아하거든."

칠성은 동료들에게 선노미를 잘 가르치라고 이른 뒤 자리를 떴다.

하지만 칠성의 야무진 계획은 시작부터 난관에 부딪혔다. 얼마 지나지 않아 선노미는 자신이 심한 음치에다 박치라는 사실을 깨달았다.

선노미를 가르치는 광대 영일의 얼굴이 점점 어두워졌다.

"그렇게 나무토막처럼 뻣뻣하게 있지 말고 몸을 신명 나게 움직여

봐. 이렇게."

영일이 가락에 맞춰 자연스럽게 몸을 덩실거렸다. 머뭇머뭇 동작
을 따라하는 선노미의 몸짓은 어딘가 우스꽝스럽기까지 했다. 영일
은 눈을 질끈 감고 싶은 표정을 지었다.

"아, 이거야 원……. 너무 심한데."

영일이 한숨을 푹 쉬며 중얼거렸다.

"얘, 너한테 제일 큰 문제가 뭔지 아니?"

영일의 목소리가 심각했다. 선노미가 고개를 흔들었다.

"넌 흥이나 끼가 전혀 없어. 이 일을 하려면 그게 제일 중요하거든.
그런데 그건 가르쳐준다고 배울 수 있는 게 아니란 말이야."

선노미는 잠자코 머릿속으로 어머니 주모 김씨 얼굴을 떠올렸다.
말투와 행동거지가 퉁명스럽고, 밤낮으로 소처럼 일만 하는 어머니
를 생각하면 자신이 흥 같은 것과 거리가 먼 것도 이상한 일은 아니
었다.

"그래도 연습하면 어느 정도까진 늘 테니 너무 실망하지 말고."

영일이 꽹과리를 든 손을 고쳐 잡으며 말했다. 마치 선노미가 아니
라 자기 자신을 다독이는 것처럼 들렸다.

"이미 틀려먹었어."

등 뒤에서 퉁명스러운 목소리가 들렸다. 돌아보니 남자 하나가 얼
굴을 찌푸리고 서 있었다. 나이는 선노미보다 몇 살 더 많은 스물 언
저리쯤 됐을까. 키가 작고 몸매가 호리호리했다. 하관이 갸팔라 예민

해 보이는 외모에 눈매가 매서웠다. 하지만 날카로운 인상 어딘가에 우수가 그림자처럼 깃들어 있었다.

"저래서야 몸 파는 일 말곤 아무것도 못 하겠는걸."

"길상아, 말이 너무 심하잖아!"

영일이 남자를 다그치며 선노미를 힐끗 보았다.

길상이라고 불린 남자가 코웃음을 쳤다.

"심하긴 뭐가 심해. 사당패가 매춘하는 게 비밀도 아니고. 할 줄 아는 게 하나도 없으면 몸뚱이라도 팔아야지."

길상이 매서운 눈빛으로 선노미를 쏘아보았다. 말투만큼이나 날이 서 있었다.

"칠성 형님이 무슨 생각에서 널 받아들이겠다고 했는지 모르지만 넌 여기 안 어울려. 등 떠밀려 쫓겨나기 전에 알아서 나가라고."

차갑게 말을 내뱉곤 길상은 뒤돌아 멀어졌다. 걸음을 옮기는 그의 한쪽 다리가 바닥에 질질 끌리고 있었다. 절뚝이느라 그런 것이다.

"야, 야, 너 정말……!"

영일이 길상의 뒷모습과 선노미 얼굴을 번갈아 바라보다 그를 뒤쫓아갔다.

혼자 남은 선노미는 주저앉아 고개를 푹 떨궜다. 길상이 내뱉은 말이 제법 아프게 들렸다. 하지만 길상의 말이 틀리지 않다는 건 저도 잘 알았다.

풀 죽은 선노미에게 누가 다가와 곁에 쪼그리고 앉았다. 간밤에 봤던 남장을 한 여자애였다. 아이는 선노미가 돌아보자 기어 들어가는 목소리로 말했다.

"……미안해."

"왜 네가 미안해?"

선노미가 물었다.

"저 사람, 내 오빠야."

아이가 길상이 사라진 쪽을 턱짓했다.

"아……."

그러고 보니 어딘지 둘이 닮은 것도 같았다. 작고 가녀린 몸집과 선이 가는 얼굴 생김새가. 아이는 아마도 오라비 대신 사과를 하러 온 모양이었다.

아이는 덕임이라고 저를 소개했다. 통성명하고 나니 다음부터는 딱히 할 말이 없었다. 한동안 서로 쭈뼛거리기만 했다.

"너는 여기서 뭘 해?"

선노미가 먼저 입을 열었다.

"어릿광대."

덕임이 간단히 대답했다.

"어릿광대?"

"응, 줄광대가 줄 탈 때 밑에서 함께 농담 주고받는 사람. 줄광대랑 호흡이 잘 맞아야 해."

사당패 공연을 실제로 본 적 없는 선노미는 상상이 잘 가지 않았다. 줄 타는 것만 해도 벅찰 것 같은데, 줄 위에서 다른 사람이랑 농담까지 주고받는다고?

놀라운 건 줄광대만이 아니다. 머리 위로 아슬아슬하게 줄 타는 사람을 올려다보면서 천연덕스럽게 재담을 이어가야 하는 어릿광대도 어지간한 배짱 없이는 힘들 것 같았다.

"와, 대단하네."

선노미는 진심으로 감탄했다.

"별것 아냐."

덕임이 쑥스럽다는 듯 배시시 웃었다.

"사실 난 줄광대가 되고 싶어. 오빠처럼."

길상이 줄광대라고? 힘겹게 다리를 끌며 걸어가던 뒷모습이 떠올랐다.

"오빠는 최고의 줄광대였어. 진짜로."

덕임이 미심쩍어하는 선노미 생각을 읽었는지 부러 힘주어 말했다.

"사고로 다리가 부러지지만 않았다면 지금도 오빠를 보려고 온 사람들로 가득했을 거야."

"사고라고?"

순간 덕임의 얼굴이 흐려졌다.

"……줄을 타다가 떨어졌거든."

다시 둘 사이에 아무 말이 없어졌다.

"그 일이 있은 뒤부터 오빠는 사람이 변했어. 예전엔 저러지 않았는데."

덕임의 목소리에 측은한 감정이 가득했다.

선노미는 이해할 수 있을 것 같았다. 길상이 잃은 건 다리만이 아니었다. 오랜 세월 갈고닦은 재주와 미래까지 한꺼번에 잃어버렸다. 밥값을 할 수 없으면 몸을 팔거나 사당패를 떠나야 한다고 했던 말은 어쩌면 스스로에게 한 말인지도 몰랐다. 앞길이 막막한 길상의 처지가 자신과 별반 다르지 않아 보였다.

"줄광대가 돼서 오빠 몫까지 줄을 타고 싶어."

비밀을 털어놓는 것처럼 은밀한 말투였다.

"타면 되잖아. 잘할 것 같은데."

선노미가 덕임을 격려했다. 길상과 같은 핏줄이니 덕임도 재능이 없지 않을 것이다.

"너, 바보구나."

덕임이 선노미를 물끄러미 바라보더니 피식 웃었다.

"여자는 줄타기를 못 해."

"왜 못 해?"

거칠 게 없는 말투도 길상을 닮았구나, 싶었지만 선노미는 내색하지 않고 물었다. 여자가 줄타기를 할 수 없는 이유가 궁금하기도 했다.

"몰라. 여자는 몸이 무겁다나 뭐라나. 게다가 줄광대가 되기에 나는 나이도 너무 많대. 보통 열 살 전후에 시작하는데 난 벌써 열넷이거든."

열넷이라고? 선노미는 속으로 적잖이 놀랐다. 기껏해야 열 살쯤 됐을 줄 알았는데. 열넷이라면 연년생인 여동생 복이랑 나이가 같았다. 하지만 벌써 가슴이 나오기 시작한 복이와 달리 앳된 얼굴에 처녀티도 전혀 안 나는 덕임은 마냥 어린애 같았다.

"난 몸이 작아서 할 수 있다고 우기는 중이지만 말이야."

"안 무서워?"

오빠가 당한 일을 보고도 줄타기에 대한 마음을 꺾지 않는 덕임이 어딘가 신기하게도 느껴졌다.

"무섭지."

덕임이 덤덤하게 말했다.

"사실 오빠 사고를 보고 더 무서워졌어."

"그런데 왜 줄타기를 하려고 해?"

"하고 싶으니까."

덕임은 줄타기가 마치 타고난 운명이라도 되듯이 말했다.

"넌 그런 거 없어?"

선노미는 잠시 말문이 막혔다. 나에겐 없다. 다른 사람들이 모두 말려도, 위험을 무릅쓰고서라도 꼭 이루고 싶은 것이. 만약 그런 게 있었더라면 이렇게 낯선 곳을 헤매고 다니고 있지 않을지도 모른다.

"하고 싶은 게 있어서 좋겠다."

저도 모르게 속마음이 툭 튀어나왔다. 덕임은 선노미를 물끄러미 쳐다보다가 고개를 떨궜다.

"하지만 아마 못 할 거야. 줄타기 얘길 입 밖에 내기만 해도 오빠가 난리를 치거든. 너도 불구가 되고 싶냐면서."

덕임이 괜히 애꿎은 바닥의 잡초를 툭툭 뽑았다.

이번에도 선노미는 길상의 마음이 충분히 이해가 갔다. 자신도 복이나 옥이가 그렇게 위험한 걸 하겠다고 하면 두 팔 걷어붙이고 말렸을 것이다. 때로는 성가신 동생들이지만 그들이 잘못되는 건 상상만 해도 가슴이 덜컥 내려앉는 일이었다.

"어쨌든 그런 사정이 있으니 오빠를 미워하진 말아줘."

덕임이 선노미 눈치를 살피며 슬그머니 말했다.

"안 미워해."

선노미의 말은 진심이었다.

"고마워. 오빠도 지금쯤 많이 힘들 거야. 사실 저렇게 뾰족해진 게 사고 때문만은 아니거든."

"또 다른 일이 있었어?"

덕임이 후, 한숨을 쉬었다.

"명옥 언니 때문이야."

"명옥 언니?"

"응, 명옥 언니. 언니는 한때는 우리 사당패 소리광대였어."

그렇다면 이제 더는 지금의 사당패 무리들과 함께하지 않는 모양이었다.

"나도 명옥 언니가 보고 싶어. 하지만 오빠를 다치게 한 언니가 미울 때도 있어."

"둘 사이에 무슨 일이 있었는데?"

너무 꼬치꼬치 캐묻는 거 아닌가 걱정스러우면서도 선노미는 호기심이 발동하는 걸 어쩔 수 없었다. 다행히 덕임은 별로 개의치 않는 눈치였다. 오히려 누군가에게 터놓고 싶었는데 잘 됐다고 생각하는 것 같기도 했다.

"오빠랑 언니는 연인 사이였어."

옛날 일을 더듬는 것처럼 덕임의 눈빛이 아득해졌다. 덕임이 차분한 목소리로 길상에 대한 이야기를 하기 시작했다.

남매가 사당패에 들어온 건 덕임이 여섯 살, 길상이 열한 살 때였다. 그 무렵 남매는 돌림병으로 부모를 잃었다. 동네엔 어린 남매를 맡아주겠다는 사람이 아무도 없었다. 막막하던 차에 우연히 마을을 찾은 사당패 눈에 들어 일원이 됐다.

사당패에 들어와 얘기를 나누다 보니 다들 비슷비슷한 처지였다. 고아거나, 집이 싫어 떠났거나, 부모가 푼돈에 아이를 팔아버렸거나. 달리 오갈 데도, 기댈 데도 없는 이들에게 사당패 동료는 유일한 가족이자, 친구였다. 사람들한테서 천한 광대라고 멸시를 받아도 울분을 나눌 동료가 곁에 있으니 외롭지 않았다.

지금은 고인(故人)이 된 당시 사당패 줄광대 만기는 길상의 날렵한 체구와 민첩한 몸놀림을 한눈에 알아보고 그를 제자로 키웠다. 만기의 안목이 틀리지 않았는지 길상은 하루가 다르게 부쩍부쩍 실력이 늘었다. 채 삼 년도 지나지 않아 길상은 이미 스승인 만기를 넘어서는 수준으로 성장했다. 덕분에 만기는 폐병이 도져 갑자기 자리에 눕게 되었을 때도 뒷일을 걱정하지 않았다. 생명이 스러져가는 파리한 얼굴로 길상의 손을 잡고 마지막으로 남긴 말은 '네가 있어 다행이다'였다.

그렇게 부모 같았던 스승을 잃고 길상은 한동안 가슴이 헛헛해 견딜 수 없을 지경이었다. 하지만 그럴수록 더더욱 줄타기 연습에 매진했다. 그에게 외줄은 공허하게 비어버린 마음을 지탱해주는 생명줄이나 마찬가지였다.

길상에겐 외줄 말고도 버팀목이 되어준 또 다른 사람이 있었다. 바로 사당패 동료 명옥이었다. 길상과 동갑내기인 명옥도 어릴 때 부모를 잃고 사당패에 들어왔다. 친구처럼, 남매처럼 함께 자란 길상과 명옥은 자연스럽게 연모의 감정을 싹틔웠다.

사당패 동료들도 둘의 관계를 흔쾌히 인정해줬다. 떠돌이 생활을 하는 사당패는 밖에서 인연을 만들면 결국엔 헤어지거나 패거리를 떠나야 한다. 그러느니 차라리 단원들끼리 연을 맺는 게 낫기도 했다.

동료들의 축복을 받으며 부부의 연을 맺은 두 사람 사이에 아기가 들어섰을 때 이미 길상은 사당패 간판으로 탄탄하게 입지를 굳혀가고 있었다. 입소문도 제법 나 멀리서 그를 보러 오는 이들도 꽤 늘었다. 공연을 본 이들은 다들 천하제일이라 불러도 손색 없다며 길상을 추켜세웠다.

젊은 연인 앞에는 탄탄한 미래가 기다리고 있을 것 같았다. 한순간
모든 게 전부 물거품으로 변하기 전까지는.

"무슨 일이 있었는데?"

선노미가 궁금해 묻자 덕임이 다시 깊은 한숨을 내쉬었다.

"둘 다 죽었어. 언니도, 배 속의 아기도."

불행은 갑자기 찾아왔다.

발단은 명옥의 잦아지기 시작한 기침이었다. 겨울 초입에 접어들
무렵, 명옥의 잔기침이 심해졌다. 아무래도 고뿔에 걸린 모양이라고
여겼다. 그때만 해도 다들 크게 걱정하진 않았다. 떠돌이 생활을 하
는 사당패에게 겨울은 가장 힘든 계절이고, 해마다 겨울이면 고뿔로
애를 먹는 이가 많았다. 명옥이 홀몸이 아닌 게 신경 쓰이긴 했지만,
크게 염려하지는 않았던 것이다.

그런데 곧 나을 것 같던 명옥의 병세는 하루하루 눈에 띄게 나빠졌
다. 혹시 폐렴이 아닌가, 그런 말이 나왔을 때 이미 명옥은 생사의 갈
림길에 서 있었다. 다들 어떻게 손을 써볼 수도 없었다.

명옥은 길상이 줄을 타는 사이 세상을 떠났다. 배 속에 든 아기와
함께.

길상은 공연을 마치고서야 명옥과 아기의 죽음을 전해 들었다. 그
는 절규하지도, 정신을 잃지도 않았다. 그저 말을 잃고 넋을 놓았다.

온종일 입을 꾹 닫고 허공에 둔 시선으로 먼 산만 바라보았다. 자신에게 닥친 상황을 도무지 받아들이지 못하는 것처럼 보였다.

동료들은 길상을 조심스럽게 대했다. 그들도 오랜 시간 한솥밥 먹으며 지낸 동료의 죽음이 슬펐지만, 길상의 아픔과는 비교도 할 수 없으리라는 걸 잘 알았다. 되도록 길상 앞에서 명옥 얘기 꺼내는 걸 삼갔지만, 어쩌다 이름을 입에 올리기라도 하면 움찔해서 길상의 눈치를 살폈다.

시간이 지나면서 길상은 충격을 그럭저럭 견뎌내는 듯했다. 넋을 놓는 시간이 차츰 줄어들더니 얼마 안 돼 예전의 일상을 되찾았다. 처음엔 다들 의연한 척하는 거라 여겼다. 하지만 시간이 지날수록 길상은 멀쩡한 척하는 게 아니라 진짜 멀쩡해 보였다. '저 녀석, 알고 보니 꽤 냉정하네'라고 뒤에서 숙덕거리는 동료들까지 있었다.

덕임은 배신감 같은 걸 느꼈다. 길상 다음으로 명옥의 죽음을 괴로워 한 사람이 있다면 그건 바로 덕임이다. 덕임에게 명옥은 피만 섞이지 않았지 친언니나 마찬가지였다. 게다가 자신의 조카를 배기까지 했다. 나도 이렇게 가슴이 무너지는데 오라버니는 어쩌면 저렇게 아무렇지 않을 수 있나. 오라버니에게 명옥 언니랑 아기는 아무것도 아니었을까. 덕임은 때때로 그런 생각마저 들었다.

"길상이 혹시 따로 좋아하는 여자라도 있었던 게 아닐까?"

어느 날 사당패 동료들 사이에서 길상의 이름이 나와 근처를 지나던 덕임은 몰래 몸을 숨기고 대화를 엿들었다.

"설마! 피붙이 같은 명옥일 놔두고 바람을 피웠으려고."

"피붙이 같으니 그렇지. 남매가 남녀 관계가 될 순 없는 거잖아. 처음엔 연모라 생각했는데, 나중에 착각이었다고 깨달았을 수도 있지."

덕임은 귀를 막고 싶었다. 오라버니가 명옥 언니 말고 다른 여자에게 마음을 줬다니. 말도 안 돼! 하지만 한편으론 그들 말이 사실이 아닐까 하는 의구심도 들었다.

그날 이후 덕임은 몰래 길상을 살펴보기로 했다. 의심 때문인지 몰라도 길상은 정말로 몰래 만나는 사람이 있는 것 같았다. 공연히 기분이 들떠 보이고, 이따금 혼자서 헤실헤실 웃는 것이 명옥과 처음 사귀던 때와 똑같았다.

'아냐, 그럴 리 없어.'

덕임은 애써 부정했다. 직접 눈으로 보기 전까지는 다른 여자가 있다는 사실을 믿고 싶지 않았다.

밤늦은 시간에 길상이 몰래 숙소를 빠져나오는 걸 보고 덕임은 살금살금 뒤를 밟았다.

길상은 일행이 머무는 곳과 제법 떨어진 한적한 숲길로 접어들었다. 덕임이 쫓아오는 건 전혀 눈치채지 못한 것 같았다.

커다란 아름드리나무 밑에서 한 여자가 길상을 기다리고 있었다. 그늘에 가려 얼굴은 안 보였지만, 골격이며 차림새로 보건대 여자가 틀림없었다. 길상이 나는 듯 가벼운 발걸음으로 달려가 여자를 품에 꼭 끌어안았다. 한눈에도 둘은 깊은 사이임이 분명했다.

덕임은 그 자리에 얼어붙은 듯 꼼짝도 할 수 없었다. 머리를 세게 얻어맞은 것 같았다. 이럴 수가! 오빠가 다른 여자를 만나다니. 명옥 언니가 죽은 지 얼마나 됐다고. 정말 언니가 살아있을 때부터 몰래 사귀기라도 한 걸까? 그래서 언니가 죽어도 그렇게 멀쩡했던 걸까? 혐오감과 배신감에 치가 떨렸다.

길상의 얼굴이 여자의 얼굴 가까이로 다가갔다. 다정한 연인끼리 입이라도 맞추려는 듯이.

"대체 뭐 하는 거야!"

숨어 있던 덕임이 더는 참지 못하고 소리를 질렀다.

화들짝 놀라 돌아본 길상은 덕임을 보고 순식간에 얼굴이 벌겋게 달아올랐다. 함께 있던 여자가 덕임 쪽으로 몸을 돌렸다.

덕임은 여자를 매섭게 노려보았다. 똑똑히 봐둬야지. 대체 어떻게 생긴 여자길래 감히 명옥 언니 자리를 차지하려 하는지.

여자도 고개를 들어 덕임을 마주 보았다. 그제야 생김새가 온전히 눈에 들어왔다. 해말간 얼굴에 오뚝한 코, 쌍꺼풀 없이 옆으로 길게 찢어진 기름한 눈매. 덕임은 숨이 멎을 것 같았다.

"……언니?"

여자는 다름 아닌 명옥이었다! 죽은 줄로만 알았던 명옥이 살아서 제 앞에 서 있었다.

"어, 어떻게 된 거야? 정말 언니야? 언니 맞아?"

덕임이 주춤주춤 명옥을 닮은 여자에게로 다가갔다.

"덕임이가 많이 놀랐겠구나."

여자가 고개를 살짝 기울이며 말했다. 목소리도, 곤란할 때 고개를 옆으로 기울이는 버릇도 명옥과 똑같았다.

"언니, 살아있었던 거야? 어떻게……."

반가운 마음에 덕임의 목소리가 올라갔다.

"아냐, 죽었어."

명옥이 슬픈 표정으로 고개를 저었다.

"그, 그런데……."

순간 '귀신'이라는 말이 입속에서 맴돌았다. 죽은 자가 이렇게 나타났으니 귀신이 아니면 뭔가. 하지만 그토록 보고 싶었던 명옥 언니 귀신이라고 생각하니 희한하게 무섭다는 생각이 들지 않았다.

"부적 덕분이야."

길상이 대신 대답했다.

"부적이라고?"

덕임은 영문을 몰라 눈만 끔뻑거렸다. 길상이 어쩔 수 없다는 듯 한숨을 토해냈다.

"기왕 알게 됐으니 다 말해줄게. 대신 아무한테도 절대 얘기하면 안 된다?"

덕임이 고개를 끄덕이자, 길상이 어찌 된 사연인지 털어놓았다.

명옥이 죽던 날이었다. 줄 탈 준비를 하던 길상에게 낯선 남자가 다가왔다. 낯빛이 검고 눈매가 음험한 남자였다. 어쩐지 불길한 느낌이 들어 길상은 남자를 무시하려 했다.

"상문(喪門)이 열렸구나."

남자는 분명 길상의 눈을 보며 말했지만, 어떤 대답이나 반응을 구하는 태도는 아니었다. 눈을 통해 길상의 내면 어딘가를 꿰뚫어 보는 듯했다.

"조만간 가까운 사람이 세상을 떠나겠어."

"뭐라고?"

얼토당토않은 말에 길상이 결국 무시하지 못하고 버럭 언성을 높였다.

이 인간은 누구길래 일면식도 없는 내 앞에서 이런 흉한 소리를 하나 싶어 쏘아보았다.

"좋은 걸 하나 알려주지."

남자가 길상 곁에 바짝 붙어섰다. 눅눅한 남자의 숨결이 길상의 뺨에 와 닿았다. 길상은 저도 모르게 흠칫 몸을 떨었다.

"죽은 자의 머리카락을 손가락 한 마디만큼만 잘라 와. 그러면 그 사람을 계속 만날 수 있을 테니."

"이봐, 당신 누구야? 누구길래 그런 헛소리를 늘어놓는 거야?"

"나?"

남자가 자신을 손가락으로 가리키며 키득키득 웃었다.

"널 도와주려는 사람이지. 날 만나려면 여기로 찾아와. 곧 만나고 싫어질 테니까."

남자는 길상의 귓전에 제가 사는 곳을 일러주고는 유유히 사라졌다.

길상은 남자의 뒷모습을 한참 동안 노려봤다. 객쩍은 소리라고 흘려듣고 싶었지만 그러기엔 영 찜찜했다. 남자가 한 말이 귓가에 끈적하게 달라붙어 떨어지질 않았다.

길상이 공연을 마친 뒤 줄에서 내려왔을 때였다. 꼭두쇠 칠성이 다급한 목소리로 길상을 찾았다.

"명옥이 상태가 안 좋아. 빨리 와, 빨리!"

길상은 칠성을 따라 사당패 일행이 머무는 곳으로 뛰어갔다. 문을 열기도 전에 밖에서부터 훌쩍이는 울음소리가 들렸다. 그날 공연이 없거나 이미 순서를 끝낸 패거리 일행이 원을 그리듯 명옥 옆에 죽 둘러서 있었다.

"왜 이제야 와! 명옥이 조금 전에 눈 감았는데."

명옥과 친했던 애월이 원망스러운 눈길로 길상을 바라보았다.

길상은 방 안에 들어서지도 못하고 그 자리에 털썩 주저앉았다. 눈앞의 현실이 믿기지 않았다. 오전까지만 해도 명옥은 그렇게 위중한 상태가 아니었다. 평소보다 조금 힘겨워 보였지만, 죽을 거라곤 상상도 못 했다.

'오늘 줄 타지 말고 곁에 있을까'라는 길상의 말에 명옥은 '난 견딜 만한데, 네가 농땡이 치고 싶은 거지?'라며 희미하게 웃었다. 그런데 이렇게 갑작스럽게 갈 줄은. 이럴 줄 알았으면 줄이고 뭐고 명옥의 곁만 지켰을 텐데.

길상은 눈물조차 나오지 않았다. 혼을 잃어버리고 껍데기만 남은 처절한 심정이었다. 명옥과 나눴던 마지막 대화가 계속 귓가를 맴돌았다. 이럴 줄 알았으면, 이럴 줄 알았으면……

상문이 열렸으니 조만간 가까운 사람이 세상을 떠나겠어.

문득 남자가 했던 말이 머리를 스쳐 길상은 온몸에 오싹 소름이 돋았다.

그 사람은 어떻게 명옥이 죽는 걸 알았을까. 다들 예상치 못했던 일인데. 어쩌면 그 사람은 미래를 내다볼 수 있는 게 아닐까? 그런 신통한 힘을 가졌다면, 명옥을 다시 만날 수 있다는 말도 새빨간 거짓말은 아니지 않을까?

사람들이 안 보는 틈을 타 명옥의 머리칼을 손가락 한 마디만큼 잘라 보관한 건 '혹시나' 하는 희망에서였다. 부질없는 희망일지 몰라도 길상은 그마저도 놓치고 싶지 않았다.

"안 그래도 기다리고 있었지."

길상이 찾아온 걸 보고 남자는 히죽히죽 웃었다.

남자는 박수무당이었다. 길상은 무당이 느물거리는 게 불쾌했지만, 명옥과 재회할 수만 있다면 그딴 건 얼마든지 견딜 수 있었다. 잠자코 품 안에서 명옥의 머리칼이 담긴 천 봉투를 꺼내 건넸다.

"시키는 대로 잘했구만."

무당이 머리칼을 보며 만족스러운 미소를 지었다.

"정말 명옥이를 다시 만날 수 있는 건가요?"

"아직도 못 믿겠어?"

무당은 의심하는 길상의 표정을 보며 코웃음을 쳤다.

"믿음이 없는 자는 신령님이 도와주지 않으신다네. 그러니 믿도록 하게나."

길상이 꿇어앉은 채로 어정쩡하게 고개를 끄덕였다.

무당은 머리를 조아리고 빌고 있으라 하고선 딸랑딸랑 방울을 흔들며 주문을 외기 시작했다.

"영험하신 신령님께 비나오니 앞에 앉은 자손이 소중한 이를 잃어 힘겨워하고 있나이다. 부디 그를 불쌍히 여기시어······."

딸랑거리는 방울 소리가 점점 거세졌다.

달그락달그락.

별안간 신당이 흔들렸다. 놀란 길상이 움찔했지만, 무당은 신경 쓰지 않고 몸을 흔들며 주문을 읊는 데 열중했다. 새하얀 흰자만 보이게 치뜬 눈을 보니 반쯤 정신이 나갔거나, 다른 무언가가 몸에 실린 것 같았다.

별안간 무당이 명옥의 머리칼을 타오르는 촛불 쪽으로 휙 집어던졌다.

화르륵.

작은 불꽃이 일면서 머리카락 타는 누린내가 서서히 방 안에 퍼졌다. 얼마나 시간이 흘렀을까. 머리칼이 탄 자리 주변에 시커먼 잿가루만 남았다.

무당은 잿가루를 물에 찍어 종이 위에 그리기 시작했다. 글씨도 아니고, 그림도 아닌 선과 원이 하얀 백지 위에 어지럽게 얽혔다. 기묘한 형태가 종이를 꽉 채운 뒤에야 무당은 스르르 눈을 떴다.

"이걸 항상 품에 지니고 다니게."

"뭡니까, 이게?"

"부적이야. 죽은 자와 만나게 해주는."

제정신으로 돌아온 무당은 진이 다 빠져 있었다. 한꺼번에 몇 살쯤 나이를 더 먹은 것처럼.

"이게 있으면 정말 다시 만날 수 있는 겁니까?"

"믿어야 한다니까."

무당이 맹렬한 눈빛으로 길상을 꾸짖었다.

"그러면 이레 안에 죽은 자를 만날 수 있을걸세."

길상은 반신반의하며 무당에게 절하고 물러났다. 부적을 품에 꼭 안고서.

명옥을 잃었다는 상실감은 어느새 그녀를 다시 만날 수 있다는 희망으로 바뀌고 있었다.

이레 안에 만날 거라는 예언과 달리, 명옥을 다시 만나기까지는 하루도 채 걸리지 않았다. 무당을 만나고 온 날 밤, 잠이 안 와 혼자 숙소 안마당을 서성이던 길상 앞에 명옥이 나타났다.

"진짜 와줬구나!"

길상이 눈물을 글썽이며 명옥의 두 손을 꼭 잡았다. 명옥은 살아있을 때처럼 살포시 미소 지었다. 길상은 다시는 떠나보내지 않을 것처럼 꼭 끌어안았다.

그날 이후 길상은 매일 밤 명옥을 만났다. 명옥은 때로는 낮에도 종종 길상에게 모습을 드러냈다. 둘은 남의 눈을 피해 오붓한 시간을 보냈다. 마치 동료들 몰래 사귀던 시절로 돌아간 것 같았다. 이른 봄이 찾아온 듯 길상의 하루하루는 더할 나위 없이 행복했다.

명옥은 살아있을 때와 별로 다를 게 없었다. 귀신은 발이 없다거나, 몸이 차다거나 하는 말도 전부 지어낸 말인 모양이었다. 같이 밥을 먹거나 잠자리를 할 수 없다는 것만 빼면 명옥은 살아있을 때와 똑같았다.

어쩌면 명옥이 귀신이 아닌 건 아닐까. 하지만 귀신이 아니라면 어떻게 죽어서도 제 앞에 나타날 수 있는 걸까. 길상은 이따금 그런 의문이 들었지만, 그건 크게 중요하지 않았다. 죽었든 살았든 명옥은 명옥이다. 명옥이 지금 내 곁에 있다. 길상에게 중요한 건 그것뿐이었다.

"어떻게 그런 일이……."

길상의 얘기를 다 들은 덕임은 고개를 절레절레 흔들었다. 말도 안 되는 일이었지만, 명옥이 떡하니 제 눈앞에 있는 이상 오빠의 말을 부정할 수도 없었다.

여전히 받아들이기 어려웠지만, 덕임은 그간 길상이 태연해 보였던 까닭을 알 것 같았다.

죽음이 비통한 건 죽은 자와 두 번 다시 만날 수 없다는 사실 때문이다. 하지만 죽은 후에도 매일같이 만날 수 있다면, 슬픔에 젖거나 상실감을 느낄 이유가 무엇일까. 길상은 그렇게 명옥과 예전과 다를 바 없는, 아니 더 행복한 시간들을 보내고 있었다.

"다른 사람들한테도 알리자. 언니가 돌아온 걸 보면 다들 좋아할 거야."

"그건 안 돼."

길상은 단호하게 고개를 저었다.

"왜 안 돼?"

"나더러 미쳤다고 할 테니까."

하긴……. 직접 보지 않았더라면 덕임 역시 길상이 제정신이 아니라 여겼을 것이다. 충격에 머리가 돌아버렸다고. 하지만 명옥이 돌아왔다는 증거가 이렇게 눈앞에 있는데 다른 이들도 받아들이게 되지 않을까?

"다른 사람들 눈엔 내가 안 보여."

덕임의 생각을 읽은 것처럼 명옥이 말했다.

"길상이 눈에만 보이는 것 같아. 그리고 아마…… 너한테도."

명옥이 남매를 보며 쓸쓸하게 웃었다.

어째서일까, 오빠와 내 눈에만 명옥 언니가 보이는 건……. 그만큼 간절하게 언니를 보고 싶어 해서가 아닐까? 거기까지 생각이 이르자 덕임은 속으로 고개를 끄덕였다. 그래, 틀림없어. 오빠와 나만큼 절실하게 언니를 그리워한 사람은 없을 테니까.

"그러니 명옥이 돌아온 건 우리끼리 비밀로 하자."

길상이 덕임에게 다짐하듯 힘주어 말했다.

덕임은 길상과 명옥을 번갈아 바라보다가 가만히 고개를 끄덕였다.

한동안 그들의 일상은 예전처럼 돌아간 것 같았다. 길상은 여전히 실수 없이 능숙하게 줄을 탔고, 일이 없을 땐 명옥과 단둘이 시간을 보냈다. 그들의 평온함을 깨뜨리고 싶지 않았기에 덕임은 약속을 지켰다.

"계속 그렇게 지낼 수 있을 줄 알았어. 바보처럼."

덕임이 시무룩하게 말했다.

하지만 그런 마술 같은 일이 언제까지고 계속될 리는 없었다. 세상 사람들 모두가 겪는 죽음의 이별을 혼자서만 비껴갈 순 없는 것이다. 잠시는 그런 행운을 누릴 수 있겠지만, 그건 그저 손등에 잠깐 내려 앉았다가 포르릉 날아가버리는 새와 같았다. 내 손에 넣었다 싶은 순간 사라지고 마는 것이다. 길상과 덕임은 어리석게도 그런 사실을 몰 랐다.

"차라리 명옥 언니가 안 돌아오는 편이 나았을 텐데."

과거를 곱씹는 덕임의 목소리가 씁쓸했다.

선노미는 말없이 덕임의 어깨를 두드렸다.

"사당패 공연이 있던 날이었어."

얼굴에 어두운 표정을 드리운 채 덕임이 이야기를 이어나갔다.

공연장엔 마을 사람들이 잔뜩 몰려와 있었다. 신이 나 이리저리 뛰어다니는 아이들, 삼삼오오 모여 수다 떠는 아낙들, 온갖 사람들로 시끌벅적했다. 장이 선 날이라 장 보러 온 김에 공연장을 찾은 이들까지 더해져 공연장엔 발 디딜 틈이 없었다.

제 차례를 기다리며 몸을 풀던 길상은 사당패 숙소 근처에서 나는 말다툼 소리를 들었다. 언성을 높이는 게 항의라도 하는 것 같았다. 길상은 소리가 들리는 쪽으로 다가갔다.

"형님, 이번에도 길상이를 내보낼 거예요? 그건 불공평하잖아요."

재수 목소리였다. 길상과 동갑내기인 재수는 길상보다 먼저 사당패에 들어왔다. 길상 남매가 합류했을 때 재수는 만기에게 줄타기를 배운 지 이미 2년이 다 돼가고 있었다. 그런데 뒤늦게 시작한 길상이 곧 재수를 앞지르기 시작했다. 재수가 무능했던 게 아니라 길상이 너무 뛰어나서였다.

줄광대는 길상과 재수 단둘이라 어쩔 수 없이 늘 비교 대상이 됐다. 사람들은 줄광대 하면 길상을 입에 올렸고, 어쩌다 재수 이름이 나올 때는 길상의 실력을 칭찬하기 위해서일 때가 많았다. 언젠가부터 줄광대 자리는 당연히 길상의 몫이고 재수는 길상이 아프거나 할 때만 관객들 앞에 서는 대타로 역할이 갈렸다.

"이미 끝난 얘기 아니냐."

칠성이 말하기 껄끄러운 듯이 대꾸했다.

"정신도 온전치 않은 애가 줄 타다 큰일이라도 나면 어쩌려고요?"

"네가 그렇게 길상이 걱정을 많이 하는 줄 몰랐다."

비꼬는 말투에도 재수는 아랑곳하지 않았다.

"길상이 걔, 요즘 제정신이 아니에요. 누가 옆에 있는 것처럼 혼자막 중얼중얼했다가 실실 웃었다가 한다고요. 보고 있으면 소름 끼친다니까요."

엿듣던 길상은 순간 울컥 화가 치밀어 올랐다. 재수는 몇 번 더 사정하다가 먹히질 않자 씩씩거리며 자리를 떴다. 잔뜩 기분 상해 자리를 벗어나던 재수가 길상을 발견하고 흠칫 놀라 멈춰 섰다. 재수의 눈초리가 서서히 험악해졌다.

"그렇게 비웃지 마."

재수가 싸움이라도 걸 것처럼 이를 악물고 말했다.

"안 비웃었어."

"아니긴 뭘 아냐! 너, 내 얘기 다 들었지? 그것 보라면서 속으로 비웃었을 거 아냐."

이러다 공연히 싸움 나겠다 싶어 길상은 상대하지 않고 피하려 했다. 재수는 그게 더 화가 난 모양이었다.

"넌 예전부터 그랬어. 늘 잘난 척하며 위에서 날 내려다봤다고. 네가 잘나면 얼마나 잘났냐!"

묵은 분노가 한꺼번에 터졌는지 재수는 거침없이 말을 쏟아냈다.

"그래, 네가 나보다 줄을 잘 타긴 하지. 하지만 적어도 난 여긴 멀쩡해. 너처럼 미치진 않았다고."

재수가 과장된 몸짓으로 제 머리를 가리키며 말했다.

"미치긴 누가 미쳐!"

길상도 더는 참을 수 없어 발끈했다.

"안 미쳤다고? 네가 이상한 부적을 애지중지 끼고 다니는 걸 내가 모를 줄 알고? 명옥이 살아있는 것처럼 혼잣말하는 것도?"

재수가 이죽거렸다.

"너, 그 부적, 박수무당한테서 얻었지?"

길상의 얼굴이 순식간에 하얗게 질렸다.

"어, 어떻게……."

"어떻게 아냐고? 그 무당한테서 직접 들었으니까 알지. 어떤 바보한테 죽은 사람 만나게 해주는 부적을 팔았다고 술 취해서 친구한테 떠벌리는 걸 내가 봤거든. 그 바보가 바로 너지?"

길상은 머리를 한 대 세게 얻어맞은 것 같았다.

부적과 부적의 신력이 전부 가짜였다고? 아냐, 그럴 리 없어. 내가 박수무당 찾아간 걸 어떻게 알고 지어낸 걸 거야. 날 혼란에 빠뜨리려고.

길상이 재수를 똑바로 노려보았다.

"왜? 비밀을 들켜서 창피하냐? 내가 또 다른 거 하나 알려 줄까?"

길상의 표정이 일그러지는 걸 보자, 재수는 신이라도 난 모양이었다.

"내가 술집에서 그 박수무당을 어떻게 알아봤는 줄 알아? 공연장에서 만났거든. 명옥이 죽던 날."

그날 재수는 자신이 줄을 탈 수 있지 않을까 내심 기대했다. 길상이 명옥 곁을 지키고 싶어 하는 눈치였으니까. 하지만 그날도 어김없이 길상이 관중들의 박수갈채를 받으며 줄을 탔고, 재수는 멀거니 지켜보고만 있어야 했다. 동료가 아픈 걸 걱정하기보다 그걸 틈타 기회를 잡으려는 자신이 한없이 초라하고 혐오스럽게 느껴졌다. 그러다 숙소 쪽에서 동료들이 웅성대는 소리를 들었다.

"이를 어째! 명옥이 상태가 심상치 않아."

"그럼 길상이 불러야 하는 거 아냐?"

"공연은 어쩌고?"

"지금 공연이 문제야."

"사람이 그렇게 갑자기 죽진 않아. 괜히 줄 타는 사람 심란하게 만들지 말고 기다려보자고."

"명옥이 그때까지 버텨줘야 할 텐데……."

명옥의 병세가 순식간에 안 좋아진 모양이었다. 저러다 정말 죽는 게 아닌가, 걱정스러운 마음이 들던 차에 문득 한쪽에서 이야기를 엿듣는 자를 발견했다. 낯빛이 어둡고 눈매가 음험한 남자, 바로 박수무당이었다.

"그자가 네가 아끼는 누군가가 곧 죽을 거라고 예언했다며? 그거, 예언 아니야. 우리가 떠드는 말을 듣고 안 거야. 동네 사람들 얘길 들어보니 그 박수무당이라는 작자, 인근에선 돌팔이 사기꾼으로 유명하다더라. 그런데 그것도 모르고 바보같이 전 재산까지 털어서 부적을……."

길상이 멱살을 틀어쥐는 바람에 재수는 끝까지 말을 잇지 못했다.

"놔! 이거 안 놔?"

재수도 지지 않고 길상의 멱살을 마주 움켜쥐었다. 둘은 서로를 잡아먹을 듯 노려보았다. 금방이라도 주먹질이 오갈 기세였다.

"둘이 여기서 뭣 하는 거야!"

칠성이 부리나케 달려와 둘을 떼놓았다.

"차례가 가까워졌는데 안 보여서 찾았더니 싸움질이나 하고 있고. 잘잘못은 나중에 가리고 어서 나가봐!"

칠성이 길상의 등을 떠밀었다. 길상은 지금 심정으로는 아무것도 못 할 것 같았지만, 심란한 마음을 억지로 가누고 관객들 앞에 섰다.

고대하던 줄광대의 등장에 사람들은 환호성을 질렀다. 아이를 안은 엄마, 허리가 굽은 노인, 막 장을 파한 상인들과 고된 일을 마치고 돌아온 농부들…….

사람들 사이로 익숙한 얼굴 하나가 보였다. 명옥이었다. 명옥이 자리에 앉아 자신을 지켜보고 있었다. 걱정과 자랑스러움이 한데 섞인 표정으로. 자신이 줄을 탈 때면 늘 그랬던 것처럼.

그럼 그렇지. 재수가 거짓말을 한 거야.

조금 전까지 가슴을 짓누르던 갑갑한 게 갑자기 걷히는 것 같았다. 저도 모르게 입가에 미소가 걸렸다. 길상은 자신 있게 줄에 한 발을 내디뎠다.

둥둥둥둥.

징징징징.

사당패 광대들이 북과 징을 울려 흥을 돋웠다. 그 소리에 감정이 고조되는지 관객들의 함성도 더 커졌다.

함성에 맞춰 길상이 사뿐사뿐 줄 위에서 발걸음을 옮겼다. 보기만 해도 아찔한 높이에 드리워진 외줄, 성인 남자 손가락 굵기 정도밖에 안 되는 줄 위를 길상은 마치 땅 위를 걷는 것처럼 가볍게 내디뎠다.

"여보게, 그 위에 있으니 기분이 어떤가?"

밑에서 어릿광대 덕임의 목소리가 들렸다.

"다들 날 올려다봐주니 기분이 좋네."

"자네가 사람들을 내려다봐서 기분 좋은 게 아니고?"

관중들 사이에서 웃음이 터져 나왔다.

"그게 그 말이지. 하늘에서 내려보니 세상이 다 내 것 같네. 임금이 된 기분일세."

"그것도 틀린 말은 아닐세. 임금이 뭐 별건가. 사람들 머리 꼭대기 위에 있는 게 임금이지. 그러니 광대나 임금이나 별 차이 없어."

덕임의 말에 관중들이 다시 웃음을 터뜨렸다.

"줄 위에서 왕처럼 신나게 한번 놀아보게나."

덩더쿵 덩더쿵.

삐리리 삐리리.

흥겨운 음악 소리가 울려 퍼졌다.

길상이 잰 발걸음으로 능수능란하게 줄 위를 여러 차례 앞으로 갔다 뒤로 갔다 했다. 깨금발을 하고 줄 위에서 깡충깡충 뛰기도 했다. 세상에 이렇게 쉬운 일이 또 있냐는 듯이. 사람들은 숨을 죽이고 그의 몸놀림을 지켜보았다.

"얼쑤, 잘한다."

아래서 덕임이 연신 추임새를 넣었다.

줄 한가운데 멈춰선 길상이 손에 쥔 부채를 높이 들어 올리고 씩 미소 짓는가 싶더니 별안간 허공으로 풀쩍 날아올랐다.

"꺄악."

지켜보던 아낙 하나가 소리를 지르며 눈을 가렸다.

두 다리를 양옆으로 벌리고 하늘 높이 솟구쳤던 길상이 무릎을 굽히고 줄 위에 사뿐 내려앉았다. 길상은 눈이 휘둥그레진 관객들을 향해 부채를 쫙 펼쳐 보이며 얼굴에 자랑스럽게 부채질을 했다. 다시 환호가 터져 나왔다.

길상은 아래를 둘러보며 관객들 표정을 하나하나 살폈다. 다들 즐거워하고 있었다. 길상의 뿌듯한 시선이 명옥을 찾았다. 눈인사라도 할 요량이었는데, 몸이 돌처럼 딱 굳어버리는 것 같았다.

명옥의 형체가 사라지고 있었다. 모래성이 허물어질 때처럼. 한순간 무너져 내리는 모래성과 달리 명옥의 몸은 서서히 엷어져 연기처럼 허공 속에 녹아들고 있었다. 이미 몸 반쪽은 연기가 돼 사라졌고, 남은 반쪽도 마치 안이 들여다보일 것처럼 엷어져 투명해지고 있었다.

'어, 어째서……'

길상은 숨을 들이켰다. 머리는 어째서냐고 묻고 있지만, 속마음은 명옥이 사라지는 이유를 알고 있었다. 부질없는 믿음이 깨졌기 때문이다. 애써 피하려 했던 현실을 마주해버렸기 때문이다. 아무리 아니라고 도리질 쳐도 이미 깨달아버린 사실을 부정할 순 없었다. 현실에 눈을 떴으니 허상이 사라지는 건 어쩌면 너무도 당연했다.

둥둥둥둥.

다시 북소리가 울려 퍼졌다.

길상은 주춤주춤 줄 위에서 일어났다. 넋이 나갔는지 일어서는데 발이 휘청거렸다. 가까스로 중심을 바로잡자 관객들이 감탄하는 소리가 들렸다. 일부러 놀래주려 연출한 거라 생각했을 것이다.

"허이, 허여차."

덕임이 줄광대 흥을 돋우려고 추임새를 넣었다. 흘깃 아래를 보니 덕임은 얼굴이 딱딱하게 굳어 있었다. 오라비가 여느 때와 다르다는 걸 눈치챈 것이다.

길상이 숨을 골랐다. 이제 줄 위로 풀쩍 뛰어올랐다가 사뿐 내려앉고 다시 풀쩍 뛰어올랐다가 내려앉기를 여러 번 반복해야 할 차례

다. 위험하고 어려워서 가장 집중해야 하는 대목이다. 하지만 이미 마음이 흐트러진 길상은 줄에 오롯이 집중할 수 없었다. 길상의 시선은 관중 사이 명옥의 자리에 붙박여 떨어질 줄 몰랐다.

삐리리 삐리리.

흥겨운 피리 소리가 울려 퍼졌다. 어서 놀아보라고 광대를 부추기는 가락이었다.

풀쩍.

음악 소리에 맞춰 길상이 하늘 높이 몸을 날렸다. 길상의 몸이 공중으로 솟구쳤다가 가느다란 줄 위에 가볍게 착지했다. 오랜 세월 단련하며 몸에 익힌 기술은 이런 상황에서도 쉽사리 그를 배신하지 않았다. 줄 위에 쪼그리고 앉은 길상이 눈으로 여전히 명옥 있는 곳을 좇았다.

명옥은 아까보다 형체가 더 옅어진 것 같았다. 반만 남은 몸의 하반신도 이제 흐릿해져 갔다. 바람이 불면 금세 그대로 공기 중에 흩날릴 것처럼 스러지는 명옥의 몸뚱이는 물거품처럼 덧없어 보였다.

'안 돼, 안 돼……'

길상이 애원하듯 속으로 중얼거렸다. 제 심정은 아랑곳하지 않고 북과 장구의 가락은 점점 더 빨라지고 있었다.

둥둥둥둥.

덩더쿵 덩덕.

"얼씨구나. 잘한다!"

"한 번 더 보여줘!"

사람들이 외치는 소리가 들렸다.

풀쩍.

길상이 높이 뛰어올랐다가 아슬아슬하게 착지했다. 그 와중에도 지금쯤 나와야 할 덕임의 추임새가 안 들려 아래쪽을 쳐다보니 덕임은 입을 벌리고 멍하니 자신을 쳐다보고 있었다. 곧 일어날 불길한 일을 감지하기라도 한 듯 얼굴이 하얗게 질려 있었다.

길상의 시선이 다시 명옥에게로 옮겨갔다. 명옥은 어느새 허리까지 다 사라지다시피 옅어졌고 가슴팍부터 연기로 스물스물 변해가고 있었다. 길상은 명옥에게 손을 뻗고 싶었다. 가지 말라고, 그대로 사라져버리지 말라고 붙잡고 말리고 싶었다.

풀쩍.

잔혹한 현실을 보지 않으려는 것처럼 길상이 질끈 눈을 감았다. 정신이 아득한 탓인지 이번엔 내려앉을 때 누가 봐도 실수한 게 티가날 정도로 휘청했다. 장내가 술렁이기 시작했다.

길상의 등 뒤에 굵은 땀방울이 맺혔다. 이런 실수를 하는 건 처음이었다. 갑자기 두려워졌다. 자유롭다고 느꼈던 가느다란 줄이 지금은 견딜 수 없이 위태위태해 보였다. 그대로 도망쳐서 어디론가 숨어버리고 싶었다. 하지만 줄 위에선 숨을 곳을 찾을 수 없었다. 줄 타는일이 이렇게 고독하게 느껴진 건 처음이었다.

명옥은 이제 가슴 언저리가 사라지고 목 주변도 연기처럼 투명하게 변했다. 명옥이 반쯤 남은 입술을 움직였다. '안녕'이라고 인사하는 것처럼.

명옥의 입술이, 쌍꺼풀지지 않은 긴 눈이, 검은 머리칼이 일제히 스르르 연기로 변했다. 조금 전까지 명옥이 앉았던 곳에서 그녀의 흔적은 조금도 찾을 수 없었다. 명옥은 그대로 무(無)로 돌아갔다.

"안 돼!"

길상은 줄 위에서 절규했다. 웅성거리는 소리가 커졌지만, 귀에 들어오지 않았다.

고개를 들어 창공을 바라보았다. 새처럼 날 수 있을 것만 같았던 푸르고 높은 하늘이 지금은 명옥을 삼켜버린 지옥처럼 느껴졌다. 원망스럽고 또 원망스러웠다.

기왕 이렇게 되었으니 자신도 명옥을 따라가야겠다고 생각했다. 연기가 돼 하늘로 돌아간 명옥처럼 자신도 한 마리 새가 돼 하늘로 비상해야겠다고.

풀쩍.

길상이 결심한 듯 하늘 높이 뛰어올랐다. 날아오른 길상의 몸은 줄 위로 가볍게 내려앉는 대신 쿵, 하는 둔탁한 소리를 내며 그대로 바닥으로 추락했다.

웅성거리던 장내가 한순간 얼어붙은 것처럼 조용해졌다. 다들 공포와 경악이 뒤섞인 눈으로 바닥에 떨어진 줄광대를 쳐다보고 있었다. 침묵은 한동안 이어졌다. 칠성과 사당패 동료들이 비명을 지르며 길상에게 뛰어갈 때까지.

의원은 부러진 길상의 다리가 원래대로 돌아가지 못할 거라고 했다. 평생 다리를 절어야 한다고.

길상은 두 눈을 질끈 감았다. 그 말은 줄광대인 자신에게 사형 선고나 마찬가지였다.

위로하는 동료들을 물린 후, 길상은 습관적으로 명옥을 찾다 멈칫했다. 명옥은 이제 없다. 죽어서도 제 곁을 지켜주던 명옥이 이젠 정말로 떠나고 말았다. 자신은 영영 명옥을 잃어버렸다. 명옥을 묻은 뒤에도 버텼던 길상의 마음은 이번에야말로 완전히 무너져 내렸다. 길상은 베개에 고개를 묻고 한참을 흐느껴 울었다.

길상이 자리를 털고 일어났을 때 그는 완전히 다른 사람이 돼 있었다. 모든 걸 삐딱하게 보고 걸핏하면 거친 말을 내뱉었다. 동료들 말꼬리를 붙들고 늘어지다 심하게 다툰 적도 한두 번이 아니었다. 그는 모두에게 화가 난 것 같았다. 하지만 그가 정말 화를 내는 상대는 바로 저 자신이었다.

"다들 사정을 아니까 참아주고 있지만 계속 저러다간 결국 미움받고 말 거야."

덕임의 목소리가 침울했다.

"줄 타고 싶다고 한 거, 혹시 오빠를 대신하기 위해서야?"

선노미 말에 덕임은 고개를 흔들었다.

"그 이유도 없진 않지만, 예전부터 줄 타는 게 멋있어 보였어. 하늘과 가깝잖아."

덕임이 아득한 옛날을 돌아보는 것 같은 눈빛을 했다.

"오빠도 그렇게 말했었어. 줄 위로 날아오르면 한순간 시간이 멈춘 것 같다고. 그 짧은 순간 동안은 마치 새가 된 것 같다고."

"그렇구나."

자신과는 무관해 보이는 세계라 선노미는 상상이 잘 가질 않았다.

"이런 얘기, 역시 믿기 어렵지? 미안해. 괜히 엉뚱한 소릴 해서."

둘 다 묵묵히 말이 없다가 덕임이 선노미 얼굴을 살피며 말했다.

"말도 안 되는 얘기라고 속으로 욕하진 않았겠지?"

이번엔 선노미가 고개를 저었다.

"아냐, 믿어, 네 얘기."

"정말?"

덕임이 미심쩍어하며 물었다.

"세상엔 우리가 이해하지 못할 일도 많이 일어나니까."

진심이었다. 자신은 이보다 더한 일도 듣고 겪어왔는데 덕임의 말이 지어낸 얘기라 생각할 이유가 없었다.

덕임은 선노미가 한 말을 골똘히 생각하는 눈치였다.

"그러고 보면 진짜 이해가 안 가. 박수무당이 사기꾼이었다 치더라도 오빠랑 나는 명옥 언니를 정말로 봤잖아. 우리가 본 명옥 언니는 대체 뭐였을까? 귀신?"

그보단 그리움이 만들어낸 허상이 아니었을까, 선노미는 짐작했다.

명옥의 혼은 이미 저세상으로 떠났지만, 차마 망자를 놓아주지 못한 길상의 간절한 마음이 기억 속 명옥의 잔상들을 끌어모아 허상을 만들어낸 거라고. 명옥을 친언니처럼 따랐던 덕임 역시 오빠와 같은 마음이었기에 명옥의 허상을 볼 수 있었던 거라고.

명옥은 길상이 박수무당의 정체를 깨닫고 현실을 자각하는 순간, 사라져버렸다. 어쩔 수 없는 일이었다. 그건 어디까지나 길상의 마음이 만들어낸 것이니까. 하지만 제 생각을 입 밖에 내는 대신 선노미는 침묵을 지켰다.

"그런데 말이야."

갑자기 덕임이 선노미 쪽으로 바짝 다가와 앉았다.

"혹시 너도 비슷한 일을 겪은 거 아냐? 어쩐지 그래 보이는데."

대체 뭘 보고 그렇게 생각한 거지? 선노미는 속으로 고개를 갸웃했다. 문득 제 표정만 보고도 속마음을 곧잘 알아맞히던 여동생들 얼굴이 떠올랐다. 여자애들은 그런 능력을 타고나는 건가?

"······으응."

선노미가 얼떨결에 대답했다.

덕임이 두 손을 짝 마주치며 눈을 반짝 빛냈다.

"어떤 일이야? 얘기 좀 해봐."

"그, 그게······."

"뜸 들이지 말고 어서."

덕임이 재촉했다.

선노미는 한숨을 쉬고서 이야기를 시작했다. 그동안 직접 보고 겪은 기이한 이야기들을.

며칠 후 사당패 공연이 열렸다. 시작하기 한참 전부터 공연이 열리는 공터 앞은 많은 사람들로 북적거렸다. 볼거리가 딱히 없는 시골 마을이라 다들 몰려나온 것 같았다.

준비하느라 부산한 사당패들 사이에서 선노미도 긴장된 얼굴로 제 차례를 기다렸다.

얼마 전 덕임에게 이야기를 들려준 걸 계기로 선노미는 공연에 합류하게 됐다. 덕임이 '이렇게 재밌는 얘기는 공연 때 해도 좋을 것 같은데?'라고 한 것이다.

덕임에게 무슨 말을 전해 들었는지 칠성이 따로 선노미를 불렀다. 자신한테도 이야기를 들려달라면서. 처음엔 반신반의하던 칠성도 막상 이야기를 시작하자, 흥미진진한 얼굴이 되었다.

"잘하면 꽤 관심을 끌겠어. 그래, 다음번 공연 때 시험 삼아 해보자."

이렇게 해서 선노미는 반쯤 얼떨결에 사람들 앞에 서게 됐다. 접시 돌리기 묘기와 땅재주를 보고 한창 신명 난 관중은 이번엔 또 어떤 진귀한 구경거리가 나올까, 기대에 차서 선노미를 바라보았다.

갑자기 시선이 쏠리자 선노미는 긴장돼 머릿속이 하얘졌다.

"여, 여러분, 안녕하세요."

선노미가 더듬거리며 운을 뗐다.

침착하자, 침착하자. 두근거리는 가슴을 진정시키는데, 문득 예전에 연암이 주최한 기담회에서 처음 보는 선비들을 숲속 동물들이라 상상했던 기억이 떠올랐다. 숲속에서 동물을 상대로 이야기를 들려준다 생각하니 긴장이 다소 풀어졌었다. 이번에도 그래볼까.

저기 앞에 앉은 노인은 모여 있는 눈코입이며 길게 뺀 목이 족제비를 닮았다. 눈을 동그랗게 뜨고 앞니가 툭 튀어나온 아이는 산토끼, 뒤편에 보이는 살집이 넉넉한 아낙은 곰…….

"빨리 시작 안 하고 뭣 하는 거야!"

누군가 성마른 목소리로 선노미의 상상을 툭 끊었다. 그 바람에 선노미는 숲속에서 현실로 돌아왔다. 족제비, 산토끼, 곰이 아니라 조바심 난 얼굴을 한 사람들이 선노미를 빤히 쳐다보고 있었다. 여전히 가슴이 벌렁거렸지만 선노미는 일단 시작하는 수밖에 없었다.

"정월초하루…… 일이었습니다."

선노미가 머뭇거리며 입을 열었다. 어쩐지 목소리가 자꾸 기어 들어갔다.

"뭐라고? 안 들려!"

줄 뒤편에 앉아 있던 깡마른 남자 하나가 소리 질렀다.

"저, 정월초하루의 일이었습니다."

선노미는 목청에 힘을 줬다. 곁눈질로 보니 저를 쳐다보는 사람들은 하나같이 무심하거나 냉랭한 표정을 짓고 있었다. 호의적이지 않은 반응에 선노미는 점점 더 주눅이 들었다.

"봇짐을 진 남자 하나가 주막으로 찾아왔습니다."

"엄마, 줄타기는 언제 해?"

앞쪽에 앉아 있던 꼬마가 선노미에게도 다 들릴 정도로 큰 목소리로 칭얼거렸다.

엄마가 나무랐지만, 꼬마는 지루한 듯 몸을 비비 꼬며 투덜거렸다.

"난 광대 보러 왔는데."

때마침 객석 어디선가 아기 울음소리까지 터져 나왔다. 아기를 등에 업은 아낙이 달래보지만, 울음은 좀처럼 그치지 않았다. 분위기가 더 어수선해졌다. 그 틈을 타 쪼그리고 앉았던 사람들 몇이 일어나 다리를 툭툭 털거나 기지개를 켰다. 뒷간엘 가는지 어디론가 급히 나가는 사람도 보였다. 주변이 시끌시끌해서 선노미 목소리는 아예 묻혀버릴 것 같았다.

"봇짐을 진 남자의 꾸러미에서 나온 건……."

적잖이 당황스러웠지만 선노미는 계속 이야기를 이어가려 했다.

"그만하고 어서 광대나 불러와!"

아까 안 들린다고 했던 깡마른 남자가 다시 소리쳤다.

"그래, 재미없는 말장난이나 할 거면 들어가!"

"묘기를 보여줘, 묘기!"

남자의 말이 신호라도 되는 양 사람들이 너도나도 소리쳤다. 선노미는 어찌할 바를 모르고 서 있었다. 어떻게 수습해야 할지 도통 알수가 없었다.

"자자, 흥분하지 마시고 조금만 기다리세요. 조금 있다 줄타기를 할 테니까."

칠성이 달려 나와 사람들 앞에서 연신 굽실거렸다. 그는 넉살 좋은 농담으로 어수선한 분위기를 가라앉히며 선노미에게 슬쩍 눈짓했다.

선노미는 하릴없이 물러 나와 무대 뒤편에 쪼그리고 앉았다. 마음이 무거웠다. 이제껏 내 얘기를 들으면 다들 재밌어하고 궁금해했는데. 이번엔 왜 안 먹힌 거지?

문득 시선이 느껴져 선노미는 사람들 쪽으로 고개를 돌렸다. 선비하나가 자신을 물끄러미 쳐다보고 있었다. 얼굴이 하얗고 이목구비가 단아한 선비였다. 입은 옷이며 신발도 꽤 귀한 물건처럼 보였다.

'저런 선비가 왜 이런 곳에?'

선비는 어딘가 모르게 낯이 익은 것 같았다. 분명 전에 어디선가 그를 본 적이 있었다. 대체 어디서 봤더라…….

'아, 세진 도련님!'

선노미는 놀라 눈을 크게 떴다.

자신을 알아봤다는 걸 눈치챘는지 세진이 그제야 빙긋 미소를 보냈다.

선노미가 세진을 만났던 건 일 년쯤 전 삼개주막에서다. 한밤중에 하인이 나귀에 세진을 태우고 주막으로 찾아왔다. 그때 세진은 온몸이 힘없이 흐물흐물하게 늘어져 있으면서도 부릅뜬 눈은 조금도 깜빡이지 않았다.

옆에 서 있던 하인은 과거를 보러 한양으로 올라가던 중 무서운 일을 당해 그 꼴이 된 거라고 했다. 가족과 관련한 끔찍한 비밀을 알게 돼 과거 속에 갇히고 만 것이다. 사연을 들으며 선노미는 세진이 참 안됐다고 여겼었다.

"날 기억하니?"

사람들 시선이 닿지 않는 조용한 곳으로 자리를 옮긴 뒤 세진이 물었다.

선노미가 고개를 끄덕였다. 묘한 기분이 들었다. 멀쩡한 걸 보는 것도, 이야기를 해보는 것도 이번이 처음이었다.

'원래는 이렇게 생긴 분이셨구나.'

넋은 빠져나가고 숨만 붙어 있는 것 같았던 과거의 기괴한 모습과 눈앞에 서 있는 준수한 선비는 도무지 같은 사람이라고 생각하기 어려웠다. 집안이 부유하다 했으니 어쩌면 용한 의원을 모셔다 회복시켰는지도 몰랐다.

"도련님은 어떻게 절 기억하세요?"

선노미가 물었다. 자신이 특별한 사연의 세진을 기억할 수는 있어도, 세진에게 저는 그저 잠시 스쳐 지나간 주막의 심부름꾼에 불과하다. 게다가 그는 주막에 머물렀을 때 완전히 넋이 나간 상태였다.

설마 그 부릅뜬 눈으로 모든 걸 다 지켜보고 있었던 건 아닐 테지?

선노미는 그런 생각을 하며 세진을 뚫어지게 쳐다봤다.

"이야기의 힘이지."

세진이 말했다.

"이야기의 힘이라고요?"

"그래, 네가 내 이야기를 여러 사람에게 들려주지 않았니. 덕분에 나는 이야기 속에서 계속 기억되고, 살아남을 수 있었다."

선노미가 고개를 갸웃했다. 이해가 갈 듯 말 듯한 말이었다.

"너랑 나는 이야기를 통해 이어져 있어. 그래서 이렇게 만나게 된 거야."

어쩐지 들으면 들을수록 알쏭달쏭했다.

"그래, 무슨 말인지 잘 이해가 안 되겠지."

세진은 선노미의 마음을 읽은 듯이 말했다.

"이해 못 해도 된다. 다만 두 가지만 부탁하고 싶구나."

선노미를 똑바로 바라보는 눈빛이 진지했다.

"앞으로도 이야기의 힘으로 나를, 다른 사람들을 기억해주겠니?"

역시 무슨 뜻인지 완전히 이해가 가지는 않았지만, 선노미는 고개를 끄덕였다. 세진의 어조가 꽤 간절하게 들려서였다.

"그리고 하나 더."

선노미는 잠자코 세진이 말을 잇길 기다렸다.

"나처럼 과거에 갇히지 말거라."

이번엔 세진의 말을 바로 이해할 수 있었다. 가슴이 뜨거워졌다. 혹시 만춘을 죽인 충격에서 헤어나지 못하는 나도 과거에 갇힌 걸까? 산 것도 아니고 죽은 것도 아닌 상태가 되어 현재와 미래를 모두 잃어버렸던 세진처럼?

"무슨 일이 있더라도 앞으로, 앞으로 나가야 해."

세진이 힘주어 말했다. 세진이 진지한 눈으로 선노미를 바라보았다. 선노미도 피하지 않고서 천천히 고개를 끄덕였다.

"고맙다. 작별 인사하러 온 보람이 있구나."

세진의 얼굴에 비로소 다시 미소가 떠올랐다. 마음의 짐을 털어버린 듯 홀가분해 보였다.

"작별 인사라고요?"

별안간 등 뒤에서 '와아' 하는 함성이 들렸다. 재수가 줄타기를 시작한 모양이었다.

'얼쑤, 잘한다', '그래, 그렇지' 하는 관중들의 추임새 소리가 간간이 섞였다. 저 때문에 가라앉았던 분위기가 다시 달아올라 다행이라 생각하며 무심코 소리 나는 쪽으로 고개를 돌렸다.

선노미가 다시 세진이 있던 곳을 돌아봤을 때 그는 이미 사라지고 없었다.

"혹시나 했는데 역시나더라."

터덜터덜 사당패 숙소로 돌아온 선노미에게 길상이 내뱉듯 말했다.

"내가 말했잖아. 넌 여기 안 맞는다고."

선노미는 말없이 고개를 끄덕였다. 길상과 실랑이를 하고 싶지 않았다. 그렇지 않아도 피곤한 하루였으니까. 게다가 자신이 사당패에 어울리지 않는다는 길상의 말은 어쨌거나 사실이었다.

대꾸를 안 하면 물러가리라 생각했는데, 길상은 여전히 서성거렸다. 할 말이 있는 눈치였다. 어쩌면 선노미가 돌아오기를 줄곧 거기서 기다리고 있었는지도 몰랐다.

"덕임이한테서 내 얘기 다 들었지?"

선노미가 고개를 끄덕였다.

"하여튼 그 녀석, 입은 가벼워서……."

길상이 투덜댔다.

"나쁜 뜻으로 한 건 아니에요. 오빠를 많이 걱정하고 있었어요."

혹시 길상이 화를 낼까 봐 선노미가 서둘러 말했다.

길상은 한동안 생각에 잠긴 표정으로 서 있다가 불쑥 말을 꺼냈다.

"아까 명옥이를 봤어."

"네?"

선노미는 놀라 길상을 돌아봤다. 명옥의 허상은 사라졌다고 했는데. 왜 또 나타난 거지?

"나한테 더는 과거에 갇혀 있지 말라고 했어. 그만 털어내고 현재에 집중하라고."

아, 그러고 보니 길상, 이 사람도 과거에 갇힌 사람이었지. 연인을 잃은 현실을 부정하다 허상까지 만들어냈고, 지금도 줄곧 현실을 부정하고 있으니까. 과거에 발목 잡혀 앞으로 나아가지 못한다는 점에서 세진과 길상은 닮은 꼴이었다.

"슬퍼 보이더라. 나 때문에 걔가 저승에서도 마음 놓고 못 쉬는구나, 내가 이러는 게 명옥일 위한 게 아니겠구나, 그런 생각이 들었어."

길상이 덤덤하게 이야기를 이어갔다.

이번에 나타난 건 허상이 아니라 어쩌면 정말 명옥인지도 모른다. 죽은 명옥이 앞으로 나아가지 못하고 괴로워하는 연인을 다독이기 위해 잠시 나타난 건지도. 문득 그런 생각이 선노미 머리를 스쳤다.

"대체 너한테 왜 이런 얘기를 하는지 나도 잘 모르겠다만."

길상이 머뭇머뭇 입을 열었다.

"왠지 네가 명옥일 부른 게 아닐까 싶어서. 네 주변엔 기이한 일들이 많이 일어난다니까, 그래서……."

스스로 갈피를 잡을 수 없어 혼란스러운지 길상이 말을 흐렸다.

길상의 추측이 어쩌면 완전히 빗나간 건 아닐 거라고 선노미는 생각했다. 이야기를 통해 세진이 자신에게 닿았던 것처럼, 명옥 역시 이야기의 힘에 이끌려 이 세상에 잠시 돌아온 것일지도. 명옥도 이야기를 통해 기억되고, 이야기 속에 살아있으니까. 그렇다면 명옥을 부른 건 자신이 아니라, 제게 명옥 이야기를 들려준 덕임은 아닐까.

"만일 진짜로 네가 명옥일 불렀다면."

길상이 우물쭈물하며 말했다.

"고마워. 이 말을 전하고 싶었어."

선노미는 어쩐지 쑥스러워 고개를 숙였다. 길상도 더는 할 말이 없어 보였다. 하지만 둘 사이에 가라앉은 어색함은 더 이상 불편하기만 한 건 아니었다.

"저, 사당패를 떠날 거예요."

선노미가 먼저 입을 열었다.

"……응."

약간 사이를 두고 길상이 대답했다. 대화는 다시 툭 끊어졌다. 조금 뒤에 이번엔 길상이 침묵을 깨뜨렸다.

"덕임이한테 줄타기를 가르쳐볼까 해."

"정말요?"

선노미가 놀라 길상을 올려다봤다.

"녀석이 워낙 조르기도 하고, 가만 보면 제법 잘할 것 같기도 하고."

선노미는 맞다는 뜻으로 연신 고개를 끄덕였다.

"덕임이가 재수 코를 납작하게 만들면 재미있을 거야."

벌써부터 머릿속에 그림이 그려지는지 길상의 눈이 장난스럽게 빛났다.

"그렇게 나도 조금씩 내 자리를 찾아야지."

마치 자기 자신에게 다짐하는 말투였다. 길상이 진지한, 하지만 예전보다 훨씬 부드러워진 눈빛으로 선노미를 바라봤다.

"너도 어서 찾아. 네가 있어야 할 자리를."

길상은 그 말을 남기고 절뚝절뚝 자리를 떴다.

홀로 남은 선노미는 곧장 숙소로 들어가지 않고 잠시 바깥을 서성거렸다. 조금 전 자신이 완전히 망쳐버릴 뻔한 공연을 떠올리니 사당패 사람들 만나는 게 껄끄러워서였다.

문득 저만치 앞에 타고 남은 재가 소복이 쌓인 게 보였다. 아직 완전히 타지 않은 종잇조각 하나가 바람결에 선노미 쪽으로 밀려왔다.

선노미가 종이를 집어 들었다. 군데군데 시커먼 그을음 사이로 이상한 선과 원이 그려진 게 보였다. 그림의 형체는 분명치 않았지만, 선노미는 그게 무엇인지는 한눈에 알아볼 수 있었다. 길상이 지니고 다녔다던 부적이었다.

'아까 날 기다리며 태웠나 보구나.'

길상이 부적을 태웠다는 건 과거와 작별했다는 증거다. 그가 드디어 과거를 떨치고 현실로 한 발 내디디려 하고 있다. 길상이 사라진 곳을 한동안 물끄러미 바라보던 선노미의 입가에 서서히 미소가 떠올랐다.

그간 정이 들어서인지 사당패와의 작별은 서운했다.

칠성은 떠나겠다는 선노미를 굳이 붙잡지 않았다. 선노미가 사당패에 별 도움이 안 된다는 사실을 이미 알아버렸으니.

"네 얘기가 재미없었던 건 아니야."

칠성이 미안한 얼굴을 했다.

"하지만 뭐랄까, 넌 청중을 휘어잡는 힘이 부족해. 광대 노릇엔 그게 제일 중요한데."

영일이 말했던 끼나 흥 같은 것. 선노미는 순순히 수긍했다. 자신의 기억력과 화술은 잘 아는 친한 사람들, 소규모 친목 모임 같은 데선 능력을 발휘했지만, 다수의 타인 앞에선 그다지 효과가 없었다. 사당 패 공연을 보러 온 사람들은 더 신나고, 아찔하고, 자극적인 걸 원했다. 그들을 쥐락펴락하면서 분위기를 고조시키는 능력이 선노미에겐 아쉽게도 없었다.

"넌 분명 재능이 있어. 다만 그 재능이 우리랑 맞지 않았을 뿐이야. 어딘가엔 네 재능을 쓸 데가 분명히 있을 거야."

칠성이 덧붙였다.

"꼭 떠나야 돼? 계속 같이 있으면 안 돼?"

배웅하러 나온 덕임이 서운해하며 말했다.

"또래를 만나 반가웠는데."

"여긴 내가 있을 곳이 아닌 것 같아."

선노미는 시무룩한 표정을 짓는 덕임을 다독여주었다.

덕임 곁엔 길상이 아무 말 없이 바라보며 서 있었다. 선노미도 길상을 쳐다봤다. 선노미와 눈이 마주치자 길상은 고개를 끄덕여주었다. 선노미의 결정을 응원한다는 듯이.

공연 때문에 계속 마을에 남아 있어야 하는 사당패 일행을 뒤로하고 선노미는 발길을 옮겼다.

또다시 혼자가 됐지만 어쩐지 마음만은 예전보다 든든했다. 세진과 길상처럼, 이제 과거에서 벗어나 현재에 발을 디딜 용기가 생긴 것도 같았다.

선노미가 며칠 전 묵었던 마을 어귀 서낭당 근처까지 도착했을 때였다.

"애야, 잠깐만 기다려!"

뒤에서 부르는 소리가 들렸다. 돌아보니 누가 헐레벌떡 달려오고 있었다. 내내 뛰어왔는지 연신 숨을 헐떡이는 남자 얼굴이 시뻘겋게 달아올라 있었다.

"아까부터 불렀는데 못 들었니?"

선노미 앞에 멈춰 서서 남자가 한동안 숨을 헉헉거렸다.

"어? 세진 도련님 모시던 분 아니세요?"

선노미가 하인을 알아보자, 그제야 그도 허리를 펴고 빙긋 웃었다.

"긴가민가했는데 맞구나. 너, 한양 주막집에 있던 아이지?"

선노미가 고개를 끄덕였다.

"하긴 너처럼 예쁜 사내애는 별로 없지. 그때도 사내 녀석이 참 곱게도 생겼다, 생각했으니까."

하인이 말했다.

선노미는 참 희한한 인연도 다 있다 싶었다. 넋 나간 세진을 나귀에 태우고 주막에 찾아왔던 충직한 하인을 이런 곳에서 만날 줄이야. 하긴 얼마 전 여기서 세진을 만났으니 그 하인까지 마주친 건 그리 신기한 일이 아닐지도 몰랐다. 하인은 주막을 떠날 때 나귀를 잘 돌봐줘서 고맙다며 선노미에게 깨가 박힌 강정까지 선물로 주고 갔었다.

"……강정 맛있었어요."

하인은 무슨 말이냐는 듯 눈을 끔뻑거리다 한참 뒤에야 기억이 났는지 '아, 그거?' 하면서 피식 웃었다.

"별걸 다 기억하는구나."

"그런데 이 동네는 어쩐 일이세요?"

"도련님 때문이지."

하인의 표정이 조금 어두워졌다.

하나뿐인 아들이 죽은 것도 아니고 산 것도 아닌 채로 나귀 등에 실려 돌아온 걸 보고 세진의 어머니는 그대로 실신했다. 전국 방방곡곡 용하다는 의원은 다 불러서 온갖 귀한 약을 다 써봤지만 아무런 소용이 없었다. 사방팔방 방법을 찾아다니다 결국엔 지푸라기라도 잡는 심정으로 물 좋고 공기 좋다는 이 동네로 요양 왔다고 하인은 그간의 사정을 설명했다.

"도련님 상태는 어떠세요?"

선노미는 일부러 모른 척하며 물었다. 어째서인지 몰라도 하인한 테 세진을 만났다는 얘길 해선 안 될 것 같았다. 그저 얼마 전 만났을 때 멀끔한 모습이었던 걸로 봐서 선노미는 세진이 많아 나아지고 있는 중일 거라고 생각했다.

하인의 얼굴에 드리워진 그늘이 한층 더 짙어졌다.

"······돌아가셨어. 며칠 전에."

"네?"

선노미는 놀라 입을 딱 벌렸다.

"마님께서 도련님 목구멍에 억지로 미음을 넘겨줘서 도련님도 이제껏 어찌어찌 목숨줄을 붙잡고 계셨는데······."

이레쯤 전부터 그걸 그만뒀다고 했다. 가까운 친지와 집안 어른들이 모여 의논한 끝에 내린 결정이었단다. 산송장처럼 목숨만 부지하게 하느니 차라리 편하게 보내주는 게 낫다며. 자칫 잘못하면 밤낮으로 아들 돌보는 어머니까지 쓰러지겠다면서.

세진의 어머니는 아들을 지키겠다고 항변했지만, 문중 어른들 결정을 거스를 순 없었다.

곡기가 끊기자 세진의 쇠약한 몸에서 급속도로 생명이 빠져나갔다. 사흘 후 세진은 조용히 세상을 떠났다.

"아······."

선노미 입에서 탄식이 새어 나왔다. 친지들의 말이 이해가 안 가는 건 아니지만, 제 잘못도 아닌 일에 휩쓸려 끔찍한 몰골이 되고, 결국엔 목숨까지 잃은 세진이 너무나 안쓰러웠다.

'그래서 작별 인사라고 했구나.'

선노미는 세진이 했던 말이 이제야 비로소 이해가 갔다. 며칠 전 선노미가 만났던 세진은 아마도 육체를 잠시 빠져나온 세진의 넋이었으리라.

"그래도 돌아가실 땐 희한하게 내내 부릅뜨고 있던 도련님 눈이 잠자듯 스르르 감겼어. 얼굴도 평온했고. 그래서 '아, 이게 옳은 결정이었구나' 생각하기로 했다."

하인이 씁쓸하게 말했다.

선노미도 천천히 고개를 끄덕였다.

그래, 그럴지도 몰라. 자신을 만나러 왔을 때도 세진은 평온해 보였다. 어쩌면 그는 후련하다고 느꼈을지도 모른다. 죽은 것도 아니고 산 것도 아닌 상태로 얽매인 육체에서, 자신을 가두고 있는 과거에서 해방될 테니.

문득 '날 기억해주겠니?' 하던 세진의 말이 떠올랐다.

'기억할게요.'

선노미는 지금쯤 안식을 찾았을 세진에게 마음속으로 약속했다.

기억할게요. 세진 도련님의 안타까운 이야기를. 이야기 속에서 도련님을 그리고 도련님과 마찬가지로 말 못 할 사연을 겪은 사람들을 기억하겠어요.

선노미는 앞으로 자신이 해야 할 일이 어렴풋이 보이는 것 같았다.

"그런데 넌 왜 여기 있니?"

문득 생각났는지 하인이 물었다.

"그게……."

말문이 막힌 선노미가 우물쭈물하자 하인은 선노미가 집을 나왔다고 생각했는지 타이르는 투로 말했다.

"무슨 사정이 있는지 모르겠다만, 이런 데서 떠돌지 말고 어서 집으로 가. 어머니께서 걱정하실 거다."

하인은 여러 차례 선노미에게 다짐한 뒤 떠났다.

하인과 헤어지고 다시 혼자가 된 선노미는 길을 나섰다.

하늘에선 해가 막 뉘엿뉘엿 넘어가는 참이었다. 지는 해는 부서지는 빛으로 하늘을 붉게 물들이면서 선노미 머리 위로도 오랫동안 따스한 햇살을 드리웠다.

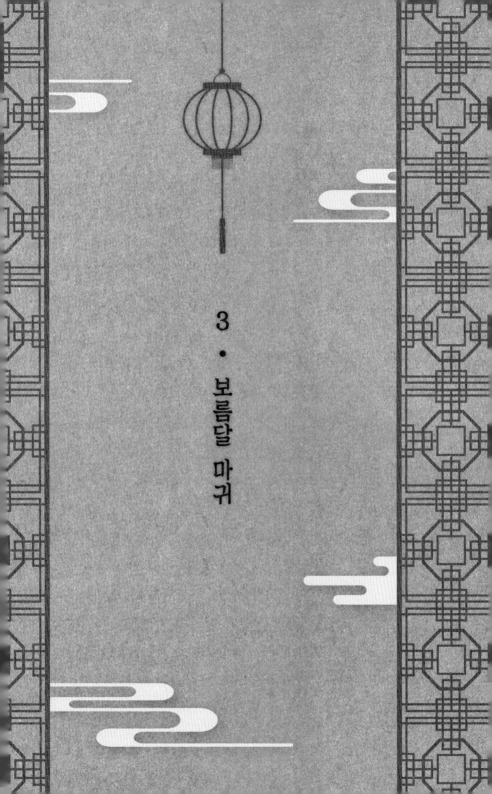

3 ·

보름달 마귀

밤하늘엔 어느새 둥근 보름달이 떴다. 부드러운 달빛이 들꽃 무더기에 내려앉아 칠흑 같은 어둠 속에서 은은히 빛을 발했다. 숲길을 가로지르던 한실이 달을 올려다보고는 발걸음을 재촉했다.

'오늘이 보름이었구나.'

요즘은 날이 어떻게 가는 줄도 몰랐다. 하지만 알았다고 딱히 달라질 건 없었다. 위독한 아버지를 나 몰라라 할 순 없었으니까.

병상에 누운 아버지 숨소리가 심상치 않다고 느낀 건 저녁상을 막물렸을 때였다. 오랫동안 간호해온 터라 그 정도는 바로 알아차릴 수있었다. 한실은 눈앞이 캄캄해졌다. 어린 시절 어머니를 잃고 이제껏아버지랑 단둘이 살아왔다. 그녀에게 아버지는 세상 전부나 마찬가지였다. 의원을 부르러 신발을 꿰차고 달려 나왔다. 그런데 하필 오늘이 보름이었다니.

휘이이잉.

스산한 가을바람이 불어와 옷깃을 파고들었다. 한실은 옷깃을 여미면서도 잰 발길을 늦추지 않았다.

'아무 일 없을 거야, 그렇고말고.'

한실은 마음속으로 되뇌었다. 어서 빨리 이 외진 숲길을 지나 의원 나리 댁에 당도해야 한다. 집으로 돌아갈 때는 나리와 함께일 테니 안심이 될 것이다.

'보름밤이라 환자를 안 보겠다 하시진 않겠지?'

한실은 고개를 설레설레 흔들어 괜한 걱정을 떨쳐버렸다. 언제나 환자를 으뜸으로 여기시는 나리가 그럴 리가 없어. 아버지를 봐주시고 나면 오늘은 우리 집에서 주무시고 가시라 해야지. 행여나 돌아가시는 길에 보름달 마귀와 마주치기라도 하면 큰일이니까.

툭.

어디선가 나뭇가지 부러지는 소리가 들렸다.

저도 모르게 귀를 쫑긋 세웠다. 뭘까, 산짐승일까? 이 숲에 호랑이나 늑대가 나온다는 얘기는 들은 적이 없다. 짐승이라 해봤자 여우나 너구리 정도일 테니 나무 막대기를 흔들어서라도 쫓을 순 있을 것이다. 한실은 가슴 언저리를 어루만지며 두근거리는 마음을 가라앉혔다.

저벅.

이번엔 소리가 조금 더 가까운 곳에서 들렸다. 그리고 발소리다! 조금 전 소리도 사람이든 짐승이든 나뭇가지를 밟으면서 난 것 같았다.

한실은 헉, 숨을 들이켰다. 뭔지 몰라도 근처에 있다. 어쩌면 생각보다 더 가까이. 위험을 감지한 한실은 생각할 겨를도 없이 있는 힘을 다해 내달리기 시작했다.

타다다닥.

조용한 숲길에 한실의 급한 발소리가 울려 퍼졌다. 전력을 다해 뛰느라 쌀쌀한 날씨에도 겨드랑이에 땀이 배었다. 얼마나 내달렸을까, 더는 따라오는 소리가 들리지 않자 주저앉아 헉헉, 숨을 몰아쉬었다.

이렇게 쉬어서는 안 되지만 더는 다리가 움직여주질 않았다. 그렇다고 이렇게 있다간 무슨 봉변을 당할지 몰라 간신히 몸을 일으키려 고개를 들었다. 그때 갑자기 그림자 같은 것이 눈앞에 불쑥 나타났다. 사람의 형체였다.

"아악! 으악!"

한실이 놀라 제멋대로 비명을 질렀다. 소리를 지르는데도 그림자는 꼼짝도 하지 않았다. 한실이 눈을 부릅떴다. 어둠 속에서도 어렴풋이 사람의 윤곽이 보였다. 그리 크지 않은 키에 다소 여윈 체격. 그가 한실 쪽으로 가까이 다가오자, 달빛을 받아 생김새가 더욱 선명하게 드러났다.

"다, 당신은!"

밋밋한 민얼굴이었다. 눈코입이 있어야 할 자리가 비어 있었다. 그렇다고 화상 때문에 피부가 녹아버린 것도 아니었다. 그저 원래부터 그랬던 것처럼 밋밋한 얼굴엔 형체라고 부를 게 하나도 없었다.

한실은 주춤주춤 뒷걸음질 쳤다. 저건 사람이 아니야. 사람이 저렇게 생길 순 없어. 사람이 아니라면…… 보름달 마귀? 온몸에 소름이 돋았다.

장승처럼 가만히 서 있기만 하던 마귀가 별안간 몸을 날려 한실을 덮쳤다. 너무 갑작스러운 일이라 미처 피할 겨를이 없었다.

바닥에 털썩 쓰러진 한실의 몸 위로 마귀가 올라탔다.

"사, 사람 살……!"

마귀가 입을 틀어막는 바람에 그 외침은 한실의 목구멍에서 묻혔다.

한실은 마귀를 떨쳐내려고 발버둥 쳤지만, 위에서 누르는 힘을 당해낼 수 없었다. 시간이 지날수록 몸에서 점점 힘이 빠져나갔다. 이젠 지쳐 더는 저항할 수도 없었다.

이때라는 듯 마귀가 한실의 가느다란 목을 양손으로 조르기 시작했다. 한실은 숨이 턱 막히고, 눈앞이 컴컴해졌다. 머릿속이 하얘지는 것이 금방이라도 까무룩 정신을 놓아버릴 것 같았다. 생명이 몸에서 서서히 빠져나가는 게 느껴졌다.

큭큭큭큭.

귓전에서 마귀가 키들거리는 웃음소리가 들렸다.

'안 돼!'

한실이 아득해지는 의식을 부여잡으려 마지막 애를 썼다. 이대로 죽을 순 없어. 아버지가 기다리고 계시잖아. 어서 빨리 의원을 불러 집으로 돌아가야 해.

제 죽음을 슬퍼할 아버지를 떠올리자, 있는 줄도 몰랐던 힘이 솟구쳤다. 한실은 그 힘을 마지막 한 방울까지 쥐어짜 마귀를 옆으로 밀쳐내고 소리부터 질렀다.

"사람 살려! 살려주세요!"

옆으로 쓰러진 마귀가 허둥거리며 당황했다. 고개를 세차게 흔들고는 다시 달려들어 한실의 입을 틀어막았다. 한실은 있는 힘을 다해 마귀의 손을 꽉 깨물었다.

"으아악!"

마귀가 비명을 내지르며 한실에게서 떨어졌다. 선혈이 후드득 떨어질 정도로 상처가 깊었다.

한실은 이때다 싶어 비칠비칠 일어나 도망가려 했다. 하지만 몇 발짝 옮기지도 못하고 바닥에 철퍼덕 엎어지고 말았다. 악에 받친 마귀가 뒤쫓아와 한실의 발목을 잡아챈 것이다.

씩씩거리며 등 위로 올라탄 마귀가 이번엔 허리춤에서 칼을 뽑아 들고 한실의 옆구리에 푹 쑤셔 넣었다.

"으윽……."

한실의 입에서 신음이 터져 나왔다.

푹, 푹푹.

마귀가 한실의 몸을 뒤집어 가슴과 배를 연거푸 찔렀다.

온몸이 타들어가는 것 같은 고통 속에서 한실은 정신이 아득해지는 걸 느꼈다. 호흡이 점점 가빠졌다. 마지막 숨을 뱉으면서 머릿속으로 떠올린 건 홀로 세상에 남게 될 아버지의 애처로운 얼굴이었다.

　마을 어귀 숲길엔 이른 아침부터 남자 예닐곱이 모여 심각한 얼굴로 이야기를 나누고 있었다.

　'무슨 일이지?'

　막 이 마을에 도착한 선노미는 어리둥절한 눈길로 살펴보았다. 분위기를 보니 뭔가 큰 사달이 벌어진 것 같았다. 자세히 보자 사내들이 둥글게 모인 가운데 젊은 여자 하나가 몸에 거적을 덮고 누워 있었다. 핏기가 완전히 가신 얼굴은 밀가루를 뒤집어쓴 것처럼 창백했다. 거적 위로 붉은 피가 점점이 얼룩진 게 보였다.

　"이봐, 거기 너!"

　모여 있던 사내들 중 하나가 선노미를 가리키며 소리쳤다.

　"못 보던 얼굴인데 아침부터 왜 여길 어슬렁거리고 있는 거냐?"

　"……지나가던 길인데요."

　남자의 퍼런 서슬에 질려 선노미가 몸을 움츠리며 대답했다.

　"지나가던 참이었다고? 혹시 밤새 여기 있었던 건 아니고?"

　남자가 선노미를 향해 성큼성큼 걸어왔다. 눈빛이 매서운 남자였다. 날 선 눈을 하고 선노미를 위아래로 훑어댔다. 수상하게 여기는 게 틀림없었다.

　"아, 아뇨. 저는 저 옆 동네서 왔는데……."

　선노미가 지나온 길을 가리켰다.

"혹시 시신을 발견했을 때 근처에서 이 아이를 못 봤나?"

남자가 돌아보며 오한 든 것처럼 떨고 있는 노인에게 물었다.

"못 봤습니다. 한실이를 보, 보자마자 오금이 저려서 그길로 관아
에 달려간지라……."

노인은 아직도 시신을 본 게 믿기지 않는 듯 황망한 표정이었다.
하지만 남자는 여전히 미심쩍다는 눈초리를 거두지 않았다.

"안 되겠다. 저 애를 관아로 데려가 문초를 해봐야겠다."

마을 관리인지 남자가 눈짓하자 시신 옆에 섰던 포졸들이 다가와
선노미를 꿇어앉히고 등 뒤로 두 팔을 묶으려 했다.

"왜 이러세요! 전 아무 짓도 안 했어요!"

선노미가 겁에 질려 소리쳤다. 하지만 장정들 손을 벗어나는 건 불
가능했다. 선노미는 꼼짝없이 양팔이 묶인 채 무릎을 꿇었다.

"잘못이 있는지 없는지는 관아에서 드러날 일이지."

"정말이에요, 믿어주세요. 저는 방금 여기 도착했어요."

선노미는 애원하며 모여 선 남자들 얼굴을 하나씩 올려다보았다.
다들 냉담한 눈초리였다.

"이건 뜨내기 소행이 분명합니다."

"그렇고말고요. 보름달 마귀 짓이 아니라면, 마을에 이런 끔찍한
범행을 저지를 사람은 없어요."

다들 선노미를 범인이라고 단정 짓는 것처럼 고개를 주억거렸다.

"전 아니라니까요!"

선노미가 절망적으로 외쳤다.

"저 아이 말이 맞습니다."

등 뒤에서 착 가라앉은 목소리가 들렸다. 다들 소리 나는 쪽을 돌아보았다.

거적을 덮은 시신 옆에 꿇어앉아 있던 남자가 천천히 몸을 일으켰다. 마흔이 좀 넘었을까. 크지도 작지도 않은 키에 조금 여윈 남자였다. 인상은 온화한데 얼굴에 지친 티가 역력했다. 하지만 맑은 눈만은 날카롭게 빛나고 있었다.

"한실이가 이 정도 피를 흘렸다면 틀림없이 범인의 옷도 피투성이가 됐을 겁니다. 하지만 저 아이는 옷이 말짱하지 않습니까."

"딴 데서 갈아입었을 수도 있잖나."

선노미를 윽박질렀던 관리가 대꾸했다.

"게다가 아무리 아녀자일지라도 생명의 위협을 받으면 맹렬하게 반항하게 마련이지요. 하지만 저 아이 체구를 보십시오. 한실이를 그렇게 간단히 제압했을 것 같진 않습니다."

그 추론에는 누구도 반박하지 않았다. 의심이 가시지 않은 눈초리로 비실비실한 선노미 몸을 힐끔힐끔 쳐다볼 뿐이었다.

"게다가 결정적으로."

눈이 맑은 남자가 말을 이었다.

"아마도 범인은 손에 물린 자국이 있을 겁니다."

"어째서 그런가, 병오?"

병오라 불린 자가 잠자코 땅바닥을 가리켰다. 검붉은 핏물이 떨어진 자국이 길게 이어져 있었다. 핏자국은 한실이 누운 데서 서른 발짝 되는 곳까지 이어졌다.

"이건 아마도 범인이 흘린 피일 겁니다. 핏자국이 더 이어지지 않는 걸 보면 범인은 저기서 천으로 동여매든지 해서 피를 멈췄겠지요. 아마도 피해자를 공격할 때 상처를 입은 것 같습니다."

"그런데 손을 물렸다는 건 어찌 아는가?"

관리가 물었다.

병오는 사람들에게 시신 가까이 오라고 손짓한 다음 한실의 입술을 살짝 열었다.

"아래윗니에 핏물이 밴 게 보이시지요?"

병오가 한실의 이를 가리켰다. 아닌 게 아니라 이와 잇몸 입술 할 것 없이 불그죽죽한 것이 연하게 배어 있었다.

"이건 범인이 흘린 피일 겁니다. 한실이 발버둥 치면서 범인을 콱 깨물었겠지요. 정황상 범인은 한실이 소리를 지르지 못하도록 입을 틀어막고 있다 손을 물린 겁니다."

관리가 쯧, 하고 신경질적으로 혀를 찼다. 용의자를 잡았다 싶었는데 수포로 돌아가니 짜증이 난 모양이었다.

"듣고 보니 일리가 있네. 저 아이가 한 짓은 아닌 것 같군."

선노미는 그제야 가슴을 쓸어내렸다.

"그렇다면 정말 보름달 마귀의 소행이란 말인가."

관리가 물끄러미 하늘을 올려다보며 혼잣말했다. 병오는 대꾸하진 않았지만, 남들이 눈치채지 못할 정도로 미세하게 고개를 좌우로 흔들었다. 관리 말에 동의하지 않는 눈치였다.

"그건 그렇고 한실이 아비에겐 대체 뭐라 전한다……."

관리의 목소리가 아까보다 더 침울해졌다. 병오도 후, 하고 깊은 한숨을 내쉬었다. 다들 어찌할 바를 모르고 숨이 끊어진 한실을 한동안 멀거니 바라보기만 했다.

선노미 앞에 연기가 모락모락 피어오르는 밥이 놓였다.

밥그릇 옆에는 김치와 나물무침까지 소박한 찬이 세 개. 진수성찬은 아니지만, 양이 푸짐하고 맛이 정갈했다. 선노미는 허겁지겁 밥숟가락을 떠 입으로 가져갔다.

"꽤 허기졌나 보구나."

허겁지겁 먹는 걸 보고 병오가 안쓰러운 듯 말했다.

꼬박 하루 만에 먹는 첫 끼니였다. 돈을 아끼려 남의 집 허드렛일을 해주고 숙식을 해결했는데, 요 며칠간 일거리를 찾지 못해 입에 풀칠도 못 했다. 쉴 곳도 마땅치 않았다. 이 동네에 들어섰을 즈음 선노미는 거의 기진맥진한 상태였다. 병오가 챙겨주지 않았더라면 지금쯤 길바닥에 쓰러졌을지도 몰랐다.

아까 만났던 관리 수호는 여전히 선노미를 수상한 사람 취급했다. 일행도 없이 떠돌아다니는 녀석이니 뭔가 구린 데가 있는 게 분명하다며 잡아 가둘 기세였다. 그런 수호를 막은 게 병오였다. 오갈 데 없는 아이 같은데, 가두는 건 너무 가혹한 처사라며 차라리 자기가 데려가겠다고 했다. 어차피 혼자 사니 가족들 눈치 볼 일도 없다면서.

수호는 떨떠름한 듯했지만, '자네가 그렇게까지 한다면야'라며 마지못해 병오의 말을 들어주었다.

알고 보니 병오는 오작인(仵作人)이었다. 사망 원인이 분명치 않은 시신을 검시(檢屍)하는 사람. 오작인은 죽은 자가 자살인지 타살인지, 만약 타살이라면 어떻게 살해당했는지를 면밀하게 조사하는 일을 맡아 한다고 했다. 검시는 사건을 해결하기 위해 꼭 필요한 일이었지만, 시신을 만지는 일이다 보니 사람들은 오작인을 천하게 여겼다.

"감사합니다."

눈 깜짝할 사이 밥상을 다 비운 선노미는 그제야 정신을 차리고 병오에게 머리를 조아려 인사했다.

"뭘 이런 일 가지고. 다들 돕고 살아야 하는 거 아니겠니."

병오가 잠깐 사이를 뒀다가 덧붙였다.

"널 보니 어쩐지 옛날 생각도 나고."

옛날 생각이라니……. 무슨 사연이 있는 것 같았지만 물어보지는 않았다. 대신 더 궁금한 걸 물었다.

"그런데 보름달 마귀가 뭔가요?"

문득 아까 사람들이 입에 올린 이름이 떠올랐던 것이다.

"반년쯤 전부터 마을에 살인사건이 일어나기 시작했단다. 피해자는 다들 잔인하게 살해되었어. 돈을 노린 건 아니었지. 원한도 아니고. 피해자들끼리 연결 고리도 없었다. 다만."

병오가 잠시 말을 멈췄다가 다시 말했다.

"그들이 살해된 게 모두 보름밤이야."

"아……."

그러고 보니 어제 보름달이 유난히 밝았다는 게 떠올랐다. 밤길에 지칠 때면 한 번씩 달을 올려다보았는데……. 갑자기 소름이 끼쳤다. 제게는 길 안내자 같았던 보름달이 누군가에겐 죽음의 신호였다니.

"시간이 가도 범인이 잡히지 않자 사람들은 마귀가 한 짓이라고 쑥 덕거리기 시작했어. 보름달이 뜨면 마귀가 나타난다고 말이다."

아, 그래서 보름달 마귀라고 하는구나. 선노미는 속으로 고개를 끄덕였다.

"어리석은 일이야."

병오가 냉소적인 어조로 말했다.

"세상에 마귀나 귀신 같은 건 없으니까."

"하지만……."

그렇지 않다는 말을 꺼내려다 선노미는 입을 다물었다. 대꾸하는 게 지금은 적당하지 않아 보였다. 게다가 병오를 납득시키려면 자신이 이제껏 겪었던 일까지 다 이야기해야 할 것이다. 선노미는 굳이 그런 번거로운 일을 만들고 싶지 않았다.

"다들 이해하기 힘든 상황에 맞닥뜨리면 귀신 짓이다, 마귀 짓이다, 하는데 그건 핑계에 불과해. 우리가 그 상황을 이해할 만큼 지혜롭지 못할 뿐이지. 이해하기 어려운 일이 생길 때마다 마귀 짓이라고 해버리면 그건 진짜 살인자가 밖에서 활개 치고 다니도록 그냥 내버려 두는 거나 마찬가지야."

선노미는 움찔해서 몸을 움츠렸다. 살인자라는 말이 뇌리에 박힌 것이다. 머릿속으로 피투성이가 된 만춘의 모습이 스치고 지나갔다. 돌로 그의 머리를 내려찍을 때 느꼈던 생생한 감촉, 축 늘어진 만춘의 몸…….

"인간이 왜 살인을 저지르는지 아니?"

느닷없는 물음이라 선노미는 뜨끔해졌다. 뭐라고 대답해야 할지 몰라 그저 멀거니 병오 얼굴만 쳐다보았다.

"이유는 딱 두 가지야. 욕망 아니면 분노다. 그 사람이 가진 걸 뺏고 싶거나, 그 사람을 증오하거나."

병오의 말대로라면, 자신은 후자라고 선노미는 생각했다. 자신과 연암을 지키기 위해서였다고는 하나, 그 순간만큼은 만춘이 견딜 수 없이 미웠으니까.

"어느 쪽이건 용납할 수 없는 일이지."

선노미가 고개를 푹 떨궜다. 한동안 잊고 있던 죄책감이 되살아나 날카로운 바늘처럼 제 가슴을 마구 찌르는 것 같았다.

"어젯밤 죽은 한실이는 혼자 병든 아버지를 돌보던 착한 딸이었어. 아버지를 두고 시집갈 수 없다며 들어온 혼사도 다 물리쳤지. 그런 아이가 처참한 몰골로 살해당했는데 범인이라도 잡아줘야 억울함이 풀릴 게 아니겠니?"

병오의 눈빛에서 비장한 결의 같은 것이 엿보였다. 선노미는 반대로 더 해쓱해졌다.

"……한실이라는 분은, 대체 왜 살해낭한 걸까요?"

선노미가 답답한 심정에 물었지만, 병오는 가만히 고개만 저었다.

처음 보름밤에 살해된 사람은 동네에 소문난 난봉꾼이었다. 도박을 밥 먹듯 하고 노름판에 갖다 바치느라 진 빚만도 집 몇 채 값이라 했다. 죽을 때도 만취 상태였던 그는 눈 뜨고 볼 수 없을 정도로 처참하게 난도질 당한 채였다. 돈을 빌려준 누군가가 돌려받지 못할 것 같자 화가 나 죽였을 거라 다들 짐작했다.

하지만 희생자가 계속 생겨날수록 살해 동기를 확정하기가 더 어려워졌다. 죽은 사람들 성별과 나이도 제각각이었다. 예순 넘은 병약한 영감, 아홉 살짜리 소년, 마흔 언저리 과부 그리고 막 스물이 되려는 한실이까지. 모두 목을 졸리고 온몸을 칼에 찔린 채로 죽었다.

"어쩐지 손쉬운 먹잇감을 고르는 것 같단 말이야."

먹잇감이라는 말에 선노미는 소름이 오싹 끼쳤다. 수풀에 숨어 노려보는 이빨이 날카로운 맹수가 떠올라서였다.

"모두 같은 범인에게 당한 게 아닐 수도 있지 않나요?"

병오는 고개를 저었다.

"표식이 없다년 그렇게 생각했을 수도 있지."

최초로 살해된 노름꾼을 비롯해 희생자들은 모두 왼손 검지가 잘려 나갔더라고 했다. 처음엔 눈여겨보지 않았지만, 피해자가 늘어날수록 범인이 일부러 한 짓이라는 게 분명해졌다. 어쩐지 범인이 제소행이라는 걸 알리고 싶어 하는 듯했다는 것이다.

"뭔가 이유가 있을 테지. 관아 나리들이 그걸 밝혀낼 수 있을지는 잘 모르겠다만."

병오가 한숨을 섞어 말했다. 그의 한숨의 의미가 쉽게 와닿았다. 관리들이 범인을 잡기엔 역부족으로 보이는 건 선노미도 마찬가지였다. 무턱대고 자신을 잡아들이려 한 것만 보아도 그렇다.

한편으론 마귀나 뜨내기 소행으로 치부해버리고 싶은 그들의 심정도 이해는 갔다. 얼굴 맞대고 사는 이웃의 소행이라는 건 상상만 해도 너무 끔찍할 테니.

"내가 오작인을 하면서 깨달은 게 뭔지 아니?"

병오가 선노미를 똑바로 쳐다보았다.

"무서운 건 귀신이나 마귀가 아니다. 인간이 제일 무서워."

문득 지옥도의 무시무시한 광경이 선노미 머릿속에 되살아났다. 지옥도에 얽힌 잔혹한 사연들도.

어쩌면 병오 말이 맞을지도 모르겠다고 생각하며 선노미는 고개를 끄덕였다.

며칠이 흘렀다.

선노미는 병오네 집에 머물며 지친 몸을 달랠 수 있었다. 신세 지는 대가로 밥을 짓고 틈틈이 집 안 허드렛일도 했다. 하루하루가 그럭저럭 지나갔다.

선노미와 병오가 아침상을 막 물린 직후였다.

"이보게, 그 소식 들었나?"

이웃집에 사는 정근이 싸리문을 열고 헐레벌떡 뛰어 들어왔다.

"아침부터 왜 이리 소란인가. 소식이라니, 무슨 소식?"

"이 사람 이리도 세상 돌아가는 일에 어두워서야. 간밤에 보름달마귀가 잡혔다지 않은가."

"뭐라고?"

병오도 눈이 휘둥그레졌다.

"하지만 어제는 보름이 아닌데……."

"그야 뭐, 그놈이 착각했나 보지. 아니면 좀이 쑤셔 보름까지 참을 수 없었거나. 아무렴 어떤가. 중요한 건 살인자가 잡혔다는 거지."

정근은 흥분해서 침까지 튀기며 떠들어댔다.

정근의 말에 따르면, 지난밤 범인이 덮친 건 운 나쁘게도 마을에서 힘깨나 쓴다는 갑식이었다. 덩치 큰 갑식은 칼을 들고 달려드는 범인과 맹렬하게 몸싸움을 벌였다. 범인은 뜻밖의 저항에 당황했는지 무기도 집어던지고 도망가려 했다. 알고 보니 범인은 칼만 들었지 몸 써본 일은 없는 약골이었다.

범인이 갑식에게 붙잡혀 몸부림치는 사이 얼굴에서 무언가 떨어져

나와 바닥을 데굴데굴 굴렀다. 나무를 깎아 만든 가면이었다. 만들다 말았는지 눈코입이 없어 얼굴 전체가 밋밋했다. 있어야 할 게 없는 가면은 어쩐지 섬뜩해 보였다.

가면이 벗겨지자 범인은 갑자기 무릎에 힘이 빠진 듯 자리에 주저 앉았다고 했다. 얼굴을 보니 스무 살쯤 먹은 평범한 젊은이였다. 체격이 왜소하고, 얼굴이 하얀 게 영락없이 글만 읽는 서생이었다.

"저 가면이……."

범인이 땅바닥에 나뒹군 가면을 가리키며 넋이 나간 듯 중얼거렸다. 조금 전까지 거침없이 칼을 휘두르던 기세는 어디 가고 엄마 잃어버린 아이처럼 고분고분해졌다.

"너 이놈, 잘 걸렸다. 가면을 쓰고 돌아다니면서 보름달 마귀 행세를 한 놈이지? 일단 관아로 가자!"

갑식은 범인의 멱살을 잡아끌고 관아로 향했다. 사람을 몇이나 죽인 악랄한 살인마치고 범인은 반항 한 번 없이 순순히 끌려왔다.

길 가던 사람들이 갑식과 그에게 끌려가는 청년을 의아한 눈초리로 쳐다보았다. 갑식이 으스대며 '이놈이 바로 보름달 마귀요! 내가 잡았소!'라고 외쳤다. 소문은 삽시간에 동네 전체에 퍼졌다.

"대체 그 젊은이는 누구던가?"

"이 작은 동네서 얼굴 봤다는 사람이 하나도 없으니 아마 외지인이겠지. 그럴 줄 알았어. 뜨내기 말고는 그런 짓 할 만한 놈이 또 있겠나."

정근은 그렇게 떠들다 말고 아차 싶었는지 선노미를 흘깃거렸다.

선노미는 다른 이유로 보름달 마귀처럼 얼굴이 하얗게 질려 있었다.

"왜 그러니?"

병오가 선노미의 안색을 살피며 물었다.

"저, 그 가면 알아요!"

"뭐라고?"

놀란 두 남자가 동시에 눈을 크게 떴다.

"그건 저주 내린 가면이에요. 그 가면을 쓰면 마음속으로 생각만 하던 걸 진짜 행동에 옮기게 된다고요!"

선노미가 언젠가 주막에서 들었던 가면 이야기를 두 사람에게 들려줬다.

병오는 미심쩍은 눈초리였지만, 정근은 듣는 내내 넋이 나간 사람처럼 입을 딱 벌리고 있었다.

"이럴 게 아니라 관아로 가자. 네가 아는 걸 고해야 하지 않겠니."

정근이 무턱대고 선노미 손을 잡아끌었다.

"이런 말도 안 되는 이야기를 나리들이 믿을 것 같은가."

병오가 만류했다.

"믿든 안 믿든 그건 그때 가서 일이고. 이런 얘길 듣고서 입 다물고 가만히 있어서야 되겠는가."

정근은 병오가 말린다고 들을 생각이 없어 보였다.

"이거야 원."

병오가 어쩔 수 없다 여겼는지 고개를 절레절레 흔들었다.

"정 그렇다면 보호자로 나도 따라가겠네. 쓸데없는 이야기를 하러 왔다고 수호 나리가 또 난리를 칠지 모르니."

셋은 서둘러 범인이 끌려간 관아를 향해 발걸음을 옮겼다.

원님과 아전, 포졸들 앞에서 선노미는 삼개주막을 찾은 손님에게 들었던 가면에 얽힌 이야기를 술술 들려주었다.

가면은 어느 천재 장인이 만든 작품이다. 장인은 가장 믿었던 사람들로부터 배신당해 죽어가면서 이 가면을 만들었다. 가면은 '나를 써'라고 달콤한 목소리로 사람들을 유혹한다. 도저히 뿌리칠 수 없는 유혹이라고 했다. 유혹에 빠져 가면을 쓰면 가면은 자신을 쓴 사람 마음속에 숨겨진 음험한 욕망과 충동을 그대로 밖으로 드러냈다. 원래 얼굴을 가리기 위해 만든 가면이 본래 용도와는 정반대로 쓴 사람이 누구인지를 적나라하게 드러내는 도구가 된 것이다.

"흐음……."

이야기를 다 들은 원님은 난감하다는 표정을 지었다. 과연 이 말을 믿어야 할지, 믿는다면 대체 어떻게 수습해야 할지 몰라 곤란한 눈치였다.

"황당한 이야기로 심기를 어지럽혀 죄송합니다. 이 아이가 아직 어려서 그러니 너그러이 용서해주십시오."

병오가 원님 눈치를 살피며 조아렸다. 그는 처음부터 선노미의 해괴한 이야기를 믿지 않았다. 정근의 등쌀에 못 이겨 오긴 했지만, 원님이 이런 얘기를 믿어줄 거라곤 기대하지도 않았다. 이제 할 말을 다 했으니 원님이 역정 내기 전에 서둘러 집으로 돌아가고 싶었다.

"속마음을 드러내주는 가면이라 했겠다?"

원님이 짐짓 심각한 목소리로 선노미에게 확인하듯 물었다.

"그러하옵니다."

"저 아이가 말한 것처럼 가면이 너를 유혹했느냐."

원님은 이번에 포승줄에 묶인 채 꿇어앉아 있는 보름달 마귀에게 물었다.

마귀가 말없이 고개를 끄덕였다.

"그렇다면…… 저자는 잘못이 없지 않느냐. 부추긴 건 가면이니까."

뜻밖의 말에 현장을 둘러싼 사람들이 모두 깜짝 놀라 원님을 쳐다 봤다.

"저자는 사람들을 죽였습니다. 그 증거로 갑수를 덮칠 때 칼을 들고 있었고, 손에 한실이를 죽일 때 물린 상처도 있습니다."

수호가 다급하게 말하며 '그렇지?' 하는 표정으로 병오를 돌아봤다. 병오가 고개를 끄덕였다.

병오의 예상대로 남자는 오른손에 하얀 천을 칭칭 감고 있었다. 원님 앞에 끌고 나오기 전, 수호가 천을 풀어 확인하니 사람 잇자국이 선명하게 나 있었다. 병오는 그때 확신했다. 이자가 정말 보름달 마귀일 거라고.

"그게 다 저 가면 때문이라고 하지 않는가. 심신상실 상태로 저지른 일에 어떻게 죄를 묻겠나. 따지고 보면 유혹에 넘어가 가면을 쓴 저 청년도 피해자인데."

"하, 하지만 사람들을 해칠 생각을 품고 있었으니……."

머뭇머뭇 나선 정근의 말을 원님이 중간에서 툭 끊었다.

"음험한 생각을 한 게 죄가 될 순 없지. 그렇게 따지면 세상에 벌 안 받을 인간이 어디 있겠나. 너는 나쁜 마음을 먹은 적이 단 한 번도 없느냐?"

상황을 지켜보던 선노미는 머리가 혼란스러워졌다. 가면의 정체를 안다고 한 건 저주받은 가면의 위험성을 알리기 위해서였다. 그런데 본래 의도와는 달리 제 말이 기껏 잡은 보름달 마귀를 변호하는 수단이 돼버렸다.

'이럴 줄 알았으면…….'

괜히 나선 것 같아 후회스럽기 짝이 없었다.

슬쩍 돌아보니 보름달 마귀는 태연한 얼굴이었다. 범행을 저지르려다 현장에서 붙잡혀 관아까지 끌려왔는데도 겁먹은 기색이 전혀 없었다. 되려 차가운 미소를 입에 달고 자신을 에워싼 사람들을 구경하듯 둘러보았다. 어디 다들 할 테면 해보라는 듯이. 대체 어디서 그런 자신감이 나오는지 선노미는 알 수 없었다.

"저자가 잔인하게 죽인 한실의 아비가 간밤에 죽었습니다. 딸의 죽음에 충격받아서요. 그런데도 저자가 죄가 없다 하시는 겁니까?"

수호가 더욱 강경한 어조로 항의했다.

"안타깝지만 가면의 꼬임에 넘어가 생긴 일 아닌가."

원님이 그렇게 말하며 슬쩍 수호의 시선을 피했다. 그러고 보니 원님은 아까부터 어딘지 모르게 이 사건을 해결하는 데 방관적이고, 심지어 불편해 보였다. 어서 빨리 이 자리를 피하고 싶어 하는 눈치가 역력했다.

"저자에게 합당한 처벌이 뭔지 내 고민해볼 테니 다들 물러가게."

원님은 그렇게 사방을 물리쳤다. 다들 더는 어쩌지 못하고 주춤주춤 자리를 벗어났다.

선노미도 돌아서다가 보름달 마귀를 힐끗 쳐다보았다. 마귀와 딱 눈이 마주쳤다. 어쩐지 아까부터 줄곧 자신을 지켜보고 있었던 것만 같았다.

시선이 맞닿은 순간, 선노미는 온몸에 소름이 쭉 끼쳤다. 마귀의 검은 눈은 텅 빈 우물 같았다. 속을 알 수 없는 시커먼 우물 같은 눈에선 어떤 감정도 읽히지 않았다. 아니, 아예 어떤 감정도 느낄 수 없는 것 같아 보였다.

별안간 마귀가 선노미를 향해 씩 웃었다. 비웃는 것 같기도 하고, 도발하는 것 같기도 한 기분 나쁜 미소였다. 선노미는 얼른 고개를 돌렸다.

섬뜩한 시선은 선노미의 등 뒤를 끈질기게 따라왔다. 기분 탓인지는 몰라도 어쩐지 마귀 말고도 또 다른 누군가 가까운 곳에서 자신을 지켜보는 것만 같았다.

선노미와 병오, 정근은 내쫓기듯 관아 밖으로 나왔다. 다들 찜찜한 표정이었다. 어쩐지 이 일에 자신들이 모르는 어떤 내막이 있는 것 같았다.

"보아하니 범인을 그냥 풀어줄 것 같은 분위기더만."

입이 댓 발 나온 정근이가 투덜거렸다.

"죄송해요. 괜히 저 때문에⋯⋯."

선노미가 기어 들어가는 목소리로 중얼거렸다. 모든 게 제 잘못 같았다.

"자책하지 마라. 일이 이렇게 될 줄 알았니."

병오가 선노미를 위로했다.

"병오 말이 맞다. 굳이 잘못을 따지자면 관아에 가자고 한 내 잘못이지 네 잘못은 아니야."

정근도 곁에서 거들었다.

"자네들 아직 안 갔는가."

수호가 잰걸음으로 선노미 일행에게 다가왔다.

"다들 이렇게 와줬는데 미안하네."

수호가 겸연쩍은 얼굴로 사과했다.

"나리께서 사과하실 일은 아니지요."

정근의 목소리가 퉁명스럽게 나왔다.

"그건 그렇고⋯⋯."

병오가 주변을 돌아보며 목소리를 낮췄다.

"대체 원님께선 왜 저러시는 겁니까? 대놓고 범인을 감싸주려는 것 같던데요."

"나도 도통 모르겠네."

수호가 침울한 표정으로 고개를 흔들었다.

"하지만 자네들한테 약속함세. 범인을 그대로 놔주는 일은 절대 없을 거야."

선노미는 각오를 다지는 수호를 새삼스럽게 바라보았다. 권위적이고, 융통성 없고, 머리 회전이 빠르진 못하지만 불의한 사람은 아닌 모양이었다.

"그렇다면 다행이고요."

병오는 그렇게 말했지만, 여전히 뭔가 석연치 않았다.

그건 선노미도 마찬가지였다. 문득 마귀의 섬뜩한 눈빛을 떠올리자 한기가 느껴져 몸을 부르르 떨었다.

저녁상을 물리고 병오는 일찍 자러 들어갔다. 선노미도 머무는 방으로 건너와 이불을 뒤집어썼다.

생각이 꼬리에 꼬리를 물어 쉽게 잠이 오지 않았다. 핏기 없는 창백한 얼굴로 거적을 덮고 누워 있던 한실의 얼굴이 자꾸만 머리에 떠올랐다. 어쩐지 한실이 자신을 원망하고 있을 것만 같았다.

'죄송해요. 그럴 생각이 아니었는데.'

선노미는 마음속으로 사과했다. 자신의 사과가 한실에게 가닿지는 않겠지만.

뒤척이는 사이 밤은 점점 깊어졌다. 늦가을 밤은 여름밤보다 훨씬 을씨년스러웠다. 풀벌레도 잠들었는지, 밖에선 찬바람에 나뭇잎이 우수수 흩날리는 스산한 소리만 들렸다.

자박자박.

음산한 바람 소리에 발소리가 섞였다. 가만 들어보니 누군가 낙엽을 밟고 제 방 쪽으로 걸어오고 있었다. 병오가 할 말이 있어서 왔나 싶어 선노미는 문을 열고 밖을 내다봤다.

순간 선노미는 그 자리에 그대로 얼어붙고 말았다.

기묘한 가면을 쓴 자가 자신을 마주 보고 서 있었다. 나무를 깎아 만든 밋밋한 가면 속 얼굴엔 아무것도 없었다. 눈코입 없이 밋밋한 가면은 실제로 보니 상상했던 것보다 훨씬 더 섬뜩했다.

"어, 어떻게 가면이……."

선노미가 중얼거렸다. 두려움 때문인지 목소리가 덜덜 떨려 나왔다.

밋밋한 가면이 실룩거렸다. 마치 이죽거리며 웃는 것 같았다. 겁에 질린 선노미를 보는 게 즐겁다는 듯이.

스윽.

가면을 쓴 자가 서서히 앞으로 다가왔다. 눈 없이도 앞을 볼 수 있는 것처럼. 무언가가 앞에서 그를 인도하는 것처럼.

하얀 천으로 칭칭 동여맨 그의 오른손엔 날카로운 칼이 쥐여져 있었다. 어둠 속에서 시퍼런 칼날이 달빛을 받아 번뜩였다.

'보름달 마귀다!'

심장이 당장에 튀어나올 것처럼 세차게 두근거렸다. 어찌 된 영문인지 몰라도 관아에 감금되어 있을 줄로만 알았던 보름달 마귀가 제 앞에 나타난 것이다. 칼까지 들고 온 걸 보니 아예 죽일 작정을 한 게 틀림없었다.

선노미는 다리가 후들후들 떨리고 금세라도 무릎이 푹 꺾일 것 같았다. 비명을 지르려 해도 기괴하게 얼굴을 실룩거리는 가면과 당장이라도 제 몸을 파고들 것 같은 칼날 때문에 목구멍이 꽉 막혀 소리가 나오지 않았다.

"저리 가!"

선노미가 간신히 목소리를 쥐어짜 소리 지르면서 뒷걸음질 쳤다.

스윽.

마귀는 선노미를 뚫어져라 바라보며 방 안으로 한 걸음 들어왔다.

눈코입이 없어 표정을 알 수 없지만, 마귀는 이 상황이 견딜 수 없이 즐거운 듯했다. 마치 쥐를 궁지에 몰아넣고 숨이 끊어질 때까지 희롱하는 고양이처럼. 이번에 마귀가 먹잇감으로 선택한 이는 바로 선노미였다.

휘이이익.

별안간 마귀의 칼날이 허공을 갈랐다. 선노미가 눈을 질끈 감고 숨을 들이켰다. 툭, 뭐가 떨어지는 것 같아 눈을 뜨니, 싹둑 잘린 저고리 옷고름이 발아래 떨어져 있었다.

큭큭큭.

마귀가 키들거리며 웃었다.

"대, 대체 왜 이러는 거야?"

선노미가 떨리는 가슴을 진정시키며 물었다. 마귀가 자신을 해칠 이유는 없다. 오히려 고마워해야 하는 게 아닌가. 어찌 보면 자신이 마귀를 궁지에서 구해준 거나 마찬가지니까. 그런데 왜 이자가 내 앞에 나타난 거지?

"재미있을 것 같아서."

마귀가 대답했다. 호리호리한 체구와는 달리 꽤 묵직한 목소리였다. 텅 빈 우물을 연상시켰던 검은 눈동자와 마찬가지로 그의 목소리에도 아무런 감정이 실리지 않은 것 같았다.

"재미라고?"

"그래, 날 구해준 멍청이를 죽이는 게 아무 상관도 없는 다른 사람들을 죽이는 것보다 더 재미있잖아."

살인을 하겠다는 말을 이렇게 덤덤하게 하다니. 선노미는 온몸에 오싹 소름이 돋았다. 저자는 방금 자신의 범행을 모두 인정했다. 아무렇지도 않게. 마치 날씨 얘기라도 하는 것처럼. 저자에겐 누군가를 죽이는 행위가 이렇게 간단한 걸까.

휘이이익.

이번엔 아까보다 좀 더 거칠게 칼을 휘둘렀다. 선노미는 고개를 틀어 가까스로 피했다. 온몸이 땀으로 흠뻑 젖었다. 마귀는 킬킬거리며 한 발 더 거리를 좁혔다.

"곧 죽을 목숨이니 재미있는 거 하나 알려주지."

밋밋한 가면의 입 주위가 실룩거렸다.

"사실 네가 나서지 않았더라도 난 무사했을 거야."

"그, 그게 무슨 말이야?"

두려운 와중에도 선노미는 마귀를 똑바로 쏘아보았다.

"아버지는 날 벌주지 않을 테니까."

"……아버지라고?"

원님 얼굴이 선노미 머리를 스치고 지나갔다. 선노미는 저도 모르게 헉, 하고 숨을 들이켰다.

마귀는 원님의 아들이다! 그래서 원님이 그렇게 감싸고 돌았던 거다. 심신이 정상이 아닌 상태에 저지른 일이라는 둥 가면을 쓴 사람도 피해자가 아니냐는 둥 말도 안 되는 이야기까지 해가면서. 어쩐지 미심쩍다 했는데 이런 내막이 있었다니.

"가면이 숨겨진 속마음을 드러내준다고 했지? 네 말이 맞아."

마귀가 상체를 숙여 얼굴을 선노미 쪽으로 내밀었다.

"난 어릴 때부터 새나 작은 동물을 괴롭히며 놀곤 했지. 죽어가며 고통스러워하는 모습을 보는 게 재밌었으니까."

마귀는 또 한 번 '재미'라고 했다.

"그래서 아버지는 날 집 안에 꼭꼭 숨겨놨어. 아마도 대(代)를 이을 아들이 이 모양인 게 창피했나 보지."

그래서 모두가 몰랐구나, 마귀가 원님의 아들이라는 걸. 그가 원님 앞에서도 주눅 들지 않고 조롱하는 태도를 보일 수 있었던 것도 선노미는 드디어 이해가 갔다.

"아무도 내 이름을 불러주지 않았어. 그래서 스스로 이름을 찾았지. '보름달 마귀'라고."

재미있는 농담이라도 하듯 마귀가 큭큭거리고 웃었다.

선노미는 온몸에 식은땀이 송골송골 맺혔다. 저자에게는 무언가가 결여돼 있다. 있어야 할 눈코입이 없는 가면과 마찬가지로 마음속엔 사람이라면 응당 가지고 있어야 할 심성이 없다. 그게 뭘까? 양심? 죄책감? 마음이 텅 빈 사람의 말은 그의 얼굴 위에 덮인 텅 빈 가면보다 훨씬 더 섬뜩했다.

"너한테 곧 어떤 일이 벌어질지 알려줄까?"

스으윽.

마귀가 미끄러지듯 발을 끌며 또 한 발짝 다가왔다. 선노미를 희롱하는 것처럼 눈앞에서 칼을 살랑살랑 흔들면서.

"우선 네 목부터 노릴 거야. 칼로 목을 깊게 그으면 땅에서 우물이 솟듯 피가 솟구치겠지. 넌 똑바로 서 있을 힘도 없어 그대로 자리에 주저앉을 거야. 그러면 그때부터 네 온몸을 마음껏 난도질할 거야."

눈앞에서 시퍼런 칼날이 번뜩이며 왔다 갔다 하니 선노미는 금세라도 바닥에 주저앉을 것만 같았다. 거적을 쓰고 누워 있던 한실의 얼굴이 머리를 스치고 지나갔다. 선노미는 침을 꿀꺽 삼켰다.

"걱정 마. 예쁜 얼굴은 안 건드릴 테니. 네 눈에서 생명이 빠져나가는 걸 똑똑히 봐야 하거든."

실룩.

밋밋한 가면이 다시 움직였다. 입 부분이 양옆으로 한껏 벌어지고 눈가에 주름이 잡혔다. 가면 속 얼굴은 활짝 웃고 있는 모양이었다.

"내가 제일 좋아하는 게 뭔지 알아?"

선노미는 고개를 흔들었다. 할 수만 있다면 차라리 귀를 막고 싶었다. 마귀가 내뱉는 한마디, 한마디가 사람을 베는 뾰족한 칼날 같았다.

"죽어가는 자의 벌어진 동공에서 서서히 빛이 사라지는 순간이야. 자신이 곧 죽을 거라는 걸 알아도 할 수 있는 게 하나도 없지. 제 목숨이 몸에서 빠져나가는 걸 속수무책으로 기다리는 수밖에 없어."

큭큭큭큭.

마귀가 다시 즐거운 듯 웃어댔다.

지옥도의 장면이 선노미의 머릿속을 스치고 지나갔다. 하늘에서 떨어져 내리는 불비를 맞고 피부가 타들어가는 사람들, 그대로 불기둥이 되어버린 사람들. 자신이 지은 죗값을 치르는 사람들.

"이, 이런 짓을 하고도 무사할 것 같아!"

선노미가 간신히 목소리를 냈다.

"무사하지 않으면? 너도 봤잖아. 그래도 자식이라고 아버지가 나를 감싸고 도는 거."

휘이이잉.

마귀가 칼을 치켜들고 온몸을 뒤틀며 선노미에게 달려들었다.

선노미는 이게 마지막이라는 걸 직감하며 눈을 질끈 감았다.

그런데 이상했다. 금세라도 가슴이 찔릴 것만 같았는데 아무런 고통이 느껴지지 않았다. 조심스럽게 감았던 눈을 떴다.

마귀가 휘두른 칼날은 등 뒤 벽에 꽂혀 있었다.

벽에 등을 댄 선노미와 바짝 다가선 마귀와의 거리는 한 뼘도 채 안 됐다. 먹이의 목을 물어뜯으려는 맹수처럼 거친 마귀의 숨결이 가면을 뚫고 얼굴에 와 닿을 것만 같았다.

"벌써 그렇게 겁먹으면 쓰나."

마귀가 이죽거리며 손을 뻗어 천천히 벽에 꽂힌 칼을 뽑았다.

"장난은 충분히 쳤으니까 슬슬 시작해볼까."

마귀의 칼이 선노미의 목 부위를 향했다. 시퍼렇게 잘 벼린 칼날이 어둠 속에서 섬뜩하게 빛났다.

'어머니, 복아, 옥아……'

이제 정말 마지막이라는 생각에 선노미는 눈을 감고 속으로 그리운 가족들을 불렀다. 모든 걸 단념한 순간, 뭔가 이상하게 느껴졌다.

"너, 넌 뭐야?"

칼이 날아드는 대신 선노미 머리 위에서 당황한 마귀의 목소리가 들린 것이다.

"네가 왜 여기 있는 거야?"

겁에 질린 듯 마귀는 목소리가 떨리고 있었다.

선노미는 질끈 감았던 눈을 살짝 떴다.

마귀는 여전히 선노미 앞에 칼을 치켜든 채 서 있었다. 하지만 마귀의 시선은 선노미를 향하는 게 아닌 것 같았다. 선노미 너머의 무엇을 보는 듯했다.

선노미는 조심스레 고개를 돌려 옆을 보았다. 아무것도 없었다. 오래돼 빛바랜 벽지가 전부였다.

그러나 마귀의 눈에는 보였다. 온몸에 피를 흘리며 서 있는 여자가. 찢어진 옷 사이로 드러난, 칼에 베인 무참한 상처가. 살이 벌어진 틈에서 시뻘건 선혈이 주르르 흘러내려 바닥을 적시고 있었다.

마귀는 여자가 누군지 잘 알고 있었다. 바로 자신이 죽인 사람이니까. 제 손으로 목숨을 끊어 놓은 한실이 죽을 때 처참한 모습 그대로 마귀 앞에 서 있었다.

사라락.

한실이 치맛자락을 끌며 천천히 마귀에게 다가왔다.

"오, 오지 마!"

마귀가 진저리를 치며 저리 가라고 손을 내저었다.

한실은 파리한 얼굴을 들어 마귀를 바라보았다. 뜨고 있다기보다 그저 벌어져 있는 것 같은 한실의 동공은 깊이를 알 수 없는 심연처럼 시커맸다.

"저리 가라니까!"

마귀가 다가드는 한실을 향해 마구 칼을 휘둘렀다.

휘익 휘익.

마귀의 칼날은 마치 허공을 가르는 것처럼 그대로 한실의 몸을 통과할 뿐이었다.

"아니야, 이건 아니야."

마귀가 고개를 절레절레 흔들며 몇 발짝 뒤로 물러났다.

한실이 별안간 제 왼손을 들어 올렸다. 잘려 나가 끝부분이 사라진 검지로 마귀의 오른손을 가리켰다.

스르륵.

마귀의 상처를 단단히 동여매고 있던 천이 순식간에 풀어져 벗어 놓은 뱀 허물처럼 방바닥에 이리저리 널렸다.

툭 툭.

끈적한 것이 마귀의 손에서 흘러내려 바닥에 떨어졌다. 한실에게 물린 상처에서 다시 피가 흐르고 있었다. 아물어가던 상처는 지금 막 생채기가 난 것처럼 또렷했다. 한실에게 물어뜯길 때의 아픔도 생생하게 되살아났다.

"아아아악!"

마귀가 손을 감싸 쥐었다. 칼을 떨구곤 술 취한 사람처럼 비척비척 밖으로 나갔다.

선노미는 이상하게 구는 마귀를 지켜보았다. 마귀는 제 눈에만 보이는 무언가를 보고 놀라 발광하고 있었다. 마귀가 팽개친 칼을 주워 든 선노미는 홀린 것처럼 마귀를 따라 방에서 나왔다.

"저리 가! 다들 저리 가란 말이야!"

마귀는 두리번거리며 비명을 질렀다. 주춤주춤 물러서다가 돌아보고 깜짝 놀라 다른 방향으로 몸을 틀었다. 거기도 마귀를 두렵게 하는 게 있는 것 같았다. 마귀는 마치 보이지 않는 적들에게 둘러싸인 듯 굴었다.

"이게 대체 무슨 일이냐?"

마귀가 날뛰는 소리에 잠이 깬 병오도 안마당으로 뛰쳐나왔다. 밋밋한 가면을 뒤집어쓴 마귀를 본 순간, 병오는 그 자리에 얼어붙은 것처럼 발걸음을 딱 멈추었다.

선노미가 칼을 들어 보이며 상황을 설명했다.

마귀는 이리저리 몸을 틀며 그때마다 놀라 펄쩍 뛰고 있었다. 이젠 팔을 휘두르는 것도 못 하고 몸을 웅크린 채 비틀거렸다.

"늦은 밤에 대체 뭐가 이리 소란스러운……."

병오네 싸리문을 열고 들어오던 정근도 놀라 눈이 휘둥그레졌다.

"저, 저건 마, 마귀……."

"어서 관아에 가서 사람들을 불러오게."

병오가 입만 벌리고 선 정근에게 일렀다.

"하지만……."

정근이 병오와 선노미를 번갈아 바라보았다.

"우린 괜찮으니 어서 가서 불러와!"

정근은 정신을 차리고 관아를 향해 뛰어갔다.

마귀는 여전히 환영 속에서 헤어나오질 못했다. 바로 앞에는 자신이 죽인 꼬마가 서 있었다. 밤늦게까지 놀다가 집에 돌아가면 부모에게 혼날까 무서워 숲속에 숨어 있던 아이다. '살려주세요' 하며 울먹이던 아이는 차가운 칼날이 제 뺨을 스치자 그만 오줌을 지려버렸다. 뜨뜻한 오줌이 아이의 바지를 적시는 걸 보며 마귀는 흥분에 몸을 떨었었다.

그 아이가 검은 동굴 같은 눈으로 마귀를 쳐다보고 있었다. 아이의 가느다란 목은 난도질로 뼈가 드러나 보였다. 온몸도 푸르뎅뎅하게 부풀어 올라 있었다. 살점 썩는 역한 냄새가 마귀의 정신을 흔들어댔다.

"꺼져!"

마귀가 소리를 지르며 뒷걸음질 쳤다. 싸늘한 입김이 뒷덜미에 닿아 돌아보니 노인이 우두커니 서 있었다. 오래 살았으니 삶에 미련 같은 건 없을 줄 알았는데 그도 죽는 순간엔 몸을 바들바들 떨었다. 쪼글쪼글한 노인의 피부 아래 그토록 많은 피가 숨겨져 있을 줄 마귀는 그 전엔 미처 몰랐다.

노인은 무덤 속에서 막 걸어 나온 것처럼 온몸이 흙투성이였다. 썩어서 떨어져 나간 코 주변에 구더기가 바글바글 끓고 있었다.

"으아아아!"

비명을 지르며 도망치는 마귀를 이번엔 중년 남자가 가로막았다. 자신이 처음으로 죽인 노름꾼이었다. 첫 살인이라 서투른 탓에 마귀가 휘두른 칼은 상처만 입혔을 뿐 바로 숨통을 끊어놓지는 못했다.

'살려만 준다면 큰돈 따서 전부 드리겠소'라며 싹싹 빌던 노름꾼은 칼날이 목에 박혀 다음 말을 잇지 못했다.

썩은 살점 사이로 군데군데 하얀 뼈가 드러난 노름꾼이 허옇게 뒤집힌 눈을 희번덕거렸다. 마치 마귀를 데려가려는 것처럼 너덜너덜한 손을 마귀에게 뻗었다.

"저리 가! 저리 가라고!"

마귀가 울먹이며 비명을 질렀다.

"대체 어딜 갔나 했더니 여기 있었구나!"

수호가 포졸 몇을 데리고 병오네 싸리문 앞에 서 있었다. 포졸들 손에 들린 횃불이 일렁거리며 수호의 얼굴을 비추었다.

"그렇지 않아도 감옥을 빠져나갔기에 찾아다니는 중이었다."

수호가 제 옆에서 씨근거리며 숨을 몰아쉬는 정근에게 말했다.

마귀가 부리나케 수호에게 달려가 매달렸다.

"마침 잘 왔다. 저들을, 저들을 잡아가라!"

"이놈이 미쳤나? 이게 대체 뭐 하는 짓이야!"

수호가 마귀를 거칠게 떼냈다. 하지만 마귀는 절박하게 수호의 팔을 잡아끌었다.

"네 눈엔 저것들이 안 보이는 거야? 저기, 저기!"

마귀가 텅 빈 허공을 손가락질했다. 그곳엔 마귀의 눈에만 보이는 과부가 목이 졸리면서 튀어나온 혀를 축 늘어뜨린 채 서 있었다.

"얘들아, 어서 저놈을 꽁꽁 묶어라!"

수호의 명령에 포졸들이 마귀에게 달려들었다. 마귀를 바닥에 꿇어앉히고 밧줄로 몸을 꽁꽁 묶으려 할 때였다.

"멈춰라!"

다급한 목소리가 뒤에서 터져 나왔다. 사람들 시선이 모두 소리 난 곳을 향했다.

원님이 의관도 제대로 갖추지 않은 속옷 차림으로 문 앞에 서 있었다. 잠자리에서 일어나 하인도 대동하지 않고 급히 온 행색이었다. 원님의 얼굴은 백지장처럼 하얗게 질려 있었다.

"나리, 여긴 어쩐 일로……."

원님은 수호를 지나쳐 마귀에게 다가갔다.

"주태야……."

원님이 애틋한 목소리로 마귀의 이름을 불렀다.

"아, 아버지……."

주태가 멍하니 서서 중얼거렸다.

아버지라고? 이미 사실을 알고 있는 선노미를 빼고 모두가 경악한 얼굴로 방금 들은 말을 속으로 곱씹었다.

"이게 대체 무슨 일이란 말이냐? 그 저주받은 가면은 버리고 어서 집으로 돌아가자."

"나리, 하지만……."

그래선 안 된다는 걸 알지만 수호가 나리를 막아섰다.

"잘잘못은 나중에 따지고 일단 이 난리부터 수습해야 할 게 아닌가."

원님은 하룻밤 사이 몇 년은 더 나이가 든 것 같았다. 수호는 불만이었지만, 원님이 '이건 집안일이기도 하네'라고 덧붙이자 마지못해 물러났다.

주태는 반항하려 들지 않았다. 어린아이처럼 순순히 굴었다. 오히려 지금 이렇게 된 게 다행이라는 듯.

홀가분하게 가면을 벗으려던 주태가 갑자기 손을 딱 멈췄다. 이상하다고 느꼈는지 고개가 살짝 기울어졌다.

다시 손을 움직여 가면을 벗으려 했다. 하지만 가면은 피부에 딱 들러붙은 것처럼 꼼짝도 하지 않았다.

"아, 아니 이게 왜……."

목소리에 당혹스러운 기색이 역력했다.

"뭘 하는 게냐? 그 괴상한 가면을 어서 벗지 않고!"

원님이 지긋지긋하다는 듯 채근했다.

"가면이, 가면이 벗겨지지 않아요."

장난을 친다고 생각했는지 수호가 나서서 가면을 잡아당겼다. 곁에 있던 포졸들도 한꺼번에 달라붙었다. 하지만 건장한 사내 몇 명이 힘을 합쳐도 가면은 떨어질 생각을 하지 않았다. 가면이 주태가, 주태가 가면이 돼버린 것 같았다.

"말도 안 돼……."

경악한 수호가 입을 딱 벌렸다.

"귀, 귀신 붙은 가면이야."

포졸들도 겁에 질려 주춤주춤 뒤로 물러났다.

"벗겨져! 벗겨지라고!"

주태가 안간힘을 쓰며 발버둥 쳤다. 손톱의 뾰족한 면을 세워서까지 떼내려 했지만, 아무런 소용이 없었다. 오히려 가면을 잡아 뜯던 손톱이 떨어져 피가 흘렀다. 주태의 온몸이 덜덜 떨렸다. 가면에 가려져 표정은 볼 수 없지만, 그가 느끼는 혼란스러움과 공포가 지켜보는 이들에게도 생생하게 전해졌다.

실룩실룩.

밋밋한 가면이 움찔거리며 움직이는가 싶더니 주태의 얼굴을 서서히 조여왔다.

"으아아아!"

가면이 제 얼굴을 파고들자 주태는 고통을 못 이기고 땅바닥을 딩굴었다.

다들 겁에 질린 얼굴로 그를 지켜보았다. 원님은 완전히 넋이 나갔는지 돌기둥마냥 서서 눈도 깜빡이지 못했다.

"으으으아!"

가면은 실룩실룩 움직이며 본격적으로 주태의 피부를 파고들었다. 주태가 손을 허공으로 마구 휘젓다가 얼굴을 잡아 뜯다가 하며 몸부림쳤다. 그럴수록 얼굴에서 피가 샘 솟듯이 흘러나왔다.

"너희들 때문이야!"

별안간 주태가 햇불을 든 포졸의 어깨 너머를 손가락질하며 발악

했다. 사람들의 시선이 일제히 그쪽을 향했다. 거긴 아무것도 없었다. 주태의 눈에만 무언가가 보이는 것 같았다.

"너희가 장난질을 친 거지!"

주태가 벌떡 일어났다. 그러곤 보이지 않는 무언가를 향해 달려들었다.

"오, 오지 마! 오지 말라고!"

잔뜩 겁에 질린 포졸이 횃불을 흔들며 주태를 위협했다. 달려드는 주태와 몸이 부딪친 포졸이 비틀거리다 손에 든 횃불을 떨어뜨렸다.

화르르르.

주태의 머리 위로 떨어진 횃불이 무서운 기세로 타오르기 시작했다.

"으아아아!"

머리에 불이 붙은 주태가 펄펄 뛰며 절규했다. 머리 위에서 타오르던 불길이 눈 깜짝할 사이 가면을 쓴 얼굴을 뒤덮고 온몸으로 번져나갔다. 순식간에 주태는 불기둥으로 변했다.

"으아아아!"

살아있는 불기둥이 이리저리 몸을 비틀면서 비명을 질러댔다. 살이 타는 냄새가 병오의 좁은 안마당을 꽉 채웠다. 타오르는 불길 속에서 처절한 비명이 계속 들려왔다.

"뭣들 하는 거냐! 어서 빨리 물을 뿌려라!"

넋이 나가 있던 원님이 돌아보며 소리쳤다. 수호와 포졸들이 물을 긷기 위해 집 앞 우물로 뛰어나간 사이에도 불길은 주태의 살과 내장을 파먹으며 몸집을 키웠다.

촤악.

물을 한 바가지 퍼붓자 타오르던 불길이 순식간에 사그라들었다. 형체를 알아볼 수 없을 만큼 새카맣게 탄 잿더미가 바닥에 털썩 무너져내렸다. 그 위로 뜨거운 김이 모락모락 피어올랐다.

"주태야. 주태야……."

원님이 잿더미 쪽으로 비틀비틀 다가갔다.

그 앞에 털썩 주저앉아 형체가 사라진 시신을 확인하고 오열하기 시작했다.

원님은 모든 사태에 책임을 지고 물러났다.

물러났다기보다 파면됐다는 게 맞을 것이다. 그동안 몰래 숨겨놨던 아들이 보름달 마귀였다는 소문은 삽시간에 퍼졌고, 분노한 민심은 들끓었다. 그로서는 도저히 버틸 수 없었을 것이다.

저주받은 가면도 세상에서 완전히 사라졌다. 주태가 불에 탈 때 가면 역시 불길에 휩싸여 새카만 잿더미가 됐다. 이제 더는 세상 사람들을 현혹할 일이 없을 것이다.

"조만간 새 원님도 오신다더구나. 드디어 마을이 조용해지겠어."

저녁 밥상을 앞에 두고 병오가 말했다.

마주 앉은 선노미도 고개를 끄덕였다. 하마터면 험한 꼴을 당할 뻔했던 소년이 딱해 보였는지 동네 사람들은 선노미를 조금씩 챙겨주기 시작했다.

정근은 닭죽을 끓여오고, 수호는 사람을 시켜 고기를 보내오기도 했다. 선노미도 빨리 마을이 안정을 되찾으면 좋겠다고 생각했다.

"그건 그렇고 다들 요상한 가면 얘기로 난리다."

병오가 옆집을 턱짓했다. 난리가 벌어질 때 현장에 있던 정근이 소문의 근원인 모양이었다.

"다들 원혼이 나타났다는 둥 어쩌는 둥 떠들어대는데 그건 아닐 거야. 아마 주태도 양심의 가책이란 걸 조금은 느꼈을 테지. 그렇게 많은 피를 손에 묻혔으니."

선노미의 생각은 병오와 좀 달랐다. 세상엔 마음이라는 게 없는 사람도 존재한다는 걸 선노미는 주태를 보며 처음으로 깨달았다. 주태를 그토록 괴롭힌 정체가 무엇인지는 끝까지 알 수 없겠지만, 적어도 그건 죄책감은 아닐 거라고 선노미는 확신했다.

"다만 한 가지 이해가 안 가는 게 있어."

식사를 마친 병오가 수저를 내려놓으며 말했다.

"대체 그 가면은 왜 안 벗겨졌던 걸까?"

"……주태가 가면이 돼버려서 그런 게 아닐까요?"

선노미가 조심스럽게 말을 꺼냈다.

저주받은 가면은 그것을 쓰는 사람들이 감춰왔던 어두운 마음을 밖으로 드러내게 한다. 하지만 가면을 오래 쓰다 보면 숨겨왔던 검은 속마음이 어느새 가면을 쓴 사람을 잠식하고 지배하게 된다. 선노미는 가면이 실룩실룩 움직이며 주태의 얼굴을 파고들어던 장면을 떠올렸다. 가면은 아마도 그렇게 주태의 내면까지 파고들었을 것이다. 둘이 하나가 될 때까지.

"과연."

병오가 감탄한 듯 말했다.

"넌 나이도 어린데 사람을 참 잘 이해하는구나."

병오의 칭찬에 선노미는 쑥스러워 얼굴이 붉어졌다.

"어쩌면 네가 모은다는 기담 덕분인지도 모르겠다."

뜻밖의 말에 선노미는 어리둥절했다.

"나는 이제껏 그런 이야기를 믿지 않았어. 말도 안 되는 미신 취급했지. 하지만 그 안엔 어리석고, 서글픈 인간의 본성이 녹아 있다는 걸 알게 됐다. 너한테서 들은 저주받은 가면 이야기도 마찬가지고."

인간의 본성이 녹아 있다고? 선노미는 방금 들은 말을 속으로 되뇌었다.

문득 언젠가 자신이 연암에게 했던 말이 떠올랐다.

저는 어떤 이야기가 좋은 이야기인지 모릅니다. 하지만 이 이야기들을 할 때 사람들은 울고 웃었습니다. 저도 먼발치서 이야기를 엿들으며 속으로 같이 기뻐하고, 화를 냈습니다. 그러니 황당하고 뜬구름 잡는 얘기라도 얕잡아볼 수만은 없지 않겠습니까?

어쩌면 사람들이 이야기를 들으며 울고 웃었던 이유가 그 안에서 우리 자신의 모습을 볼 수 있었기 때문은 아닐까. 일그러지고 뒤틀렸지만, 때로는 안쓰럽고 기특하기도 한.

"일곱 살 때 부모님이 살해당하셨다."

생각에 잠겼던 선노미는 병오가 한 뜻밖의 말에 고개를 들었다.

"두 분이 쓰러지신 곳은 집 안이었어. 밖에서 놀고 있던 나만 살아 남았지. 다들 강도의 소행이라고 했지만, 범인도, 정확한 이유도 밝혀 내지 못했어."

병오는 덤덤한 어조로 말을 이었지만 그 안에 스며 있는 분노와 원 통함을 전부 숨기지는 못했다.

"돌봐줄 친척도 없는 날 데려가 키운 건 어느 오작인이었다. 자식 이 없어 날 양자로 삼았지."

"그래서 아저씨도 오작인이 되신 건가요?"

선노미가 조심스레 물어보았다.

병오가 희미하게 웃었다.

"그 이유도 있지만, 범인을 잡고 싶었다. 내 부모를 죽인 범인도, 남 의 가족을 뺏은 범인도."

선노미는 병오를 바라보며 고개를 끄덕였다.

"밤낮으로 시신 보는 법을 연구했어. 어떤 독을 썼는지, 자상(刺傷) 이 어떤 모양을 띠고 있는지 정확히 파악하면 모든 범죄를 해결할 수 있을 줄 알았거든. 하지만 그것만으론 부족했던 것 같구나."

병오가 잠깐 말을 멈췄다. 선노미는 잠자코 병오가 다시 말을 잇길 기다렸다.

"인간이란 복잡하기 짝이 없으니 말이다. 기술을 갈고 닦는 것만으로는 범인들이 왜 그런 끔찍한 짓을 저질렀는지 밝혀낼 수 없어."

병오가 선노미를 따스한 시선으로 바라보았다.

"그 사실을 깨닫게 해준 게 바로 너다. 네 이야기를 듣고 사람이 가진 다양한 본성에 대해 다시 생각해보게 됐어. 고맙다."

선노미는 쑥스러워 괜히 젓가락으로 밥을 휘적거렸다. 면전에서 칭찬을 들으니 겸연쩍기도 했지만, 한편으론 뿌듯했다.

사실 이번 일로 뭔가를 깨달은 건 병오만이 아니었다. 선노미도 목숨을 잃을 뻔하며 깨달은 게 있다. 자신은 주태와 다르다는 것. 사람을 해쳤지만 아무렇지도 않은 주태와 달리 선노미는 내내 괴로워했다. 양심의 가책을 느낀다는 건 괴물이 아니라는 증거라는 것을 선노미는 주태를 보며 깨달았다.

그렇게 생각하자 선노미도 다소 홀가분해졌다. 어차피 과거를 되돌릴 수 없다면 마음의 고통을 떨치려 애쓰지 말고 평생 지고 갈 짐이라고 받아들이는 게 낫겠다고 마음먹었다. 절대로 주태 같은 괴물이 되어선 안 되니까.

그러고 보면 죄의식은 우리를 지켜주는 버팀목과 마찬가지일지도 몰랐다. 병오 말대로 인간은 무서운 존재로 변할 수 있다. 악은 고삐로 제어하지 않으면 어느 순간 제멋대로 질주하고, 악한 마음을 품은 사람도 그 악에 압도돼버린다. 가면에게 지배당해 마침내 자신이 가면이 되어버린 주태처럼. 선노미는 제 마음속 죄책감을 악한 마음에 제동을 걸어줄 단단한 고삐라 여기기로 했다.

"한 가지 물어볼 게 있는데."

병오가 별안간 화제를 돌렸다.

"앞으로 뚜렷한 계획 같은 게 있니?"

선노미가 묵묵히 고개를 저었다.

"그렇다면 여기서 나랑 같이 살지 않을래?"

선노미가 깜짝 놀라 병오를 바라보았다.

"지금까진 몰랐는데 누군가 옆에 있으니 적적하지 않고 좋구나. 아마도 나이를 먹은 탓인지……."

대놓고 말하기 쑥스러운지 병오는 조금 머뭇거렸다.

선노미는 마주 앉은 병오를 찬찬히 바라보았다. 이미 중년을 넘긴 병오는 눈가에 주름이 잡히고, 머리가 희끗희끗하게 세기 시작했다. 문득 사람들이 꺼리는 직업을 가진 탓에 홀로 살아온 병오가 참 외롭겠다는 생각이 들었다.

그래도 역시 그의 제안을 받아들일 순 없었다.

"그래, 그럴 거라고 짐작했다."

선노미의 거절을 들은 병오가 그럴 줄 알았다는 듯 고개를 끄덕였다. 하지만 목소리에는 쓸쓸함이 배어났다.

무거운 침묵이 두 사람 사이에 가로 놓였다.

"하긴 오작인으로 만들기엔 이야기를 풀어내는 네 재능이 아깝긴 하구나."

분위기가 어색해질까 봐 그랬는지 병오가 농담처럼 말했다.

"이런 재능이 무슨 쓸모가 있을까요?"

선노미가 물었다. 그동안 내내 궁금했던 질문이었다.

"글쎄, 그건 잘 모르겠다만 찾아보면 방법이 있을 수도 있겠지."

병오가 느긋하게 미소 지었다. 병오의 미소를 보며 선노미도 미안한 마음을 뒤로하고 마주 웃어 보였다.

하늘엔 어느새 달이 둥실 떠 있었다. 둥그런 보름달이 마귀가 사라진 마을을 포근한 달빛으로 부드럽게 감싸 안았다.

깊은 밤, 옥희는 옷장 속 깊숙이 보관하고 있던 상자 뚜껑을 열었다.

쪼그라들고 말라비틀어진, 하얗게 뼈만 남은 사람 손가락이 들어 있었다.

하나, 둘, 셋, 넷, 다섯……

조금만 더 하면 열을 채울 수 있었는데. 옥희는 아쉬움에 한숨을 쉬었다.

오라비 주태에게 사람을 죽인 다음 손가락을 한 마디만큼 잘라오라고 시킨 건 쌍둥이 옥희였다. 직접 현장에 있을 수 없으니 그렇게 해서라도 사람을 죽이는 희열을 맛보고 싶었다. 옥희에게 죽은 자의 손가락은 남매가 공유한 비밀이자, 일종의 기념품이었다.

'그렇게 바보같이 가버리다니.'

죽은 주태를 생각하며 옥희가 다시 한숨을 내쉬었다.

어릴 적부터 얌전하고 조신한 규중 아씨 역할을 완벽하게 연기한 자신과 달리 주태는 뭔가 늘 어설펐다. 사람들 눈에 띌 만한 곳에서 부지깽이로 강아지 눈을 찌르질 않나, 인두로 하인을 지지질 않나. 견디다 못한 아버지는 '저 아이는 머리에 병이 있어'라며 주태를 집 안 깊숙한 곳에 가두고 외부에 비밀로 했다.

그게 집안의 명예와 체면 때문이었는지, 아니면 자식을 위한 마음에서였는지 모르겠지만 주태를 없는 사람으로 만들려는 아버지의 바람은 소원대로 이뤄졌다. 가족들과 대대로 일해 온 충직한 하인 몇을 제외하고는 아무도 주태의 존재를 몰랐다.

그런 주태의 유일한 놀이 상대는 옥희였다. 부모님은 옥희가 주태를 안쓰럽게 여겨 다정하게 대해준다 생각했지만, 그건 사실이 아니었다. 둘은 닮은 꼴이었다. 쌍둥이라 얼굴이 닮은 만큼 주태와 옥희는 내면도 똑같았다. 차이가 있다면, 옥희는 날 때부터 속마음을 가릴 가면을 쓰고 있었고 주태는 그렇지 못했다는 점밖에 없었다.

이 마을로 오기 전 아직 한양에서 살고 있을 때 옥희는 우연히 하인들끼리 모여 숙덕거리는 걸 듣고 저주받은 가면 때문에 벌어진 소동에 대해 알게 됐다. 양반과 여종 사이에서 태어난 하인이 그 가면을 쓰고 눈이 뒤집혀 아버지인 대감마님과 자신을 구박했던 의붓형제들을 모조리 찔러 죽였다고 했다. 난리가 난 집에선 밖으로 소문이 새어 나갈까 봐 쉬쉬했지만, 하인들 입단속은 쉬운 일이 아니었다. 그집 종 하나가 친척인 옥희네 집 종에게 이야기를 옮겼고, 그 역시 신이 나서 동료들에게 이야기를 떠벌렸다.

그러고 나서 얼마 후 포도청 관리 하나가 무슨 이유에선지 공터에서 칼로 제 목을 찔러 자살하는 사건이 발생했다. 아무도 그 사건과 가면을 연관 지어 생각하지 못했다. 하지만 옥희만은 관리가 자살한 이유가 가면 때문일 거라 짐작했다. 먼발치서 그가 죽는 모습을 지켜보고 있었으니까. 관리가 공터에서 홀로 놀고 있는 사내아이를 은밀히 지켜보며 몇 번씩이고 손에 든 밋밋한 나무 가면을 쓸지 말지 망설였던 것도.

옥희는 주위에 사람이 없다는 걸 확인한 뒤 숨을 거둔 관리의 발치에 떨어진 가면을 몰래 집어 들었다. 앞으로 어딘가 쓸 일이 있을 거라는 생각에서였다. 잠시 심부름을 하러 갔던 하녀가 돌아왔을 때 가면은 옥희의 속치마 안에 들어가 있었다.

'나를 써.'

옥희만 남았을 때 가면은 달콤한 목소리로 말을 걸었다. 도저히 뿌리칠 수 없는, 꿀을 바른 듯한 목소리로.

"조금만 기다려. 재미있는 일을 찾아줄 테니까."

옥희가 빙긋 웃으며 가면을 달랬다. 옥희의 마음을 알아차렸는지 가면은 밋밋한 얼굴을 실룩거리고 웃더니 잠자코 입을 다물었다.

아버지가 한양에서 멀리 떨어진 이곳 시골에 원님으로 부임하자, 옥희는 드디어 때가 왔다고 생각했다. 가면은 그걸 쓴 자의 속마음을 드러내준다고 했다. 그거야말로 옥희가 바라던 바였다. 어두컴컴하고 잔혹한 속마음을 세상에 한껏 드러내고 싶었다. 그 마음이 이끄는 대로 마음껏 발광하고 싶었다. 가면에 대해 알 리 없는 한적한 시골 마을은 옥희의 목적에 안성맞춤이었다.

옥희는 자신이 아닌 주태에게 가면을 쓰게 했다. 저보다 손쉽게 대상을 제압할 수 있고, 혹시나 들통나더라도 자신이 책임을 물지 않아도 됐기 때문이다. 오라비에게 모든 잘못을 떠넘기는 건 어린 시절부터 옥희가 늘 써왔던 수법이었다.

어리석게도 주태는 이번에도 옥희가 던진 미끼를 덥석 물었다. 자신의 뒤틀린 욕망을 실현할 수 있는 절호의 기회라고 여기면서.

"대신에 죽은 사람 손가락을 잘라 와."

희희낙락하는 주태에게 옥희가 말했다.

"그건 왜?"

"너만 재미 보게 할 순 없잖아."

"하긴."

주태가 곧바로 수긍했다.

"언제 시작하는 게 좋을까?"

옥희가 광기로 번들거리는 눈을 빛냈다.

"보름달이 뜬 날로 하자. 밝아서 일하기 편할 테니."

"좋은 생각인데? 매번 보름이 기대되겠어."

옥희의 제안에 주태가 키득거리며 동의했다.

그렇게 해서 주태는 보름달 마귀가 됐다. 보름달이 뜰 때마다 옥희는 주태를 갇힌 방에서 빼내줬고, 주태는 만만해 보이는 자들을 골라 원 없이 도륙했다.

범행을 시작한 뒤로 주태는 전에 없이 생기가 돌기 시작했다. 한 번씩 숨겨왔던 욕구를 마음껏 분출해서인지 갇혀 있을 때 행동거지도 오히려 얌전해졌다. 식사를 넣어주는 하인이 '도련님이 사람이 바뀐 것 같다'고 수군거릴 정도였다.

옥희도 주태가 떠벌리는 범행 이야기를 들으며 대리 만족과 희열을 느꼈다. 역시 제 판단은 틀리지 않았다고 생각했다. 그런데…….

'바보같이 일을 망치다니.'

다시 생각해도 부아가 치밀어 옥희는 이를 악물었다. 한실에게 물린 상처를 치료해주면서 옥희는 주태가 묘하게 달라진 걸 눈치챘다. 주태는 주체할 수 없이 들떠 있었다. 한실에게 물린 게 오히려 살인 충동을 자극했는지 당장이라도 다시 일을 저지르고 싶어 했다.

"다음 보름달이 뜰 때까지 참아. 너무 잦으면 꼬리를 밟힌다고."

하지만 기어이 주태는 식사를 가지고 온 하인을 때려눕힌 뒤 바지춤에서 열쇠를 빼내 도망갔다가 대형 사고를 쳐버렸다. 하필이면 힘이 장사인 갑식에게 덤벼들어 덜미가 붙잡힌 것이다.

큰 사달이 벌어진 걸 눈치채고 옥희는 몰래 숨어서 상황을 살폈다. 동아줄에 묶여 끌려온 주태, 그런 주태를 보고 아버지가 남몰래 깊은 한숨을 내쉬는 것을 옥희는 조마조마한 마음으로 지켜봤다.

그런데 뜻밖에 빠져나갈 구멍이 생겼다. 곤경에 빠진 아버지를 구해준 건 어디서 왔는지 모를 예쁘장한 소년이었다. 소년은 어떻게 알았는지 저주받은 가면에 얽힌 이야기를 늘어놓았고, 아버지는 그걸 핑계로 얼렁뚱땅 넘어가려 했다.

'일이 재밌게 됐는데.'

옥희는 소년을 바라보며 쿡쿡 숨죽여 웃었다.

밤중에 몰래 감옥에 갇힌 주태를 찾아갔다. 원님은 집 안의 비밀 장소에 다시 숨겨두고 싶었지만 사람들 눈이 무서워 그렇게까지 할 순 없었다. 적당히 때를 봐서 도망치게 하거나, 이런저런 구실을 대서 방면시킬 계획이었다.

"걔를 죽이는 건 어때?"

한밤중에 감옥에 찾아온 자신을 보고 반색하는 주태에게 옥희가 말했다.

주태는 누구라고 설명하지 않아도 알아들었는지 씩 웃었다.

"그렇잖아도 같은 생각이었는데. 하지만 어디 사는 누군지 어떻게 알아?"

"오작인 집에서 신세 지는 뜨내기야."

"그런 건 또 어디서 들었어?"

"누구긴. 멍청한 수호한테서지."

옥희가 교활한 미소를 띠며 말했다. 예전부터 제게 마음이 있던 수호를 살살 구슬려 정보를 캐내는 건 일도 아니었다.

"사는 곳도 알아냈으니 행동에 옮기기만 하면 돼."

옥희는 감옥을 지키는 포졸들한테서 훔친 열쇠를 주태 눈앞에서 의기양양하게 흔들었다. 킬킬거리며 감옥 문을 나서는 주태에게 옥희는 아버지가 직접 으슥한 곳에 파묻어놓았던 가면을 건넸다.

'그렇게 판을 깔아줬건만.'

옥희는 분한 마음에 입술을 지그시 깨물었다. 원래 계획대로라면 주태가 그 뜨내기 아이를 죽인 다음 아무 일 없단 듯 다시 감옥에 돌아와 있어야 했다. 그럼 더 이상 옥에 갇힌 주태를 의심하지 않을 것이고, 죽은 자도 어차피 뜨내기였으니 사건은 흐지부지될 것이다. 그런데 멍청한 오라비가 일을 이렇게 망쳐버릴 줄이야.

새카맣게 타버린 주태의 주검 앞에서 옥희는 하염없이 눈물을 흘렸다. 피를 나눈 남매가 죽었다는 슬픔보다 함께 범죄를 저지를 공모자가 사라졌다는 상실감이 더 컸다. 게다가 그토록 귀한 가면까지 함께 타버리다니. 사람들은 '네 마음 다 안다'며 옥희를 위로했지만, 정작 옥희가 흘린 눈물의 의미는 알지 못했다.

'앞으로 또다시 기회가 올까.'

옥희가 깊은 한숨을 내쉬며 밤하늘을 올려다보았다. 깊어가는 가을 하늘엔 환한 보름달이 떠 있었다. 하얀 달빛이 옥희의 눈에는 유난히 차갑고 쓸쓸해 보였다.

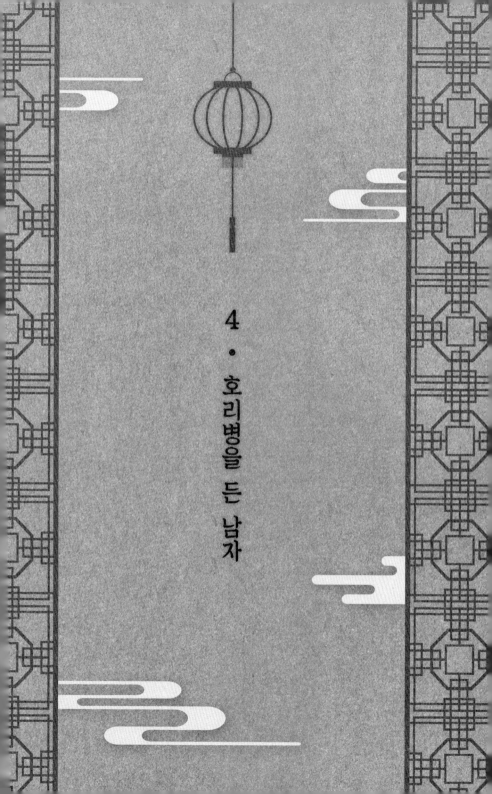

4 · 호리병을 든 남자

어디선가 왁자지껄한 소리가 들렸다. 고된 하루를 마치고 막걸리로 목을 축이는 일꾼들, 방방곡곡 돌아다니다 잠시 짐보따리와 피로를 내려놓은 보부상, 근심 걱정을 떨쳐버리려 만취해서 떠들어대는 술꾼들………. 사람들의 웃음소리, 이야기 소리가 구수한 육개장 냄새와 노릇노릇 생선 굽는 냄새를 타고 실려 왔다.

'아, 주막이구나.'

선노미는 우두커니 서서 주막 안 사람들을 지켜보았다. 익숙한 풍경이었다.

연암을 따라 청나라 연경(燕京)으로 떠나기 전까지 주막은 선노미에게 삶의 터전이었다. 금방이라도 여동생 복이와 옥이가 종종걸음으로 장국 사발을 나르고 무뚝뚝한 어머니와 안주 한 점 더 얹어달라는 손님의 가벼운 실랑이가 눈앞에 펼쳐질 것 같았다.

뜨거운 게 가슴속에서 목구멍으로 울컥 치받쳤다. 그게 그리움이라는 걸 선노미는 잘 알고 있었다.

주막 안을 분주하게 오가는 주모가 보였다. 한창 바쁜 저녁 시간이라 주모는 손님에게 국밥을 내오자마자 부리나케 다시 부엌으로 들어갔다. 선노미는 기어이 눈가가 축축해졌다.

'어머니……'

선노미는 고개를 떨구고 옷소매로 눈시울을 훔쳤다.

"얘, 너 송 생원 나리가 보내서 왔니?"

누가 부르는 소리에 선노미는 고개를 들었다. 언제 왔는지 주모가 제 앞에 떡하니 서 있었다.

"송 생원…… 나리요?"

선노미가 영문을 몰라 어리둥절해하며 물었다.

"그래, 얼마 전 여기 오셨을 때 일꾼 좀 구해달라고 부탁드렸는데."

'아아, 그러고 보니……'

일하는 사람이 따로 안 보이더니, 주막은 달랑 주모뿐인 모양이었다. 혼자서 꾸려오는 게 쉽지 않을 텐데, 하며 선노미는 속으로 감탄했다.

"말만 번드르르하고 미덥지 못하긴. 발이 넓어서 일꾼 하나 구하는 것쯤 식은 죽 먹기라고 호언장담하시더니. 그때가 언젠데 여태 기별도 없고."

송 생원이 보낸 일꾼이 아니라는 걸 눈치챘는지 주모가 혼자서 투덜거렸다.

선노미는 자연스레 주모와 어머니를 견주게 되었다. 서른은 훌쩍
넘고 마흔은 조금 안 되어 보이는 주모는 어머니와 비슷하거나 조금
더 나이 들어 보였다. 살집이 넉넉한 어머니와 달리 눈앞의 주모는
체구가 호리호리했다. 외모도 한창때는 곱다는 소리 꽤 들었을 것 같
았다. 가녀려 보였지만 제법 강단도 느껴졌다.

궁시렁거리던 주모가 생각난 듯 선노미를 똑바로 봤다.

"송 생원 나리가 보낸 것도 아니면, 넌 왜 아까부터 여기서 멀뚱멀
뚱 서 있는 거니?"

나쁜 장난을 하다 들킨 아이처럼 선노미는 목을 움츠렸다. 집 생각
이 나서 울었다는 말은 도저히 창피해서 할 수 없었다.

"혹시 집 없이 떠도는 거야?"

주모가 선노미 행색을 훑어봤다.

지금 제 모습이 남들 눈에 어떻게 보일지 선노미도 대충 짐작할 수
있었다. 병오 옷을 걸쳤으니 이상해 보이는 게 당연했다.

병오는 떠나는 날 선노미에게 낡은 제 솜옷을 챙겨주었다. 곧 겨울
이 올 텐데 그렇게 얇은 옷을 입고 돌아다니다간 폐렴에 걸리기 십상
이라며. 좀 크겠지만 없는 것보단 훨씬 나을 거라며. 집을 떠날 때 여
름옷밖에 챙겨오지 않았기에 병오의 마음 씀씀이가 더없이 감사했다.

"당분간 여기서 일하는 건 어떠니? 잘 곳도 있고, 밥걱정 안 해도
될 거야."

지나가는 사람도 붙잡는 걸 보면 어지간히도 일손이 필요한 모양
이었다.

"할게요!"

선노미는 냉큼 대답했다. 지금 제 처지에 마다할 이유가 없었다. 게
다가 주막 일은 손에 익어 낯설지도 않았다.

"다행이네."

주모가 휴, 한숨을 내쉬었다.

"술 취한 사람들 상대할 일도 생길 거야. 여기 단골들, 나쁜 사람들
은 아닌데 주정이 좀 심하거든. 할 수 있겠지?"

선노미는 금세 표정이 흐려졌다. 삼개주막엔 술버릇 나쁜 손님은
별로 없었다. 그리고 그런 취객들을 상대하는 건 모두 어머니 몫이었
다. 어머니는 여장부 같은 말투와 태도로 단박에 행실 나쁜 손님들을
제압하곤 했다.

"뭐야, 자신 없어?"

주모는 실망한 눈빛이었다.

"그럼 손님 접대는? 되도록 내가 할 거지만, 부엌 일 바쁠 땐 대신
해줘야지."

"접대라면, 밥이랑 술 나르는 건가요?"

"그런 건 기본이고 손님들 비위도 맞춰주고. 말 상대도 좀 해드리
고. 그래야 한 번 온 사람들이 또 오고 싶어질 거 아냐."

선노미는 어안이 벙벙해졌다. 생각지도 못한 일이었다. 주막이라면

허기진 사람에게 밥을, 술마실 사람에게 술을, 잘 곳이 필요한 사람에게는 숙소만 제공하면 충분하다고 여겼다. 또 어머니가 떠올랐다. 어머니가 이 말을 들었더라면 '뭐? 손님들 비위를 맞춰준다고? 여기가 색주가인 줄 알아?' 하고 퉁명스럽게 쏘아붙였을 게 뻔했다.

"그게, 해본 적이 없어서……."

선노미가 우물쭈물 대답했다.

"그럼 힘쓰는 일은?"

주모가 그렇게 물었다가 대답도 듣지 않고 다시 휴, 한숨을 내쉬었다. 이번엔 체념에 가까운 한숨이었다. 선노미 체구를 보고 스스로 답을 찾은 모양이었다.

"그럼 대체 할 줄 아는 게 뭐야?"

번뜩 떠오르는 게 없었다. 선노미는 열심히 머리를 굴렸다. 기이한 이야기를 좀 안다고 할까. 하지만 보아 하니 주모가 그런 능력을 반길 것 같진 않았다.

"……언문을 아는데요."

"언문? 여기가 글방이니? 그런 게 왜 필요해."

선노미로선 나름 고심해서 한 답변인데 주모의 반응은 떨떠름했다. 난 쓸모 있는 재주는 아무것도 없는 걸까. 선노미는 낙심해서 고개를 푹 숙였다.

"썩 마음에 들진 않는다만 상황이 이러니 어쩔 수 없네."

거의 포기하고 자리를 뜨려는데 머리 위로 주모 목소리가 들렸다.

"저, 여기 있어도 되는 거예요?"

선노미가 반색했다.

"그래, 대신 눈치껏 빨리 배우려고 해야 해. 안 그러면 다른 놈을 구할 거니까."

주모가 다짐을 받듯 말했다.

"이봐, 주모! 여기 막걸리 한 사발!"

주막 안에서 주모를 소리쳐 불렀다.

"네에, 갑니다, 가요."

주모가 치마를 한쪽으로 말아쥐고 잰걸음으로 들어가다 망연히 서 있는 선노미를 돌아보았다.

"뭐 해? 안 따라 들어오고."

선노미는 반쯤 기쁘고 반쯤은 얼떨떨한 심정으로 주춤주춤 안으로 걸음을 옮겼다. 자신에게 너무도 익숙한 하지만 달라 보이는 세상 속으로.

주모는 '반월댁'이라고 불렸다. 왜 그런 이름이 붙었는지는 알 수 없었다. 주모도 그리 불리게 된 연유를 알려주거나 하지 않았다.

주막 일을 시작하면서부터 선노미의 일상은 다시 바빠졌다. 안마당에서 석쇠로 생선을 굽고, 방을 치우고, 손님들에게 밥상과 술상을 날랐다. 눈코 뜰 새 없었지만, 그 생활이 싫지 않았다. 정신없이 일하고 있으면 어쩐지 집에 돌아온 것만 같았다.

하지만 같은 주막이라도 삼개주막과는 분위기가 완연히 달랐다. 주막의 간판이라 할 수 있는 주모의 성격부터 차이가 났다. 무뚝뚝한 어머니에 비해 반월댁은 손님들한테 사근사근했다. 혼자서 술 마시는 사람에겐 옆에 엉덩이를 붙이고 앉아 술을 따라주고, 일행이 있으면 끼어들어 넉살 좋게 대화를 주고받았다. 단골처럼 보이는 사람에겐 추임새를 넣어가며 술주정이나 푸념까지 들어주곤 했다. 손맛은 도저히 어머니를 따라잡을 수 없었지만, 이런 건 반월댁이 한 수 위였다.

반월댁은 손님들이 없을 때면 혼자 널따란 평상 위에 앉아 담배를 피우곤 했다. 어딘가 모르게 쓸쓸해 보이는 얼굴로.

'대체 뭘 하던 사람이었을까.'

선노미는 이따금 반월댁의 과거가 궁금했다. 평범하고 순탄하게 살아온 아낙은 아닐 것 같았다. 손님 대접이 능숙하니 나이 들어 기방에서 나온 사람일지도 모르겠다는 생각이 들었다.

반면 반월댁은 선노미를 궁금해하지 않았다. 관심이 없는 건지, 불편할까 봐 그런 건지 도대체 알 수가 없었다. 아무튼 어디서 왔는지, 왜 집을 나왔는지 한 번도 캐묻지 않았다. 언젠가 딱 한 번 이렇게 물은 걸 제외하고는.

"부모님은 안 계시니?"

"어머니가 계세요."

선노미는 어떻게 대답할까 망설이다가 솔직하게 대답했다.

반월댁이 한동안 선노미 얼굴을 물끄러미 바라봤다.

"자식이 이러고 있으니 어머니가 속이 문드러지겠네."

딱히 비난하는 투는 아니었지만 선노미는 공연히 제 발이 저려 고개를 떨궜다.

"그래도 죽은 것보단 훨씬 낫지."

혼잣말처럼 중얼거린 반월댁은 더는 할 말이 없는지 피우던 담배 연기를 허공으로 내뿜었다.

남자가 주막으로 찾아온 건 해가 서쪽으로 뉘엿뉘엿 넘어갈 무렵이었다.

생기가 없고 인상이 음울한 남자였다. 유일하게 활력을 띠는 건 생쥐처럼 교활하게 반짝이는 두 눈이었는데, 그게 전체적인 인상과 대조돼 오히려 기묘하게 보였다. 남자는 며칠 잘 곳이 필요하다고 했다.

반월댁이 지금 묵고 있는 손님들이 곧 방을 비울 예정이니 조금만 기다리라고 하자, 그동안 배를 채울 심산인지 자리에 털썩 주저앉아 막걸리와 안주를 시켰다.

"처음 보는 얼굴인데 먼 데서 오셨는 갑소?"

주막집 단골 만기가 말을 걸었다. 남자는 그다지 붙임성 없는 태도로 '아, 네' 하고 짤막하게만 대답했다.

"괜찮다면 여기 와서 함께 드십시다. 보아하니 일행도 없어 적적할 것 같은데."

남자는 딱히 반기는 기색이 없었지만, 그렇다고 거절할 생각도 없어 보였다. 묵묵히 자리를 옮겼다.

"이렇게 술상을 마주하는 것도 인연인데 통성명부터 합시다. 나는 만기요."

"무용이라 합니다."

상대가 저보다 나이가 많다고 생각했는지 무용이 공손히 대답했다.

"무용?"

묘한 이름이라 만기는 고개를 갸웃했다.

"없을 무(無) 자에, 쓸 용(用) 자를 씁니다. 쓸모가 없다는 뜻이지요."

"거참 부모님도 별나시구려. 자식한테 어찌 그런 박한 이름을 지어 주셨누."

무용이 씩 웃었다.

"사실 본명은 아닙니다. 장사를 하면서 이 이름이 찰떡이다 싶어 개명했지요."

"아, 보부상이시구먼."

주막에 묵는 상인은 열이면 열, 객지를 돌아다니는 보부상이니 만기는 그렇게 넘겨짚었다. 만기의 말에 무용은 묘한 표정을 지었다.

"뭐, 보부상이라면 보부상이죠. 돌아다니면서 거래를 하니까요."

"무슨 물건을 파시오?"

만기가 무용 옆에 놓인 짐보따리를 힐끗 쳐다봤다. 부피가 작아서 물건이 많이 들어갈 성싶지 않았다.

"필요 없는 것들을 삽니다."

"필요 없는 것들?"

"사는 데 딱히 쓸모는 없고 거추장스러운 것들 있잖습니까. 그런 것들을 사지요."

진지한 무용의 얼굴은 농담을 하는 것 같지 않았다.

"에이, 정색하고선 흰소리도 참 잘하시는구만. 세상에 그런 말도 안 되는 장사가 어딨소?"

"제가 직접 하니까 없다고 할 수는 없지요."

마침 반월댁이 무용이 주문한 술과 안주를 내왔다. 만기는 제 편을 들어줄 사람을 만났다고 생각했는지 반월댁을 붙잡고 말했다.

"주모, 글쎄 이 사람이 쓸모없는 것들을 사는 장사꾼이라는구만."

반월댁이 까르르 웃었다.

"세상에, 남편이 살아있었으면 당장에 사 가시라고 했을 것을. 왜 이제야 오셨대요."

손님들이 반월댁 말을 듣고 웃으며 너도나도 한 마디씩 거들었다.

"나도 잔소리쟁이 마누라 좀 데려가라고 하고 싶구면."

"다 커서 속만 썩이는 애물단지 자식 새끼는 또 어떻고."

여기저기서 객쩍은 농담이 터져 나왔다.

"뭔가 오해를 하신 듯한데."

무용이 웃음소리가 잦아들 무렵 조용히 말했다.

"그런 건 제가 취급하는 것들이 아닙니다."

"그럼 어떤 걸 취급하세요?"

반월댁이 여전히 농이 섞인 투로 물었다.

"흐음."

무용은 잠깐 생각하는 눈치였다.

"이를테면 코로 휘파람을 불 수 있다든지."

"엥?"

만기가 기가 찬 듯 얼빠진 소리를 냈다.

"사람을 거들떠도 안 보는 길고양이들이 희한하게 나만 보면 따라 온다든지."

어이없어 하는 사람들 반응은 개의치 않고 무용이 담담하게 말을 이었다.

"그렇게 딱히 쓸모는 없고, 때에 따라 거추장스럽다고 느끼는 기술 이나 능력을 사서 필요한 사람에게 나눠주는 거지요."

알쏭달쏭 알 수 없는 이야기를 늘어놓으면서도 무용의 표정은 진 지하기 짝이 없었다.

"예끼, 여보쇼! 그딴 걸 누가 사려고 한단 말이오?"

무용의 얘기를 들었는지 건너편에 앉아 있던 술꾼 하나가 핀잔을 줬다.

"그렇게 단정 지을 순 없지요. 나한테는 필요 없는 능력이라도 남 한테는 필요할 수 있으니까요."

"이를테면?"

또 다른 손님의 말에 무용은 뭐가 있을까 생각하는지 한동안 생각에 잠겼다.

"예를 들어 논어를 토씨 하나 안 틀리고 줄줄 읊을 수 있는 능력을 가진 머슴이 있다고 칩시다. 다른 건 안 되고 논어만요. 그게 머슴한테 무슨 소용이 있겠소? 과거도 못 보는데. 차라리 기억력 나쁜 양반한테 팔아서 돈이나 챙기는 게 낫지요."

듣고 보니 영 말이 안 되는 소리도 아닌 것 같았다.

"그건 그렇지만⋯⋯."

만기는 여전히 이해가 안 간다는 표정이었다.

"예로 드신 거야 그렇다 치겠소만, 대체 코로 휘파람을 분다든가 길고양이들이 따라온다든가 하는 건 어디다 써먹겠소?"

"그건 저도 모릅니다. 하지만 무슨 이유에선가 그런 것들을 필요로 하는 사람이 있더군요."

설명을 늘어놓느라 갈증이 나는지 무용이 제 술잔에 술을 따라 한 모금 들이켰다.

"그래, 다 좋다 치자고. 하지만 눈에 보이지도 않고, 손에 잡히지도 않는 그런 것들을 어떻게 사고판다는 거요?"

만기가 살짝 비꼬는 투로 물었다.

무용은 말없이 짐꾸러미를 끌렀다. 거기서 집어든 것은 위와 아래가 둥글고 가운데가 잘록한 호리병이었다. 어른 손목에서 팔꿈치까지 길이 정도 되는 호리병은 꽤 오래된 물건 같았다. 그래도 관리를 잘했는지 갈색 표면에서는 반들반들 윤이 났다.

"이게 뭐요? 호리병 아니오?"

만기가 호리병을 들고 요리조리 살펴보았다. 딱히 특별해 보이지는 않았다. 대개 호리병에는 술이나 물을 넣는데, 무용의 호리병 속엔 아무것도 들지 않은 것처럼 가벼웠다. 만기가 뚜껑을 열고 안을 들여다보려 했다.

"안 돼!"

무용이 질겁하며 만기의 손에서 호리병을 낚아챘다. 아직 뚜껑이 열리지 않은 걸 확인하곤 휴, 한숨을 내쉬었다.

"큰일 날 뻔했잖습니까. 그렇게 함부로 뚜껑을 열면 이 안에 있는 것들이 모두 달아난단 말입니다."

"혹시 아까 말씀하신 이상한 능력들이 전부 그 안에 있는 거예요?"

눈치 빠른 반월댁이 넘겨짚었다. 무용이 고개를 끄덕였다.

"밥벌이하는 것들이 전부 사라지면 꽤 곤란하긴 하시겠소."

만기는 이제 대놓고 빈정거렸다. 무용이 자기를 놀리거나, 머리가 이상하다고 생각하는 것 같았다. '괜히 합석하자고 했나' 속으로 투덜거리고 있을지도 몰랐다.

"저도 곤란하지만 여기 있는 것들이 제멋대로 누군가에게 들러붙으면 큰일이거든요."

무용은 정말 십년감수했다는 듯이 제 가슴을 쓸어내렸다.

"혹시 내 걸 사시겠소? 비 오는 걸 기가 막히게 잘 알아맞히는데."

"그게 뭐 대단한 거라고. 그냥 신경통이지. 우리 어머니도 비 오기 전엔 항상 '아이고 허리야' 하셨네."

누군가 술에 취해 농담한 걸 같이 있던 일행이 퉁명스럽게 되받았다. 주변에서 와락 웃음이 터졌다.

"멀리서도 마누라 발소리 알아듣는 능력 같은 건 어떻소? 아주 신경 쓰여 죽겠는데."

이번엔 다른 술꾼이 농을 걸었다.

"이 사람아, 그걸 팔아버리면 어떡하려고. 마누라 발소리를 들어야 혼날 짓 하다가도 빨리 멈추지."

"어허, 이 사람. 누가 들으면 내가 마누라한테 맨날 혼나고 사는 줄 알겠네."

"그럼 아닌가?"

다시 웃음이 터졌다.

"별로 구미에 당기는 게 없네요."

비웃는 걸 아는지 모르는지 무용이 여전히 담담한 어조로 말했다.

"어떤 걸 사고팔지 결정하는 건 상인의 몫이거든요."

무슨 생각에서인지 문득 무용이 고개를 돌려 안마당에서 비질하는 선노미를 바라봤다. 선노미를 찬찬히 뜯어보는 무용의 눈빛은 상품을 신중하게 감정하는 상인의 그것이었다.

"얘야."

무용이 이제껏 가장 생기를 띤 얼굴로 선노미를 불렀다.

"너한테 꽤 재미있는 능력이 있는 것 같구나."

"네?"

선노미가 어리둥절해서 무용을 마주 봤다.

"네 주변엔 기이한 일들이 자주 일어나지 않니?"

선노미는 뭐라 대답해야 할지 몰라 멍하니 서 있었다. 선노미도 어깨너머로 조금 전까지 무용이 하는 이야기를 다 듣고 있었다. 하지만 다른 손님들과 마찬가지로 '참 별난 사람도 다 있네' 생각했을 뿐 무용의 말을 그리 심각하게 받아들이지 않았다. 그런데 방금 그가 한 말만은 흘려들을 수 없었다. 실제로 자신은 기이한 일들을 계속 보고, 겪고 있으니까.

"아마도 네가 그런 걸 끌어당기는 게지. 하지만 불가사의한 일들을 경험하는 건 꽤 성가실 거야."

무용의 눈이 교활하게 반짝거렸다.

"어떠니, 그 능력을 내게 팔지 않겠니?"

정말이지 기이한 이야기를 수집한 이후로 선노미에겐 성가신 일들이 꽤 많이 일어났다. 아니, 사실 성가시다는 말론 부족하다. 인생이 통째로 바뀌었으니까. 만약 기담에 관심을 기울이지 않았더라면, 연암을 만나지 않았더라면, 청나라에 오지 않았더라면. 때로는 그런 후회와 원망이 스스로를 괴롭히곤 했다.

하지만 기담 덕분에 세상을 바라보는 눈이 넓어졌다는 사실 역시 부인할 수 없다. 언문을 깨치고, 청나라 사절단으로 따라갈 수 있었다. 조금씩이지만 삶을 배우고 성장할 수 있었다. 기담은 선노미에게 동전의 양면 같은 의미였다.

"싫어요."

선노미가 고개를 저었다. 솔직히 무용의 말을 믿기도 어렵거니와 믿는다 치더라도 탐탁지 않았다. 어떤 식으로든 그와 엮이지 않는 게 좋을 것 같다는 생각만 들었다.

"그러냐."

무용이 아쉽다는 듯 입맛을 쩝쩝 다셨다.

"그럼 이런 건 어떻소."

만기가 제 앞에 있던 막걸리 잔을 끝까지 쭉 들이킨 다음 상에다 탁 내려놓으며 말했다.

"난 냄새를 기가 막히게 잘 맡소. 오죽하면 별명이 개코라니까. 그걸 팔리다."

무용은 고개를 갸웃했다.

"그건 쓸모없는 재주라고 할 순 없을 것 같은데요?"

"쓸모없어. 눈이 안 보이거나 귀가 안 들리는 건 당연히 불편하지. 말 못 하는 것도 마찬가지고. 하지만 후각이 예민한 게 무슨 필요가 있겠소? 오히려 성가실 때가 더 많다고. 특히 한여름 발 냄새, 땀 냄새, 머리 냄새 같은 건, 어휴 차라리 코가 없어졌으면 좋겠다 싶을 때도 많아."

만기가 열변을 토했다. 하지만 무용의 말을 믿어서는 아닌 것 같았다. 오히려 어떻게 나오는지 한번 보자는 심산이었다.

"흐음……."

잠시 생각에 잠겼던 무용이 고개를 들었다.

"좋아요. 그걸 사지요."

"진짜로 산다고?"

말을 꺼내놓고도 만기는 어이가 없는 듯했다.

"왜, 싫소? 물리겠소?"

무용이 조금 전까지 쓰던 공손한 말투를 버리고 조금 퉁명스레 물었다. 그걸 도발이라 받아들였는지 만기가 버럭 화를 내듯 말했다.

"물리긴 왜 물리겠소. 진짜로 돈 받고 팔 수 있다면 쓸데없는 걸 버리고 돈도 벌고 일석이조인데."

무용은 씨익 웃더니 만기를 똑바로 쳐다봤다.

"그렇다면 좋소. 미리 말해두겠는데, 거래엔 두 가지 조건이 있소."

"그게 뭐요?"

"첫째, 일단 팔면 도로 가져갈 수 없소."

만기가 너털웃음을 터뜨렸다.

"필요 없다고 내놓은 걸 왜 도로 가져가겠소."

"둘째, 기어이 판 걸 가져가려 한다면 다른 누군가가 내놓은 걸 함께 가져가야 하오."

무용이 말을 이었다.

순간 만기가 멈칫했다. 누군가 쓸데없다고 내놓은 걸 떠안아야 하는 게 꺼림칙했던 것이다. 하지만 그것도 잠시, 만기가 호쾌하게 내뱉었다.

"좋소. 어차피 다시 가져갈 일 없으니 아무런들 어떻소."

사실은 '어차피 말도 안 되는 소리니까'라고 하고 싶었지만, 만기는 무용이 어떻게 나올지 궁금해 호언장담했다.

"다들 들으셨지?"

무용이 주막 안 사람들을 둘러보며 다짐하듯 말했다.

"여기 있는 사람들이 다 증인이니 나중에 딴말하면 안 되오."

"아, 글쎄 그럴 일 없다니까."

만기의 목소리에 살짝 짜증이 섞였다.

"그렇다면 한 냥 어떻소? 그 이상은 곤란하오."

"한 냥이라고?"

만기가 눈을 휘둥그렇게 떴다. 설마 하니 무용이 이렇게 나올 줄은 몰랐다는 표정이었다.

다른 이들도 입을 딱 벌리고 두 사람을 쳐다봤다. 저런 걸 한 냥이나 주고 산다고? 다들 무용이 미친 게 틀림없다고 생각했다. 얼떨결에 횡재수가 생긴 만기를 부럽다는 표정으로 바라보는 이들도 있었다.

"조, 좋소."

만기가 얼떨떨한 표정으로 고개를 끄덕였다.

"그러면 거래 성립이오."

무용이 아까 만기가 만졌던 호리병을 집어들었다.

중얼중얼중얼.

무용이 눈을 감고 뭐라고 주문 같은 걸 외면서 호리병을 쓰다듬었다. 그러더니 별안간 한 손을 뻗어 만기 코앞 허공을 주먹으로 감싸 쥐었다. 마치 눈에 보이지 않는 무언가를 낚아채 손아귀에 집어넣는 것처럼.

그런 다음 다른 손으로는 조심스럽게 호리병 뚜껑을 반쯤 열어 손에 쥔 걸 병 속에 넣는 시늉을 하고선 부리나케 뚜껑을 닫았다.

중얼중얼중얼.

다시 알 수 없는 말들을 중얼거렸다. 호리병 속에 든 것들이 도망가지 못하도록 봉인이라도 하는 것 같았다.

"이제 거래가 끝났소."

힘든 일이라도 끝낸 것처럼 무용이 이마에 흐르는 땀을 닦았다.

"대체 방금 뭘 한 거요?"

만기가 별 희한한 꼴을 다 보겠다는 듯 물었다.

무용은 그 말을 무시하고 잠자코 허리춤을 뒤져 동전을 꺼내 내밀었다.

"약속대로 한 냥이오."

만기는 무용의 손바닥에 있는 동전을 물끄러미 들여다보았다. 반짝이는 동전은 분명 한 냥이었다. 만기가 입이 떡 벌어져서는 동전과 무용을 번갈아 보았다. 생각지도 못했던 행운을 쉽사리 믿기 어려운 모양이었다.

"왜, 싫소?"

무용이 동전을 다시 허리춤에 집어넣으려 했다.

"아, 아니오. 이리 주시오."

만기가 냉큼 동전을 낚아채 제 바지춤에 집어넣었다. 동전이 어디 도망가기라도 할까, 만기는 주머니에 넣은 손을 빼지 않았다.

"이 동네에 오자마자 건수가 생기고, 운이 좋구먼. 이젠 방도 빈 것 같은데 슬슬 들어가 쉬어볼까."

술잔과 안주를 비운 무용이 허리를 툭툭 치며 몸을 일으켰다.

만기는 귀신에라도 홀린 것처럼 방으로 들어가는 무용의 뒷모습을 멀거니 쳐다봤다.

'세상에 별 미친놈이 다 있구먼.'

만기가 속으로 중얼거렸다. 그래도 그 미친놈 덕분에 횡재수 했다는 생각에 입이 헤벌쭉 벌어졌다. 오늘은 공돈도 생겼으니 마음껏 마셔야겠다고 작정했다.

"반월댁, 막걸리 한 사발 더. 아, 그리고 수육도!"

만기가 신이 나 외쳤다.

집으로 돌아가는 만기의 발걸음이 그 어느 때보다 가벼웠다. 공돈도 생겼겠다, 기분 좋게 술기운도 올랐겠다,

아내에게 이 얘기를 들려주면 뭐라 할까. 어이없어 하겠지만 어쨌든 돈이 생겼으니 기뻐하겠지. 남은 돈으로 고기를 살까, 아이들 새

옷을 지어 입힐까. 만기는 주머니 속 돈을 만지작거리며 집으로 들어섰다.

"또 무슨 술을 이렇게 마셨어요."

아내 복순이 술 취한 남편에게 곱게 눈을 흘겼다.

"당신 좋아하는 대구탕 끓여놨으니 어서 와서 저녁 먹어요."

"오, 대구탕!"

오늘은 정말 이래저래 운이 좋구나, 생각하며 만기는 신발을 벗었다. 조금 뒤 아내가 밥상을 들고 들어왔다. 김이 모락모락 나는 쌀밥 옆에 한눈에도 먹음직스러워 보이는 대구탕이 놓여 있었다. 얼큰해 보이는 국물과 통통한 생선 살점은 보기만 해도 침이 꿀꺽 넘어갔다. 만기는 신나 하면서 대구탕을 한 숟갈 떴다.

"……응?"

뭔지 모르게 이상했다. 평상시 좋아하던 그 맛이 나지 않았다. 꼭 집어 말할 순 없지만, 무언가가 부족했다.

"당신, 혹시 잊어먹고 간을 안 한 거 아냐?"

"그럴 리가."

복순이 한 번 떠먹어보고는 고개를 흔들었다.

"멀쩡한데 왜 그래요. 술을 너무 마셔서 입맛이 없는 거 아니에요?"

"그런가?"

다시 한 숟갈 먹어보았다. 맛이 없진 않다. 하지만 예전에 먹던 대구탕과는 묘하게 달랐다. 꼭 있어야 할 무언가가 빠진 것 같다. 잠시

'빠진 게 뭘까' 고민하던 만기가 무릎을 탁 쳤다.

"냄새가 안 나!"

예전엔 혀를 대기 전부터 코끝을 자극했던 대구탕에서 지금은 얼큰한 냄새가 전혀 나지 않았다. 양념이 잘 밴 국물과 고소한 생선 살 냄새가 맛을 느끼는 데 이토록 큰 역할을 하는 줄은 과거엔 미처 몰랐다. 후각이 작동하지 않으니 미각까지 뚝 떨어진 것 같았다.

"감기 기운이 있나 봐요?"

복순이 걱정스러운 얼굴로 말했다.

"감기는 아닌 것 같은데……."

고개를 갸우뚱하던 만기가 갑자기 숟가락을 딱 멈췄다.

'설마!'

무용의 얼굴이 떠올랐다. 그자에게 쓸데없이 냄새를 잘 맡는 내 개 코를 팔아버렸기에 냄새를 맡을 수 없게 된 건가? 그런 말도 안 되는 일이 있을 리가 없잖아. 하지만 만약 그게 진짜라면…….

갑자기 소름이 오싹 끼쳤다. 만기는 제 버선발과 겨드랑이에 코를 대고 킁킁거렸다. 온종일 일하고 걸어 다녔으니 악취가 뱄을 법도 한데 아무런 냄새가 나지 않았다. 밥상 위에 가지런히 놓여 있는 음식에 닥치는 대로 코를 갖다 댔다. 젓갈도, 신김치도 신기할 정도로 특유의 냄새가 없었다.

만기가 갑자기 복순의 머리통을 부여잡고 정수리에 코를 박았다.

"에그머니나, 뭘 하는 거래요!"

복순은 질겁하며 손을 내저었다.

하지만 만기 귀에 복순의 투정 같은 건 들리지 않았다. 역시나 아무런 냄새가 없다. 냄새가 사라진 무향(無香)의 세계에 갇혀버린 것 같았다. 만기는 당혹스러웠다.

"아버지!"

여섯 살 된 딸 다복과 다섯 살짜리 아들 준복이 만기가 집에 돌아온 걸 보고 좋아하며 달려왔다.

"아이쿠, 내 강아지들!"

만기의 얼굴에 비로소 웃음이 돌았다. 늘 하던 대로 아이들을 무릎에 하나씩 앉히고 보드라운 뺨에 제 뺨을 비볐다. 까끌까끌 수염이 난 만기의 뺨이 제 볼에 닿자 아이들은 까아, 소리를 지르며 웃어댔다.

'행복이 별건가. 이렇게 무럭무럭 크는 새끼들 껴안고 살냄새 맡을 수 있으면 그게 행복이지.'

잠시 행복감에 젖었던 만기는 뭔가 모를 위화감에 눈을 번쩍 떴다.

'자, 잠시만. 살냄새가……?'

아이들 목덜미를 킁킁댔다. 역시 아무런 냄새가 나지 않았다. 어린 아이들 몸에서 나는 보드라운 살냄새가 감쪽같이 사라졌다. 아니, 사라진 게 아니라 제 코가 더는 그 냄새를 맡지 못하는 것 같았다. 만기는 머리를 세게 얻어맞은 기분이었다.

"아버지, 왜 그래요?"

다복이 이상한 낌새를 눈치챘는지 얼굴을 들이대고 물었다.

하지만 만기는 대답도 없이 멍하니 넋을 놓고 있었다. 무용의 말이 진짜였을 줄이야. 그렇다면 앞으로 평생 냄새를 못 맡게 되는 건가?

가슴이 갑갑해졌다. 냄새를 못 맡는다는 게 이처럼 큰 상실감을 안겨줄 줄은 미처 몰랐다. 냄새가 사라지니 맛을 제대로 느낄 수 없다. 계절이 바뀌어도 꽃향기, 싱그러운 초록 내음을 두 번 다시 맡지 못할 것이다. 무엇보다 어린 자식들 살냄새를 맡을 수 없다는 게 제일 서글펐다.

'내가 대체 무슨 짓을 한 건가.'

후회와 당황스러움에 만기는 한동안 망연자실했다.

다음 날 만기는 한밤중에 누군가가 자신을 세게 흔들어대는 통에 잠이 깼다.

"이봐, 정신 차리게! 눈 좀 떠!"

웬 남자가 다급한 목소리로 계속 만기의 귓전에 외치고 있었다.

저 사람은 누굴까, 생각하며 만기는 슬며시 눈을 떴다. 이상한 기분이 들었다. 눈꺼풀이 천근만근이라도 되는 듯 무거웠다. 흐릿한 시야에 주변을 온통 감싸고 있는 희뿌연 연기 같은 게 들어왔다. 제 머릿속도 이렇게 희뿌연 안개에 뒤덮인 것 같았다. 다시 눈이 스르르 감겼다.

"만기! 나야 나! 어이, 정신 차리라고!"

남자는 만기를 흔들어대다가 '이거 안 되겠군' 하고 혀를 차면서 만기를 둘러업었다.

주위는 온통 연기로 가득 차 있었다. 남자는 제 옷소매로 코와 입을 막은 뒤 연기를 헤치며 방 밖으로 뛰쳐나왔다.

"아이고, 준복이 아버지!"

복순이 울먹이며 달려왔다.

"대체 얼마나 깊이 잠들었으면 집에 불이 났는데 저러고 있었을꼬. 내가 갔을 땐 이미 연기를 마셔서 인사불성 상태였소."

만기를 업고 나온 남자가 말했다.

"워낙 냄새를 잘 맡아서 평소 같으면 제일 먼저 깨서 알렸을 텐데 오늘은 뭐가 씌었나 봐요. 애들 때문에 정신이 없어 신경 못 썼는데 설마 방에 계속 누워 있었을 줄은⋯⋯."

귓가에 어렴풋이 들리는 말 소리를 들으며 만기는 아득해지는 정신을 놓았다.

만기는 꼬박 하루 동안 정신을 잃고 누워 있었다. 의원은 이만하면 다행이라고, 영영 못 일어나는 사람도 있다고 했다.

자신이 연기를 들이마시고 인사불성이 됐다는 사실을 만기는 정신을 차린 후에 전해 들었다. 한밤중 옆집에 난 불이 옮겨붙었을 때 식구들은 밖에서 웅성대는 소리와 타는 냄새부터 맡고 잠에서 깼다.

배탈이 나 칭얼대는 자식들 돌보느라 아이들과 함께 건넌방에서 잠들었던 복순은 부랴부랴 겁먹은 딸, 아들을 데리고 집 밖으로 대피

했다. 그런데 간신히 한숨 돌리고 보니 만기가 보이지 않았다. 처음엔 귀중품이라도 챙겨 나오느라 늦나 했는데 시간이 지나도 나오지 않았다.

'설마 여태 불 난 걸 모르는 건 아니겠지?' 하는 생각이 들었을 때는 이미 연기가 사방을 자욱하게 뒤덮은 뒤였다.

"애들 아버지가 아직 안에 있어요!"

복순은 발을 동동 구르다가 안 되겠다 싶어 직접 방으로 달려가려 했다. 그런 복순을 붙잡은 건 동네 이웃 갑수였다. 갑수는 위험하니 자기가 들어가보겠다며 나섰다. 그렇게 연기를 마시고 정신을 잃은 만기를 업고 나온 것이다.

다행히 불길이 빨리 잡혀 벽이 모두 그을린 것 외에 큰 피해는 없었다. 한밤중이었지만 다들 타는 냄새를 맡고 빨리 대피한 덕에 다친 사람도 없었다. 혼수상태에 빠진 만기를 제외하고는.

"매캐한 냄새 못 맡았어요? 당신답지 않게."

복순이 만기 머리맡에서 걱정과 책망이 섞인 목소리로 말했다.

"냄새……."

만기가 복순이 한 말을 되뇌었다. 이번에도 역시 아무런 냄새를 맡지 못했다. 냄새로 위험을 알아챌 수 없었던 만기는 운이 나빴더라면 하마터면 죽을 뻔했다. 부양해야 할 처자식을 남겨두고서. 가장으로서 가족들을 지키지 못했을뿐더러 제 한 몸조차 건사하지 못했다.

'대체 내가 무슨 짓을 한 거지.'

그제야 만기는 무용과의 거래가 정말 이루어진 것임을 깨닫고 절망했다.

자리를 털고 일어나자마자 만기는 무용을 만났던 주막으로 향했다. 자리에 누웠을 때부터 벼렸던 일이다. 더는 이런 상태로는 살 수 없다고 생각했다. 한시라도 빨리 무용에게 팔아넘긴 제 개코를 다시 찾아와야 했다.

"큰일 날 뻔했다면서요?"

"무용이라는 자, 지금 어딨소?"

반색하는 반월댁 말엔 대답도 않고 만기는 다짜고짜 무용부터 찾았다. 반월댁이 고갯짓으로 국밥을 뜨고 있는 무용을 가리켰다. 만기가 씩씩대며 그의 맞은편에 앉았다.

"이른 아침부터 어쩐 일이시오?"

만기 소식을 들었는지 못 들었는지 무용이 태평스레 인사했다.

"당신한테 판 것, 돌려주시오."

"나한테 판 것? 아, 그 쓸데없이 냄새 잘 맡는 능력 말이오?"

무용이 씩 웃었다. 이유를 묻지 않는 걸 보니 대충 상황을 짐작했거나, 이유 따위는 관심도 없는 모양이었다.

"이미 판 걸 무턱대고 돌려달라면 쓰나."

"누가 그냥 돌려달랬소. 받은 돈을 돌려줄 테니 다시 달라는 거요."

만기가 한 냥을 무용 앞에 들이밀었다. 마음 같아선 호된 주먹질

한 대까지 얹어주고 싶었지만 그랬다가 영영 냄새 맡는 능력을 돌려받을 수 없을 것 같아 만기는 애써 성질을 누그러트렸다.

"흐흥."

무용은 코웃음도 아니고 비아냥도 아닌 묘한 소리를 냈다. 며칠 사이 무용은 사람이 달라진 듯했다. 예의 바르고 조심스럽던 건 어디가고, 거만하고 고압적인 태도였다.

"한번 팔면 도로 가져갈 수 없다고 한 것 잊었소."

무용이 거드름을 피우며 말했다.

"그건 그렇지만……."

만기는 말문이 막혔다. 분명 무용과 그런 약조를 했던 기억이 났다. 아, 그때 왜 좀 더 신중하지 못했나. 하지만 일이 이렇게 될 줄 미처 몰랐다.

냄새 맡는 능력을 무용에게 팔았다는 사실을 만기는 복순에게도 털어놓지 않았다. 말해봐야 믿어주지도 않을 것이다. 어쩌면 만기가 연기를 마신 뒤 머리가 어떻게 됐다고 생각할지도 몰랐다. 의원에게 약이라도 짓자는 말이 나오기 전에 어떻게든 예전 상태로 되돌려놔야 했다.

"내가 잘못 생각했소. 내가 팔아버린 쓸모없는 능력은 실은 쓸모없는 게 아니었소. 그러니 꼭 좀 돌려주시오!"

만기가 애걸하다시피 말했다.

무용은 히죽 웃으며 만기를 쳐다봤다.

"정 그러시다면야."

"고맙소, 정말 고맙소!"

이게 이렇게까지 감사해야 할 일인가 생각하면서도 혹시나 무용이 어깃장을 놓을까 봐 만기는 허리 숙여 넙죽넙죽 인사했다.

"잊진 않으셨겠지? 한번 판 걸 되찾으려면 호리병 안에 있는 것 중 하나도 덤으로 가져가야 한다는 걸."

그런 조건을 듣기는 했다. 막상 절박한 상황이 되니 그 말도 께름칙하기 그지없었다. 만기는 또 한 번 소름이 돋았다. 그의 시선이 무용 곁에 있는 호리병에서 떨어질 줄 몰랐다. 대체 저 안에 무엇이 들어 있을까. 무슨 성가신 걸 떠맡게 되는 걸까. 하지만 당장 후각을 되찾을 수만 있다면 다른 성가신 것 하나쯤은 달고 살아도 괜찮을 것 같았다. 만기는 마지못해 고개를 끄덕였다.

"말귀를 잘 알아들으시는구먼. 그렇다면 흥정을 해볼까."

무용이 들고 있던 숟가락을 놓고 호리병을 집어들었다.

뚜껑을 살짝 열고 한쪽 눈을 찡긋해 병 속을 들여다보았다. 마치 안에 무엇무엇이 있나 확인하는 것처럼.

"해서는 안 되는 말만 골라 하는 능력은 어떻소?"

"그건 좀 곤란한데……."

만기가 고개를 저었다. 언젠가 복순이 '여보, 나 살 좀 찐 것 같죠?' 라고 했을 때 무심코 솔직하게 '응, 많이 쪘지' 했던 게 떠올랐다. 그 뒤 복순은 며칠 동안이나 자기를 냉랭하게 대했다. 한번 말실수를 했다고 그 꼴을 당했는데 그걸 날마다 밥 먹듯이 할 순 없었다.

"그렇다면 보기 싫은 것만 보는 능력은 어떻소."

"그것도 능력이오?"

만기는 어이가 없었다. 대체 어디 사는 누가 저런 걸 팔았을까. 그런 건 고려해볼 가치도 없다. 보기 싫은 것들만 골라서 보이다니. 상상만 해도 삶이 지옥일 것 같았다.

"흐음."

무용은 난감한 표정을 지었다.

"그러면 남은 건 하나밖에 없소."

"그게 대체 뭐요?"

만기가 불안함을 억누르며 물었다.

"어딜 가든 꽃가마를 끄는 능력."

"꽃가마라고?"

알쏭달쏭한 말에 만기는 고개를 갸웃했다. 문득 꽃가마를 타고 부잣집에 시집가는 신부와 장원급제해서 고향에 돌아오는 선비가 떠올랐다. 그래, 꽃가마라면 부귀영화의 상징 아닌가. 이거라면 크게 나쁠 건 없겠다고 생각했다. 오히려 좋은 일이 생기는 게 아닐까 싶기도 했다. 최소한 이제껏 무용이 꺼낸 다른 것들에 비하면 양반이었다.

"그걸로 하겠소."

만기가 고개를 끄덕이자 무용이 야릇한 미소를 지었다.

만기는 뭔지도 모르는 채 속은 건 아닐까 싶어 등골이 오싹했다.

어쩐지 무용이 그 뒤에 뭘 숨기고 있는 것 같다는 생각이 든 탓이다.

'그냥 이대로 돌아갈까.'

아니야. 속으로 고개를 흔들었다. 이대로 가버리면 영영 냄새를 맡을 수 없게 돼. 그러느니 별로 나빠 보이지도 않는 능력 하나 덤으로 떠안는 게 훨씬 나아. 만기는 그렇게 자신을 다독였다.

중얼중얼중얼.

무용이 눈을 감고 전에 들었던 주문 같은 것을 읊었다. 그러더니 길쭉한 호리병에 젓가락을 집어넣어 눈에 보이지 않는 무언가를 끄집어냈다.

무용은 젓가락으로 집은 형체 없는 '그것'을 만기의 코 밑에다 슬쩍 풀어놓는 시늉을 했다.

중얼중얼중얼.

다시 중얼거리기를 반복했다. 이번에도 젓가락을 집어넣어 병 안을 헤집었다. 안에 든 게 미꾸라지처럼 팔딱팔딱 날뛰기라도 하는지 무용은 아까처럼 손쉽게 집어내지 못했다. 한참 애를 쓰던 무용이 마침내 원하는 걸 잡았다는 듯 손을 멈추더니 천천히 호리병에서 젓가락을 꺼냈다.

중얼중얼중얼.

주문 같은 걸 왼 다음 무용이 끄집어낸 걸 만기 몸으로 던지는 시늉을 했다.

만기는 얇은 막 같은 것이 자신을 감싸는 것 같다고 느꼈다. 하지만 속으로 열까지 셌을 때 낯선 느낌은 사라졌다. 그게 뭔지는 몰라도 조금 전 주위를 두르고 있던 얇고 부드러운 막 같은 것이 녹아 제 몸에 쏙 흡수된 것 같았다.

무용이 호리병 뚜껑을 닫고 깊은 심호흡을 내쉬었다. 모든 게 끝난 모양이었다.

"이제 냄새를 맡아보시오."

만기는 주변을 둘러보다 마침 반월댁이 들고 가는 육개장을 가로챘다.

반월댁이 뭐라 할 틈도 주지 않고 만기는 그릇에 코를 박고 킁킁 냄새를 맡았다. 뜨끈한 고깃국물 냄새가 코끝을 찔렀다. 후각을 잃은 뒤로 밥맛이 없어 며칠간 밥술을 뜨는 둥 마는 둥 했는데 오랜만에 얼큰한 냄새를 맡으니 곧장 식욕이 동했다. 옆에 있는 술병 주둥이에도 코를 대봤다. 바로 시큼한 막걸리 냄새가 올라왔다.

"돌아왔어, 돌아왔다고!"

만기가 기쁨에 겨워 소리를 질렀다. 당장 덩실덩실 춤이라도 추고 싶은 기분이었다.

"그렇게 좋아하니 다행이구려."

무용이 얼굴에서 묘한 미소를 지우지 않은 채 말했다.

"고맙소, 고맙소."

만기가 연거푸 감사 인사를 하곤 무용에게서 받은 한 냥을 돌려줬다. 그가 막 주막을 나서려 할 때였다.

"잠깐만!"

무용의 목소리가 만기의 발걸음을 멈춰 세웠다.

"두 냥 더 내시오."

"그게 무슨 소리요?"

얼떨떨한 표정을 하고서 만기가 되물었다.

"내 걸 분명 한 냥에 사가지 않았소. 그 돈은 이미 돌려줬는데 뭘 더 달라는……."

"그건 환불이고."

무용은 만기의 말허리를 뚝 끊고 끼어들었다.

"방금 하나를 더 가져갔으니 돈을 내야 할 것 아니오."

당연한 걸 요구하듯 무용의 말투는 천연덕스럽기 짝이 없었다.

"아니, 그런 법이 어딨소? 얘기가 다르지 않소."

만기가 더는 못 참고 버럭 소리를 질렀다.

"얘기가 다르기는. 한번 판 건 다시 못 돌려받는다, 기어이 받으려고 하면 호리병 안에 든 걸 하나 더 가져가야 한다고 말했소, 안 했소?"

"그리 말은 했지만……."

그거랑 두 냥 더 내는 거랑 무슨 상관이 있냐고 따지려는데 무용이 말을 가로막았다.

"세상에 공짜가 어딨소. 설마 하니 상인이 자기가 취급하는 걸 공짜로 가져가라 했겠소? 나이도 먹을 만큼 먹고서 순진하시긴."

무용이 이죽거렸다.

'이런 사기꾼 같은 놈!'

속에서 부아가 치밀어 만기는 두 주먹을 꼭 쥐었다. 이제 능력도 돌려받았으니 저놈을 패버릴까. 아냐, 뭔가 기분 나쁜 놈이야. 이상한 주술 같은 걸 쓰는 것만 봐도 그렇고. 괜히 원한을 샀다가 봉변을 당할지도 몰라. 만기는 애써 침착함을 유지했다.

"그래, 다 좋다 치고 나한테 팔 때는 한 냥을 치르더니 왜 지금은 두 냥을 달라는 거요?"

"그거야 가격이 다르니 그렇지."

무용은 태연자약했다.

"어물전에 가보시오. 옥돔과 청어가 가격이 같소? 귀한 건 값이 더 나가고, 덜 귀한 건 덜 나가는 게 당연지사인 것을. 당신이 방금 가져간 건 여간해선 보기 힘든 거요. 희소한 걸 사 갔으니 돈을 더 내야지."

상인답게 말이 청산유수였다.

'내 이놈을 그냥.'

만기는 이를 악물었지만 어쩔 도리가 없었다. 별수 없이 바지춤을 뒤져 두 냥을 꺼내 무용 앞에 집어던졌다.

"살다 살다 재수가 없으려니까. 이런 악질 장수 같으니라고. 옛다! 이거 먹고 떨어져!"

동전이 딸랑, 소리를 내며 떨어졌다. 무용은 씨익 웃으며 주섬주섬 동전을 챙겨 품에 넣었다. 그러는 동안에도 그의 얼굴에선 기이한 미소가 사라지지 않았다.

아침 일찍 일어나 집 앞을 쓸던 현동 노인은 만기가 화가 나 씩씩 거리며 집으로 돌아가는 걸 멀찍이서 쳐다보았다.

올해 아흔인 현동 노인은 마을에서 제일가는 고령이다. 예순을 넘긴 사람도 드문 마당에 아흔까지 산다는 건 보기 드문 축복이라 할 수 있었다. 게다가 여전히 허리와 다리도 튼튼해서 거동하는 데도 딱히 불편함이 없었다.

하지만 모든 게 완벽할 수는 없는 터. 현동 노인은 가끔 정신이 오락가락하는지 사람들이 이해할 수 없는 말을 하곤 했다. 그렇다고 늘 그런 건 아니고, 평상시 정신은 제법 말짱했다. 다만 이따금 다른 이들 눈엔 안 보이는 게 그의 눈에는 보이는 모양이었다. 누구는 그게 망령 드는 거라 했고, 또 누구는 노인이 이미 저세상에 한 다리를 걸쳐 놓은 탓에 이 세상 게 아닌 게 보이는 모양이라고 했다.

어느 쪽인지 알 수는 없지만, 지금 현동 노인의 눈에는 만기 뒤를 느릿한 걸음으로 쫓는 남자의 모습이 보였다. 남자는 누런 삼베로 지은 상복 차림에 머리엔 상주가 두건 위에 덧쓰는 굴건을 쓰고 있었다. 남자는 만기보다 세 발짝가량 떨어져서 한 손으로는 종을 딸랑딸랑 흔들며 따라가고 있었다.

"초상이라도 났나."

현동 노인은 혼잣말로 중얼거리다가 다시 집 안으로 들어갔다.

깊은 밤, 만기네 네 식구가 잠든 방 안은 평화로웠다. 다복과 준복은 달콤한 꿈이라도 꾸는지 웃는 얼굴로 잠들어 있었다. 곁에 누운 복순도 집안일과 아이들 돌보는 일에 지쳐 단잠에 빠졌다. 후각을 되찾아 마음이 편안해진 만기도 오랜만에 걱정 근심 없이 푹 잠들었다. 아이들이 쌔근쌔근 숨 쉬는 소리와 이불 속에서 이따금 뒤척거리는 소리를 빼면 방 안은 바늘 떨어지는 소리까지 들릴 정도로 고요했다.

다만 방 안에서 유일하게 잠들지 않은 이가 있었다. 아까 현동 노인이 봤던 상복 입은 남자였다. 남자는 만기를 따라 방 안까지 들어온 뒤 식구들이 잠들 때까지 방 한구석에 앉아 꼼짝도 하지 않았다.

만기를 비롯해 식구들 누구도 남자를 볼 수 없었다.

모두가 깊이 잠든 것을 확인한 뒤 남자가 스르르 몸을 일으켰다. 잠들어 있는 복순에게 다가간 그는 복순의 귓전에 대고 종을 흔들었다.

딸랑딸랑.

여느 종소리와 다를 바 없는 소리임에도 어쩐지 불길하게 들렸다. 자고 있던 복순과 아이들이 몸을 움찔했다. 만기만이 그 소리가 안 들리는지 여전히 단잠에 빠져 있었다.

딸랑딸랑.

남자가 다시 복순의 귓가에 종을 울렸다.

스으윽.

별안간 누워 있던 복순의 몸에서 또 하나의 복순이 몸을 일으켰다.

자리에서 일어난 복순은 여전히 잠들어 있는 제 모습을 보고 어리둥절한 모양이었다. 잠에서 깬 복순이 고개를 돌렸다가 화들짝 놀랐다. 비로소 복순의 눈에 남자가 보였다. 복순이 입을 딱 벌리고 상복 입은 남자와 잠자리에 누운 자신을 번갈아 보았다.

"이, 이건 대체……."

남자가 검지를 입술 앞에 갖다 대며 쉿, 했다. 복순이 얼이 빠져 있는 사이, 남자는 이번엔 아이들 곁으로 다가갔다.

딸랑딸랑.

고요한 방 안에 어딘지 모르게 음산한 종소리가 연달아 울려 퍼졌다.

먼저 몸을 일으킨 건 다복이었다. 다복 역시 복순이 그랬던 것처럼 잠자고 있는 몸뚱이에서 영혼이 스으윽 분리돼 나왔다. 몸에서 떨어져 나온 다복의 혼은 방 안을 이리저리 둘러보더니 복순에게로 달려갔다.

"어머니!"

어찌 된 영문인지도 모른 채 모녀는 서로 꼭 끌어안고 남자의 행동을 지켜보았다. 복순은 정체를 알 수 없는 남자를 말리고 싶었지만, 알 수 없는 힘에 압도돼 그러지 못했다. 그저 남자가 하는 걸 멍하니 지켜보는 수밖에 없었다.

딸랑딸랑.

남자가 마지막으로 준복의 귓가에 종을 흔들었다.

스으윽.

몇 번인가 뒤척거리던 준복의 몸에서 투명한 혼이 떨어져 나왔다.

"어머니! 누나! 왜 다들 안 자고 깨어 있어?"

준복이 잔뜩 겁에 질려 떨고 있는 복순과 다복의 넋을 향해 잠이
덜 깬 목소리로 중얼거렸다. 문득 준복이 고개를 돌려 이불 속에 있
는 복순과 다복의 몸뚱이를 내려봤다. 어머니와 누나가 각각 둘이란
걸 깨달은 준복이 하얗게 질려 제가 누워 있는 걸 보았다.

"으아악!"

잠들어 있는 제 모습을 발견하고 화들짝 놀라 소리 질렀다. 하지만
만기는 이 모든 소동이 들리지 않는지 옆으로 몸을 틀며 태평하게 잠
꼬대를 했다.

"이봐요, 당신 대체 누구야? 나랑 애들을 어떻게 한 거야!"

드디어 정신을 차린 복순이 남자에게 대들었다.

남자는 무표정한 얼굴로 복순을 바라보기만 할 뿐 아무런 말도 하
지 않았다.

딸랑딸랑딸랑.

남자가 다시 종을 흔들자 어쩔 줄 몰라 하던 세 넋이 일제히 얌전
해졌다. 무슨 일이 일어났는지, 남자의 정체가 뭔지 따위는 아무래도
좋은지 셋은 남자의 처분을 바라는 것처럼 다소곳이 앉아 있었다. 반
항할 의지를 잃어버린 그들은 마치 꼭두각시 인형 같았다.

딸랑딸랑딸랑.

남자가 종을 흔들며 밖으로 나갔다.

복순, 다복, 준복도 홀린 것처럼 남자 뒤를 따랐다. 마치 맹인을 종
소리로 인도하는 것처럼 남자는 셋을 어딘가로 데려가려는 것처럼

보였다.

방 밖에는 어디서 왔는지 묵직해 보이는 관(棺) 하나가 지면에서 몇 뼘 정도 되는 허공에 둥실 떠 있었다. 질 좋은 나무를 짜서 만든 관은 온통 종이로 만든 하얀 꽃으로 뒤덮여 있었다. 꽃상여다. 고인의 삶이 꽃처럼 화려하진 않았다 하더라도 마지막 가는 길은 화사한 꽃 속에 파묻혀 가라는 의미에서 만든 것이다.

딸랑딸랑딸랑.

남자가 종을 흔들자 복순이 먼저 가마를 타듯 꽃상여 위로 올라가 앉았다. 이어 다복, 그다음에 준복. 세 사람이 모두 상여에 올라타자 남자는 종을 흔들며 노래를 부르기 시작했다.

이제 가면 언제 오나, 어이야 디야.

구슬픈 노랫가락이 종소리를 타고 흘렀다. 마치 곡조에 장단을 맞추듯 허공에 뜬 꽃상여가 앞으로 스르륵 미끄러졌다.

글 잘하는 이태백이 글을 몰라 죽었는가. 천하갑부 병철이는 돈이 없어 죽었는가. 저승길이 멀다더니 대문 밖이 저승이라. 어이야, 디야.

남자가 쉬지 않고 노래를 불렀다. 꽃상여는 노랫가락을 따라 누군가가 앞에서 관을 끄는 것처럼 혼자 저절로 들썩들썩 움직였다.

어려서 술집에 가실 적엔 친구도 많더라만. 공동묘지 갈 적에는 나 혼자 가는구나.

별안간 복순이 흑, 울음을 터뜨렸다. 엄마가 우는 걸 보자 마음이 울적해졌는지 다복과 준복도 훌쩍이기 시작했다.

이제 가며 언제 오나, 오실 날이나 일러주게. 어이야, 디야.

구슬픈 노랫소리와 흐느끼는 소리는 동구 밖을 넘어서까지 계속 이어졌다. 둥실둥실 떠 가는 꽃상여가 동녘 햇살을 받고 공기 중에 사그라들 때까지.

날이 밝기 무섭게 한 남자가 씩씩거리며 선노미가 일하는 주막 싸리문을 열어젖혔다.

"대체 누구야? 무용이란 놈이!"

얼굴이 벌겋게 달아오른 남자는 화가 머리끝까지 난 것 같았다.

"누구신데 아침 댓바람부터 찾아와 소리를 지르시는 거요?"

놀란 반월댁이 달려 나와 물었다.

"그런 건 중요하지 않고 어서 무용이란 자를 불러오시오. 내가 아주 요절을 낼 테니."

남자는 좀처럼 화가 가라앉지 않는지 연신 씨근거렸다.

"만덕 형님이 어쩐 일이세요?"

아침부터 주막에 밥 한술 뜨러 온 단골 삼식이 아는 체를 했다. 이름이 만덕인 남자는 알고 보니 옆 동네 사는 만기의 친형이었다.

"만기 소개로 셋이서 술 한잔한 적도 있는데. 기억 안 나세요?"

삼식은 자신을 기억 못 하는 만덕에게 서운한 티를 냈지만, 만덕은 그런 것 따위는 신경도 쓰지 않는 듯 보였다.

"저기가 손님 묵는 방이지? 내 당장 이놈을!"

다들 말릴 사이도 없이 만덕이 무용이 묵는 방문을 벌컥 열어젖혔다. 하지만 아무도 없었다. 무용의 짐꾸러미도 함께 사라졌다. 무용은 간밤에 떠난 모양이었다. 개키지 않은 침대 베갯머리엔 숙박료로 보이는 동전 몇 닢이 놓여 있었다.

"아이고, 한발 늦었구나! 이놈이 진작에 튀어버렸어!"

만덕이 자리에 털썩 주저앉아 한탄했다.

"대체 무슨 일로 이러시는 거예요?"

반월댁이 조심스럽게 물었다.

"무슨 일이긴. 무용 그놈이 내 동생을 속였으니 그렇지. 꽃가마는 무슨 꽃가마! 그건 꽃상여였다고!"

마치 무용이 앞에 있는 것처럼 만덕은 버럭 소리를 지르더니 분을 못 참겠는지 소리 내 울기 시작했다. 다들 영문을 몰라 얼떨떨한 얼굴로 만덕을 지켜보았다.

시간이 지나 조금 진정되고 나서 만덕이 사정을 설명했다. 새벽 무렵 만기가 반쯤 실성한 상태로 자기 집을 찾아왔다. 동생은 귀신이라도 본 것 같은 얼굴을 하고 있었다. 울다, 넋두리를 하다, 다시 울음을 터뜨렸다. 간신히 달래서 이유를 물어보니 만기네 식구들이 간밤에 비명횡사했다고 했다. 살아남은 사람은 만기밖에 없었다.

식구들이 난데없이 비명횡사했다니, 그게 대체 무슨 말이냐, 집에 강도라도 든 거냐고 묻자 만기는 아니라고 고개를 흔들었다. 지난밤 잠자리에 들 때까지만 해도 모두 멀쩡했다면서. 그런데 새벽녘에 눈을 떠보니 다들 싸늘한 주검으로 변해 있었다.

"세상에 어떻게 그런 일이……."

만덕이 차마 말을 잇지 못하는 사이, 만기가 문득 생각났다는 듯 이를 악물었다.

"이런 쳐죽일 놈. 어딜 가나 꽃가마를 끈다더니 알고 보니 꽃가마가 아니라 꽃상여였어!"

그게 대체 무슨 말이냐고 캐묻자, 만기가 넋이 나간 채로 무용과 있었던 일을 주절주절 늘어놓았다.

만덕은 화가 머리끝까지 치솟았다. 아무 잘못도 없는 내 동생을 이 지경으로 만들다니! 당장에라도 무용이란 놈을 찾아 꽃상여 끄는 능력을 되돌려줘야 한다. 하지만 그런다고 이미 죽은 제수씨와 조카들이 살아나는 건 아니다. 동생네 가정을 파탄 낸 그놈을 도륙 내리라 다짐했다. 뼈를 갈아 마셔도 시원치 않을 것 같았다.

"이럴 수가……."

삼식이 믿기지 않는지 고개를 절레절레 흔들었다.

"가족분들 장례는 어쩌시려고요?"

반월댁이 걱정스레 물었다.

"만기 그 녀석, 정신이 나가서 계속 울기만 한다오. 어쩌겠소. 피붙이인 내가 대신 치러야지."

그렇게 말하는 만덕의 눈가도 빨갛게 젖어들었다.

안마당서 이야기를 듣던 선노미는 무용이 떠난 방 안을 멀거니 쳐다보았다.

너한테 꽤 재미있는 능력이 있는 것 같구나.

문득 무용이 했던 말이 떠오르자, 선노미는 무용의 빈자리가 어쩐지 견딜 수 없을 만큼 섬뜩하게 느껴졌다.

만덕이 떠난 뒤 주막 분위기가 내내 침울하게 가라앉았다. 만기네 가족에게 벌어진 일은 그날 주막을 찾은 단골들 사이에서도 화제였다. 다들 '이봐, 만기 얘기 들었어?' 하며 흥분해서 떠들다 끝내는 '괜찮은 사람인데 어쩌다 그런 일을 겪었누' 하고 혀를 끌끌 찼다.

반월댁도 드물게 종일 어두운 표정이었다. 늦은 밤, 손님들이 모두 돌아간 텅 빈 주막에 앉아 홀로 술잔을 기울였다. 별 잘못도 없이 큰 불행을 겪은 만기를 생각하니 절로 술이 당기는 모양이었다.

일을 마친 선노미는 반월댁에게 주무시라 인사하고 먼저 들어가 쉬려 했다. 그런 선노미를 반월댁이 불러세웠다. 그러더니 대뜸 물었다.

"내가 왜 주막 밖에 서 있던 너한테 말을 걸었는지 아니?"

뜬금없는 질문에 선노미는 어리둥절했다.

"그거야, 제가 송 생원 나리가 보내신 일꾼인 줄 알고……."

선노미가 말을 마치기도 전에 반월댁은 후후후, 웃었다.

"송 생원 나리란 분은 없어."

"네?"

무슨 소린가 싶어 선노미는 눈을 동그랗게 떴다.

반월댁이 다시 잔에 술을 따랐다. 가득 따른 술을 단숨에 들이키고 나서 반월댁이 입을 열었다.

"널 보니 죽은 아들 생각이 났거든."

반월댁 목소리가 쓸쓸했다.

선노미는 문득 예전에 반월댁이 했던 말을 떠올렸다.

자식이 이러고 있으니 어머니가 속이 문드러지겠네. 그래도 죽은 것보단 훨씬 낫지.

반월댁 마음이 저렇게 심란한 이유는 만기가 겪은 아픔이 남의 일 같지 않아서일 거라고 선노미는 생각했다. 자식을 잃은 부모의 마음은 같은 일을 겪은 사람만이 이해할 수 있으니까.

"참 이상하지. 얼굴은 전혀 안 닮았는데. 그런데 문 앞에서 서성거리는 널 본 순간, '아, 살아있었으면 훈이도 저 또래쯤 됐겠지' 하는 생각이 들면서 아들 얼굴이 겹쳐 보였어."

넋두리처럼 반월댁이 말을 이었다.

"어떻게 해서라도 너한테 말을 걸고 싶었어. 그런데 딱히 핑계가 없잖니. 대충 머리에 떠오르는 대로 말을 만들어냈지."

반월댁이 다시 장난스럽게 후후후, 웃었다.

"가까이서 보니 네 몰골이 영 말이 아니더라. 딱 봐도 머물 곳이 없어 떠돌아다니는 애 같았어. 그래서 내가 거둬줘야겠다, 생각했지."

"하지만……."

반월댁은 딱히 할 줄 아는 게 없는 자신을 마지못해 받아들였다.

워낙 상황이 급하니 어쩔 수 없다고 투덜대면서.

"대뜸 재워주고 먹여주겠다고 말하면 동정처럼 받아들여 거절할까 봐 일부러 그렇게 말한 거야."

선노미 속마음을 읽은 것처럼 반월댁이 앞질러 말했다.

'그런 뜻이 있었구나.'

선노미는 속으로 고개를 끄덕였다. 아들을 떠올리게 한 자신에게 있지도 않은 사람 평계를 대면서까지 말을 걸어보고 싶었던 반월댁의 마음이 애잔하게 느껴졌다. 하지만 섣불리 뭐라고 위로할 수도 없어 묵묵히 제 발치만 바라봤다.

반월댁이 다시 술잔이 찰찰 넘칠 정도로 술을 따랐다.

"고작 열두 살이었어. 훈이가 죽었을 땐."

먼 데를 보듯 반월댁의 시선이 어둑어둑한 허공 어딘가를 향했다. 어두워서 보이진 않지만 분명 반월댁의 눈가가 촉촉하게 젖어 있을 거라고 선노미는 어림짐작했다.

훈이는 지붕 위에서 떨어져 죽었다. 집 짓는 목수인 아버지를 돕다 일어난 사고였다. 고인 빗물에 발을 헛디뎠는지 악 소리 지를 사이도 없었다. 그래도 다리나 팔이 부러졌으면 목숨이라도 부지했을 텐데 떨어지면서 목이 꺾인 훈이는 그대로 즉사했다.

아침에 멀쩡하게 집을 나갔다가 싸늘한 주검이 돼 돌아온 아들을 보고 반월댁은 넋을 놓았다. 간신히 아들의 죽음을 인정하고 나자, 이번엔 극심한 분노가 밀려왔다. 아들이 죽을 때 아무것도 하지 않았던 남편에게.

훈이가 죽은 건 하나부터 끝까지 남편 책임이라고 생각했다. 아직 어린 아들에게 엄하게 목수 훈련을 시킨 것도, 하필 그날 아들을 작업장에 데려간 것도, 아들 대신 자신이 지붕에 올라가지 않은 것도, 아들 대신 자신이 죽지 않은 것까지 모두 남편 잘못이었다. 어쩌면 반월댁은 아들을 잃은 끝없는 상실감을 분노로 메우려 했는지도 몰랐다.

"부부 사이가 틀어진 건 사실 훨씬 이전부터지만."

반월댁이 마치 남의 일 얘기하듯 담담하게 말했다.

남편 석기는 수시로 반월댁을 손찌검했다. 혼례를 올린 직후부터. 어떤 날은 찬이 적다고, 어떤 날은 밥상에 너무 비싼 걸 올려놨다고, 또 다른 날은 아랫목이 데워져 있지 않다며 아내에게 주먹과 발을 내질렀다. 훗날 반월댁은 훈이를 잃은 자신에게 분노의 대상이 필요했던 것처럼 남편 역시 화풀이할 대상이 필요했었는지도 모른다고 생각했다. 좀처럼 펴지지 않는 살림살이와 고단한 일상, 수시로 느껴지는 무력감을 가까이 있는 만만한 상대에게 화풀이함으로써 떨쳐버리고 싶었던 거라고.

하루하루가 살얼음 위를 걷는 일상이었지만 달리 방도가 없기에 남편의 폭력을 꾹꾹 눌러 참았다. 훈이가 태어난 뒤로는 아들을 위해 모든 희생을 감내하리라 마음먹었다. 하지만 인생에서 한 줄기 빛이었던 아들이 죽은 마당에 굳이 남편의 손찌검을 참고 버틸 이유가 없었다.

아들이 죽고 한 달쯤 지난 뒤, 그날도 사소한 일로 손찌검을 하고 제 풀에 지쳐 등 돌리고 잠든 남편을 반월댁은 죽일 듯이 노려보았다. 지긋지긋하다, 끔찍하다, 죽여버리고 싶다. 속으로 그렇게 중얼거리는데 문득 죽여서 안 될 것도 없겠다는 생각이 들었다.

물론 자신도 벌을 받겠지만 지켜야 할 아들도 없는 마당에 그딴 건 하나도 두렵지 않다. 오히려 저승에서 훈이 얼굴을 볼 수 있으니 다행이라는 생각도 들었다. 남편의 등을 노려보고 있자니 가슴 속에서 살의가 모락모락 피어올랐다.

'모두 너 때문이야! 왜 네가 살아 있는 거야! 훈이 대신 네가 죽었어야 했는데.'

부엌에서 식칼을 가지고 살금살금 남편 뒤로 다가갔다. 평상시라면 상상도 못 할 일이지만, 잠들어 있을 때라면 죽이는 것도 그리 힘든 일은 아닐 것 같았다. 하지만 등에 식칼을 꽂아 넣으려는 순간, 남편이 잠결에 내뱉은 한 마디에 반월댁은 얼어붙고 말았다.

"……훈아."

잠든 남편의 눈에서 뜨거운 눈물이 흘러내렸다. 아들 꿈이라도 꾸는 것 같았다. 무뚝뚝하고 아들에게 엄하기만 했던 남편이 그렇게 약한 모습을 보인 건 그때가 처음이었다.

반월댁은 다리에 힘이 풀려 그대로 주저앉고 말았다. 증오스러운 남편이지만, 그 역시 자식을 잃은 부모다. 내색은 안 하지만 그도 속이 아리다 못해 썩어 문드러졌을 것이다. 지금 자신이 겪는 고통을 남편도 똑같이 겪고 있을지 모른다 생각하니 처음으로 그가 안쓰럽고 가여워졌다. 그토록 강렬했던 살기가 한순간에 모래성처럼 허물어졌다.

하지만 그렇다고 남편과 계속 한 지붕 아래 살 수는 없는 노릇이었다. 남편을 죽일 수 없다면 차라리 그를 떠나야겠다고 마음먹었다. 간단한 짐과 비상금을 챙겨 그길로 살던 집에서 나왔다.

그 뒤로 이곳저곳 떠돌다가 어찌어찌 인연이 닿아 늙수그레한 할멈이 운영하던 이곳 주막에 머물며 부엌일을 돕게 됐다. 손님들은 젊고 고운 여자가 새로 왔다며 좋아했다. 행여나 남편이 소문을 듣고 찾아올까 봐 제 이름도 감추었다. 대신 예전 살던 곳의 지명을 따 '반월댁'이라는 새 이름을 지었다. 새로운 이름에 서서히 적응하는 동안 반월댁은 점차 새로운 생활에도 익숙해져 갔다.

자식이 없는 할멈은 반월댁을 가져보지 못한 딸처럼 여겼다. 몇 년 전 할멈은 세상을 떠나면서 주막을 반월댁에게 물려줬다.

"남편이 봤더라면 기겁할 일이지."

반월댁이 술잔을 입으로 가져가며 허심탄회하게 웃었다.

의처증 기미까지 있던 남편은 집에 손님이 왔다 간 날이면 더욱 난폭하게 날뛰었다. 왜 그놈에게 살살 눈웃음쳤냐, 왜 농담을 주고받았냐, 왜 웃기지도 않은 이야기에 웃었냐, 있는 구실 없는 구실 다 갖다 붙이며 헤프다고 비난했다. 그러다 '나 없으면 너 같은 게 뭘 해 먹고 살려고 하냐. 기껏해야 사람들 비위 맞추는 짓밖에 못 하면서'라고 깔아뭉겠다.

남편과 같이 사는 내내 반월댁도 남편 말을 그대로 받아들였다. 어쩌면 너무 오랫동안 남편 말에 세뇌가 되어 그런 건지도 몰랐다. 사실 폭력적인 남편을 떠날 기회는 여러 번 있었지만, 그때마다 '나 따위가 어딜 가서 밥벌이하나' 하는 두려움 때문에 눌러앉았다. 훈이가 태어난 뒤로는 떠나는 건 아예 엄두도 내지 못했다. 자식을 버리고 갈 수 없는 데다, 달랑 제 한 몸 건사하는 것과 어린 자식까지 부양하는 건 또 다른 문제였다.

그런데 막상 나와보니 홀로서기란 생각했던 것만큼 어려운 일이 아니었다. 물론 고달프고 힘들지만 의외로 자신을 필요로 해주는 곳이 있었다. 바로 이곳 주막이다.

"너는 손님들한테 참 잘하는구나."

할멈은 항상 반월댁이 손님들 대하는 태도를 칭찬했다. 남편이 늘 비난하던, '남들 비위 맞추는 짓'이 재주가 될 수 있다는 사실을 반월댁은 홀로 선 이후에야 비로소 깨달았다.

"결국 그걸로 밥 벌어먹고 있으니 참 묘하지 뭐야. 세상에 필요 없는 재주라는 건 없나 봐."

반월댁 말에 선노미도 고개를 끄덕였다.

그러고 보니 무용이 그런 말을 했었다. 내가 필요로 하지 않는 재주라도 남들이 필요로 할 수 있다고. 그건 달리 말하면 세상에 필요 없는 재주는 없다는 뜻이 아닐까. 죄 없이 억울한 일을 당한 만기가 실수한 걸 굳이 하나 꼽자면 자신이 가진 재주를 너무 하찮게 여겼다는 게 아닐까.

그렇다면 내가 가진 재주는 뭘까, 하고 선노미는 생각했다. 기억력이 좋다는 점, 기이한 이야기를 재미있게 잘 얘기한다는 점, 언문을 좀 안다는 점. 하지만 그 어느 것도 먹고사는 데 크게 도움이 될 것 같진 않았다.

"언문을 안다고 했지?"

반월댁이 선노미랑 같은 생각을 하고 있었던 것처럼 물었다. 선노미가 잠자코 고개를 끄덕였다.

"기이한 일도 많이 겪은 모양이고."

아마도 무용이 선노미에게 했던 말을 기억한 모양이었다. 선노미는 다시 고개를 끄덕였다.

"그럼 그걸 글로 써보지 그러니?"

"글로 쓴다고요?"

"그래, 다들 이야기는 좋아하니까. 혹시 아니? 나중에 그걸로 밥벌이를 하게 될지."

반월댁이 싱긋 웃으며 술잔에 술을 따르다 술이 다 떨어진 걸 알고 끌끌 혀를 찼다. 이미 얼굴이 발갛게 달아오른 게 취기가 제법 오른 모양이었다.

술김에 불쑥 내뱉은 이야기인지도 모르지만 선노미는 반월댁이 한 말을 곰곰이 곱씹었다. 왜 이제껏 그 생각을 못 했을까.

병오는 속마음을 드러내주는 가면 이야기를 듣고 인간이 얼마나 복잡한 존재인지 깨달았다고 했다. 이제껏 딱히 쓸모없다고 생각했던 이야기가 누군가에게 도움이 된 것이다. 그러니 자신이 보고 들은 걸 기록해둔다면 우생 스님이 말했던 선한 영향을 떨치는 데 조금이나마 도움이 될 수도 있지 않을까?

'나를 기억해줘'라고 했던 세진 도련님 얼굴도 떠올랐다. 그의 이야기를 글로 옮겨 놓는다면 많은 이들이 이야기를 읽고 이야기 속에서 그를 기억할 것이다. 그렇다면 세진 도련님과 마찬가지로 운명의 불합리함 때문에 억울한 일을 당한 사람들 이야기를 기록해 기억하는 것이 그들을 위한 작은 위로가 되진 않을까?

처음 연암을 만났을 때 했던 말도 생각났다. 어떤 이야기가 좋은 이야기인지 모르지만, 자신의 이야기를 들은 사람들은 울고 웃었노라고 했던 말. 사람들이 울고 웃던 이야기를 글로 남겨 더 많은 이들에게 즐거움과 감동을 줄 수 있다면, 자신이 가진 소소한 재주로 그런 일이 가능하다면, 어쩌면 그게 평생 치러야 할 속죄가 될지도 모를 일이었다.

"감사합니다."

선노미가 반월댁에게 고개를 꾸벅 숙였다.

"어머, 내가 뭘 했다고 그래?"

반월댁은 술에 취해 혀가 꼬인 소리로 대꾸하더니 갑자기 정색을 하고 선노미를 바라보았다.

"어머니한테 돌아가."

뜻밖의 말에 선노미는 당황해 반월댁을 물끄러미 바라봤다. 취기는 있었지만, 정신은 말짱해 보였다.

"마음 같아선 계속 있으라고 하고 싶지만 같은 어미로서 그렇겐 못하겠네. 더 이상 어머니 속 썩이지 말고 어서 집으로 돌아가렴."

말을 마친 반월댁은 '아, 오랜만에 너무 많이 마셨나' 늘어지게 하품하며 자리에서 일어섰다.

선노미는 반월댁이 비틀비틀하는 걸음걸이로 방 안에 들어가는 걸 멍하니 바라봤다. 어머니 얘기를 해서인지 반월댁의 뒷모습에 닮은 구석이 하나도 없는 어머니 모습이 겹쳐 보였다.

주위에 저녁 어스름이 내려앉았다. 무용은 갑자기 피로가 몰려오는 걸 느꼈다. 동틀녘부터 주막을 나와 계속 걸었으니 무리도 아니었다. 마음 같아선 따뜻한 아랫목에 조금 더 누워 있다 떠나고 싶었지만, 조만간 만기네 집에 사달이 날 테니 어쩔 수 없었다.

만기네……. 꽃가마라는 말에 별생각 없이 비극을 선택한 만기를 생각하자 무용은 저도 모르게 슬며시 웃음이 터져 나왔다.

'어리석긴.'

사람들은 늘 어리석은 선택을 한다. 자기가 가진 걸 소홀히 하고, 그걸 잃어버렸을 때 후회하며, 자신의 실수를 수습하고자 더 큰 우를 범하곤 한다. 그리고 마치 새카맣게 잊은 듯 그 일을 끊임없이 반복한다.

'하긴 그 덕분에 내가 밥벌이를 하는 거지만.'

이번엔 자조적인 웃음을 흘리며 부지런히 발길을 옮겼다.

저만치 주막이 보였다.

남는 방이 있음을 확인한 무용은 짐을 풀고 출출함을 달래려 곰국을 주문했다. 다 쓰러져가는 주막은 손님이 없었다. 자신 말고 그곳에 묵는 사람은 머리가 허옇고 등이 앞으로 굽은 노인 하나뿐이었다.

"괜찮으시면 합석하시겠습니까?"

노인이 혼자 술을 들이켜는 걸 보고 무용이 말을 걸었다.

노인은 무용이 옆으로 다가가자 말없이 방석을 건넸다.

"그림 그리는 분이시군요?"

노인 옆에 있는 짐꾸러미에 화구가 비죽 튀어나와 있었다. 그냥 인사 겸 한 말인데 노인은 그 말이 불만스러웠는지 인상을 확 찌푸렸다.

"그러는 댁은 뭘 하시오?"

노인의 목소리가 퉁명스러웠다.

"장사꾼입니다."

"뭘 취급하시오?"

"쓸데없는 것들을 취급하지요."

"쓸데없는 것?"

무용은 자기가 하는 일을 설명했다. 다른 이들처럼 '말도 안 되는 소리!'라고 할 줄 알았는데, 의외로 노인은 귀 기울여 듣는 눈치였다. 부루퉁하던 노인의 얼굴이 이야기를 들으며 차츰 밝아졌다.

"그럼 내 것도 사 가시오."

이야기를 다 들은 노인이 대뜸 말을 꺼냈다.

"뭘 파실 겁니까?"

'이거야 원. 이런 경우는 거의 없는데' 생각하면서도 무용은 공손하게 물었다.

"난 보지 않고도 사람들 배우자를 그리는 재주가 있다오."

"호오."

무용이 저도 모르게 감탄사를 내뱉었다.

"정말로 성가신, 아니 성가시다는 말로는 부족한 저주받은 재주지."

쓸쓸하게 읊조리는 노인의 표정은 진지했다. 거짓말을 하는 것처럼 보이지는 않았다. 무엇보다 오랫동안 갈고 닦은 무용의 감이 노인의 말이 사실이라고 말해주고 있었다. 그렇다면 좀처럼 보기 드문 희귀한 재주임이 분명했다.

"좋습니다. 두 냥 어떠십니까?"

"가능하다면 공짜로라도 가져가라고 하고 싶소만."

노인은 값은 얼마가 되든 좋다는 투였다.

무용은 만족스러운 미소를 지었다.

"거래가 성립됐습니다."

무용이 짐꾸러미에서 급하게 호리병을 꺼내 들었다.

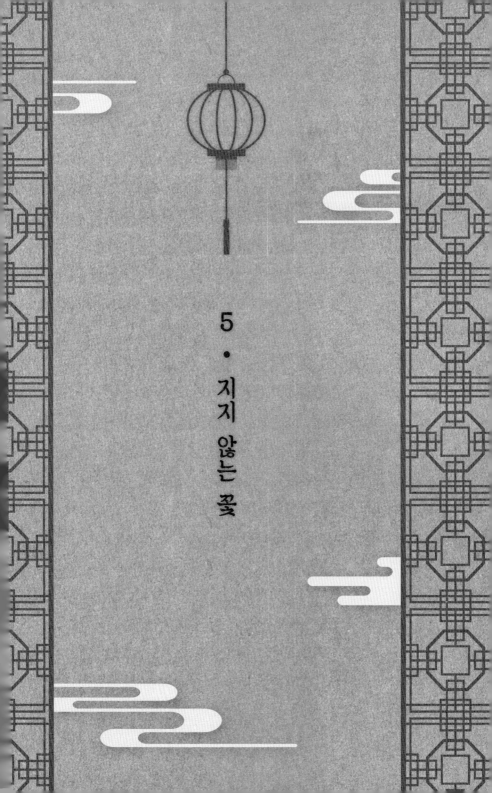

5

·

지지 않는 꽃

매서운 겨울바람이 허공을 가르고 지나갔다. 더는 떨어질 잎도 없는 앙상한 나뭇가지들이 칼바람에 뼈만 남은 제 몸을 이리저리 나부꼈다. 칠흑 같은 하늘에 뜬 스산한 그믐달은 금방이라도 어둠 속으로 사라질 것처럼 희미했다.

옷 속을 파고드는 추위와 싸우면서 선노미는 다시 다음 집으로 향했다. 선노미는 몸보다 마음이 더 추웠다. 벌써 몇 번째 퇴짜인지 모른다. 조금 전 들렀던 집도 아래위로 행색을 훑어보더니 코앞에서 문을 쾅 닫아버렸다. 다들 고만고만한 살림에 객식구 들이기 싫은 건 이해하지만, 그래도 문전박대는 너무 매정하다 싶었다.

'이런 날씨에 밖에서 자다간 잘못하면 얼어 죽을 텐데.'

얼음을 머금은 듯한 칼바람이 사정없이 얼굴을 찔러대는 통에 선노미는 옷깃을 단단히 여미고 고개를 숙였다. 이럴 줄 알았으면 주막에서 겨울은 나고 떠날걸. 후회가 밀려왔다. 농한기인 겨울엔 특히나 일거리 구하기가 쉽지 않았다. 사람들의 동정에 기대 끼니와 잘 곳을 신세 지는 수밖에 없었다.

조금만 신중했더라면 그 정도는 예상했을 텐데…… 반월댁은 떠나겠다는 선노미를 붙잡지 않았다. 집으로 돌아가리라 짐작한 건지 잘 생각했다며 토닥여주었다. 조금은 쓸쓸한 얼굴을 하고서.

선노미는 아직은 집으로 돌아가지 못할 거라는 걸 굳이 밝히지 않았다. 핑계를 대자면 많았지만, 여전히 가족들을 볼 자신이 없었다. 가장 소중한 사람들에게 자신이 살인자라는 말을 어떻게 전하나. 다들 그 얘기를 들으면 어떻게 여길까. 혐오스럽다며 내치진 않을까. 상상만 해도 견딜 수 없었다. 아직은 가족을 만날 때가 아닌 것 같았다.

그렇다고 주막에 계속 머무는 것도 안 될 일이었다. 반월댁이 내심 더 머물길 바란다는 걸 모르지 않았다. 반월댁은 자신을 통해 죽은 아들을 보고 있으니까. 언젠가 떠나야 할 텐데, 시간을 끌수록 반월 댁은 이별을 힘겨워할 것이다.

결단을 내려 떠나왔지만 따뜻한 울타리를 벗어나니 역시나 고달프기 짝이 없었다. 게다가 며칠 사이 겨울로 넘어온 계절은 떠돌이 생활을 더욱 고생스럽게 했다.

'휴우.'

선노미는 땅이 꺼져라 한숨을 내쉬었다. 이제까진 궁하면 도와주는 손길이 있었는데, 지금은 급작스런 추위로 길에서 마주치는 사람조차 없었다.

저 멀리 화려한 불빛이 반짝이는 게 보였다. 얼마나 부잣집이기에 이렇게 멀리까지 보일 만큼 집 안에 불을 밝혔을까, 선노미의 발길이 저절로 거길 향해 움직였다.

곳간에서 인심 난다고들 하니 살림이 넉넉한 집이면 식객 하나쯤 어렵지 않게 거둬줄지 모른다. 저기서 할 수 있는 일을 찾아봐야겠다. 선노미는 빛을 향해 부지런히 걸음을 놓았다.

막상 도착했을 때 선노미는 놀라 입을 딱 벌리고 말았다. 곳곳에 등불이 켜진 가옥은 한밤중이 아니라 낮이라 해도 좋을 만큼 환했다. 방마다 웃음소리, 풍악 소리가 울려 퍼졌다. 그곳은 여염집이 아니라 선노미가 말로만 듣던 기방(妓房)이었다.

"이런 데 오려면 한참 더 나이를 먹어야 할 것 같은데."

술에 잔뜩 취한 남자가 비틀비틀 방 안으로 걸어 들어가다가 선노미를 힐끗 쳐다보며 빈정거렸다.

갑자기 맞은편 방문이 벌컥 열리더니 얼굴이 불콰하게 달아오른 중년 남자가 곱게 단장한 여자를 옆에 끼고 나왔다. 머리를 틀어 올리고 화려한 다홍치마를 차려입은 여자는 눈이 번쩍 뜨일 정도로 예쁜 소녀였다.

아직 앳된 모습이 남아 있어 기껏해야 저보다 두세 살 정도 더 많아 보였다. 소녀가 무심코 선노미 쪽을 쳐다보더니 마치 진귀한 걸 본 것처럼 눈을 크게 떴다.

"연홍아, 왜 그러니. 저 애가 네 서방이라도 되느냐."

소녀를 품에 안은 남자가 질투 섞인 목소리로 농담을 흘렸다.

"아이, 나리도 참."

연홍이라 불린 소녀가 남자에게 곱게 눈을 흘겼다.

"부르지도 않았는데 하인이 왜 이런 데서 얼쩡거리나 싶어 쳐다본 게지요."

연홍이 이번엔 선노미를 돌아봤다.

"얘, 괜히 나리들 흥 깨지 말고 어서 별채로 돌아가."

턱짓으로 한쪽을 가리키곤 남자의 품에 안겨 마당을 벗어났다. 선노미는 저도 모르게 얼굴이 벌겋게 달아올랐다.

계속 이런 곳에 서성거리다 또 어색한 상황을 맞닥뜨릴지 모른다. 성가셔 보이면 재워달란 부탁 한번 못 해보고 쫓겨날 것이다. 풍악 소리, 취객들이 떠들어대는 소리에 혼미해지는 정신을 가다듬고 선노미는 어떻게 할지 생각했다.

'그러고 보니 별채로 돌아가라고 했지?'

연홍이 했던 말이 떠올랐다. 연홍은 자신을 하인이라고 착각한 게 분명했다. 그러니 아마도 별채에는 하인들이 묵는 숙소가 있을 것이다. 하룻밤만이라도 재워달라고 하면 적어도 오늘 밤은 무사히 넘길 수 있을 것 같았다.

선노미는 연홍이 가리킨 쪽으로 다가갔다.

화려하게 불을 밝힌 연회장과 달리 별채는 고즈넉했다. 다들 벌써 잠이 든 모양인지 어두컴컴했다. 불 있는 방이 없으니 이래서야 누구한테 재워달라고 부탁하나. 그렇다고 무턱대고 아무 방문이나 벌컥벌컥 열 수도 없는 노릇인데.

문득 인기척이 들려 선노미는 소리 나는 쪽을 돌아봤다. 어둠 속에서 사람처럼 보이는 형체가 어른거렸다. 선노미는 이곳에 묵는 하인인가 싶어 가까이 다가갔다.

하얀 옷을 입은 사람이 걸어가고 있었다. 하지만 그의 발바닥은 지면에 닿지 않았다. 몸이 땅에서 손가락 두어 마디 정도 되는 높이 만큼 공중에 떠서 발이 허공 위를 가로지르는 중이었다.

'대체 저건 뭐지?'

선노미가 자세히 보려고 눈을 가느다랗게 떴다. 가만 보니 그의 발이 닿는 곳은 그냥 허공이 아니라 줄 위였다. 나무와 나무 사이를 묶어 놓은 굵은 동아줄 위를 그는 한 발 한 발 신중하게 내딛고 있었다.

어쩐지 줄 타는 사람이 낯설지 않았다. 작은 체구와 가느다란 골격. 바지저고리에 패랭이 모자를 쓴 어린 소녀.

"덕임아!"

반가운 마음에 선노미가 큰 소리로 이름을 불렀다.

순간 주의가 흐트러졌는지 덕임이 발을 헛짚고 땅에 떨어졌다. 줄이 높지 않아 다치진 않았을 터지만 목소리에 짜증이 묻어났다.

"누구야!"

소리 난 쪽을 돌아본 덕임의 눈이 휘둥그레졌다.

"세상에! 선노미 아니야!"

덕임이 환하게 웃으며 달려왔다.

사당패 일행과 다시 만난 선노미는 그들이 여기 묵게 된 경위를 꼭 두 칠성을 통해 전해 들었다. 한겨울을 견디는 건 사당패도 만만치 않았다. 추운 날씨에 바깥 공연을 보러 오는 관객은 거의 없다. 그렇다고 이런 날씨에 노상에서 잘 수도 없는 노릇이다. 헛간이라도 좋으니 재워달라고 사정하며 떠돌다 여기까지 왔다고 했다.

"동병상련이라고, 광대나 기생이나 똑같이 기예를 파는 처지니 내치지는 않더라고. 사람들한테 손가락질받는 처지라 그 맘을 잘 아는 거지."

칠성이 자조 섞인 투로 말했다.

"별채를 전부 다 쓰시는 건가요?"

선노미가 놀라서 물었다.

"그럴 리가."

칠성이 말도 안 되는 소리라는 듯 웃었다.

"이곳 하인들이랑 나눠 쓰고 있지. 여기 꽤 넓어. 남는 방도 있고."

"하지만 사이는 별로 안 좋아. 하인들은 우리가 빈둥대며 놀기만 한다고 생각하거든. 이렇게 밤늦게 연습도 하는데."

덕임이 뾰족한 목소리로 말했다.

밤낮으로 일하는 하인들 눈에는 그저 군식구인 사당패가 그리 곱게 보이진 않을 것도 같았다.

"그럼 며칠만 여기 함께 있어도 괜찮을까요?"

선노미가 칠성의 눈치를 보며 조심스럽게 물었다.

"괜찮고 말고. 우리도 신세 지는 건데 너더러 나가라 말라 할 수 없지. 게다가 이렇게 다시 만난 것도 인연인데."

칠성은 흔쾌히 고개를 끄덕였다.

"하지만 기방에서 객식구가 하나 는 걸 알면……."

"그런 건 걱정 안 해도 돼."

덕임이가 말을 잘랐다.

"어차피 우리 얼굴도 잘 모르는데, 뭐. 아마 패거리가 몇 명인지도 모를걸? 머릿수만큼 밥을 챙겨주는 게 아니라 연회 때 먹고 남은 것들을 갖다주니까."

"여하튼 그런 상황이니, 나도 식객 입장에서 이런 말 하기 뭣하다만, 여기 있고 싶을 만큼 머물려무나."

"감사합니다."

선노미가 얼른 고개 숙여 인사했다.

칠성이 웃는 낯으로 어깨를 두드려주었다. 다른 패거리들도 다가왔다. 다들 이렇게 또 만난 게 신기하다며 선노미를 반갑게 맞았다.

"세상 참 좁구나."

귀에 익은 목소리가 들리는가 싶더니 길상이 어느새 곁에 와 있었다. 못 보던 사이 그는 얼굴이 예전보다 많이 밝아졌다. 마음속 그늘을 떨쳐버린 듯 편안해 보였다.

"또 만났네요."

길상이 저렇게 환하게 웃는 걸 보는 건 처음이라고 생각하며 선노미도 미소 지었다.

선노미가 기거하게 된 기방은 알고 보니 근방에서 알아주는 곳이었다. 기방이 유명하다는 건 어여쁜 기생들이 많다는 뜻이다. 오며 가며 보니 정말이지 내로라하는 미인들이 모두 이곳에 모인 것 같았다.

여기서도 가장 이름 높은 기녀는 올해 열일곱인 연홍이었다. 매일 밤 연홍을 찾는 손님들이 문턱이 닳도록 드나든다고 했다. 타지에서도 찾아올 정도라니 기방 수입의 절반은 연홍이 벌어다 준다는 말까지 나돈다고 했다.

덕임에게 기방 돌아가는 사정을 들으며 선노미는 속으로 고개를 끄덕였다. 잠깐 본 게 다였지만, 연홍은 정말 아리따운 소녀였다. 투명하게 비칠 정도로 하얀 피부, 흑진주처럼 까만 눈동자, 발그레한 두 뺨과 윤기가 자르르 흐르는 새카만 머리칼.

문득 연홍의 아름다운 얼굴 위에 목련꽃같이 어여쁜 또 다른 소녀의 얼굴이 겹쳐졌다. 한양에 있을 때 삼개주막에서 만난, 선노미의 첫사랑이다.

'아냐, 널 잊은 게 아니라고!'

마치 목련꽃 소녀가 옆에 있기라도 한 듯 선노미는 머리를 절레절

레 흔들었다. 연홍을 떠올린 게 어쩐지 자신이 연모하는 소녀한테 죄
를 지은 것 같은 기분이 들어서였다.

"얘, 너 뭐 하니?"

머리 위에서 구슬 굴러가는 또랑또랑한 목소리가 들려 선노미는
고개를 들었다. 눈앞에 방금 머릿속에서 떨쳐버린 연홍의 고운 얼굴
이 저를 보고 있었다.

"연홍 언니!"

덕임이 연홍을 보더니 반색했다.

"언니, 여긴 어쩐 일이야?"

"손님한테 귀한 걸 받아 나눠주려고 왔지."

연홍이 품에서 한눈에도 고급스러운 약과를 꺼내 건넸다.

선노미는 연홍이 유난히 덕임을 챙긴다는 걸 이미 들어 알고 있었
다. 이따금 사당패가 머무는 별채까지 찾아와 덕임에게 맛있는 걸 주
고 간다고 했다.

"날 보면 고향에 두고 온 어린 여동생이 생각난대."

덕임은 그렇게 말했었다.

하지만 지금 연홍의 관심은 덕임보다 선노미에게 쏠린 것 같았다.

"너, 간밤에 연회장에서 봤던 애 맞지?"

선노미가 가만히 고개를 끄덕였다.

"잘 곳을 찾는 것 같기에 별채로 가라고 넌지시 일렀는데 다행히
알아듣고 그쪽으로 가서 사당패를 만난 모양이네."

"응, 우린 원래 아는 사이거든."

덕임이 끼어들어 그간의 사정을 종알종알 늘어놓았다.

연홍은 고개를 끄덕이며 얘기에 귀를 기울였지만, 이따금 선노미를 힐끔거렸다. 선노미가 예전에도 본 적 있는 눈빛과 표정을 하고선.

어디서 봤더라……. 한참 고민하던 선노미는 마침내 오랫동안 잊고 있던 얼굴을 떠올렸다.

덕이였다. 소꿉친구인 만득이의 여동생이자, 여동생 복이의 단짝. 그러고 보니 덕이도 꽤 어릴 적부터 저런 묘한 눈빛을 하고서 자신을 바라보곤 했다. 정작 본인은 말해주기 전까지 덕이의 마음을 알아채지 못했지만.

'설마…… 연홍이?'

선노미와 시선이 마주치자 연홍은 수줍게 웃어 보였다.

선노미도 얼굴이 귓불까지 빨갛게 달아오를 것 같았다. 말도 안 되는 소리라며 선노미는 방금 머릿속에 떠오른 생각을 떨쳐버렸다.

시간이 지날수록 '말도 안 되는 소리'는 어쩐지 점점 말이 되어가는 것 같았다.

연홍이 별채를 찾는 횟수가 늘어났다. 말로는 덕임이를 보러 오는 거라 했지만, 덕임이 자리를 비운 동안 선노미랑 단둘이 있는 게 어쩐지 더 반가운 눈치였다. 저녁 무렵 손님 맞을 준비를 하기 전까진 늘 맨 얼굴이었는데, 언젠가부터 별채를 드나드는 연홍은 고운 얼굴에 화사한 화장까지 하고 있었다.

무딘 선노미조차 이따금 연홍이 정말 자기를 좋아하는 게 아닌가, 의심스러웠다. 하지만 그럴 리가 없다. 연홍처럼 이름 높은 기생이 갈 곳도 없이 사당패 숙소에서 더부살이하는 자신 따위를 좋아할 리가 없다. 어쩌면 손님들 접대하느라 그런 태도가 몸에 밴 것일지도 모른다고 생각했다.

연홍만 해도 신경 쓰이는데 요사이 덕임까지 어딘지 낯설게 구는 탓에 선노미는 여간 버거운 게 아니었다. 연홍이 선노미만 보고 간 날이면 괜히 입이 한 발이나 나오고, 셋이 함께 있을 때도 선노미가 연홍을 보고 웃기라도 하면 금방 눈꼬리가 올라가고 얼굴이 샐쭉해졌다.

아, 여자들은 대체 왜 이러는 걸까. 변덕스러운 여동생들을 겪으며 어느 정도는 익숙해졌다고 생각했는데, 선노미는 여전히 또래 여자애들 마음을 종잡기 어려웠다.

하지만 선노미의 괜한 고민은 그리 오래 가지 않았다. 생각지도 못했던 살인사건이 터졌기 때문이다.

피해자는 기방에서 가장 나이 많은 노기(老妓) 홍매였다. 젊음과 미모가 무기인 기생들 세계에서 서른여덟이나 먹은 홍매는 다 된 퇴물이었다. 대개는 자의 반 타의 반으로 기방을 떠나기 마련인데, 홍매는 뒷방 늙은이 취급받을지언정 그대로 눌러앉았다. 기방을 운영하는 퇴기 '어멈'이 자신이 키웠던 홍매를 매정하게 내치치 못했기 때문이다.

다행히 홍매는 악기 다루는 솜씨가 뛰어나 후배 기생들이 손님들 앞에 나가 춤출 때 뒤에서 가야금을 반주하는 걸로 밥값을 했다. 어린 소녀들이 기방에 처음 들어오면 그들을 교육하는 역할도 맡았는데 지금 기방에서 가장 날리는 연홍 역시 홍매가 가르친 소녀들 중 하나였다.

연홍은 뛰어난 예인인 홍매를 존경했다. 다들 퇴물이라 무시하는 홍매를 '형님, 형님' 하면서 따르고, 살갑게 대했다. 존경하는 한편으론 안쓰러워하는 마음도 있었다. 사건이 있었던 그날, 연홍이 숲에 핀 매화꽃이라도 보러 가자고 홍매를 잡아끈 것도 그 때문이었다.

쌀쌀한 날씨에 황량한 겨울 숲길을 오가는 이는 드물었다. 그곳에서 운 나쁘게도 홍매와 연홍은 칼을 든 강도를 만났다. 연홍은 목숨만 살려달라며 몸에 지닌 노리개며 가락지를 모조리 내줬지만, 정작 강도가 눈독 들인 물건은 따로 있었다. 홍매가 머리에 꽂고 다니는 옥을 깎아 만든 비녀였다. 그건 그녀가 한창 잘나갔던 시절, 정분이 두터웠던 손님이 선물한 거라 했다. 손님이 발길을 끊은 후에도 옥비녀를 항상 몸에 지니고 다니며 애지중지했다.

홍매가 비녀를 주지 않으려 버티자 강도는 귀한 거라 여겼는지 칼로 그녀의 목을 긋고 옥비녀를 빼앗아 달아났다. 동맥이 끊어진 홍매는 그 자리에 쓰러진 뒤 다시 일어나지 못했다. 그나마 강도가 연홍에게까지 칼을 휘두르지 않은 게 불행 중 다행이었다.

지나던 사람이 둘을 발견했을 때 연홍은 싸늘하게 식어가는 시신 옆에서 반쯤 넋이 나간 채 흐느끼고 있었다.

홍매의 장례는 간소했다. 한물간 기생의 죽음을 슬퍼하는 이들은 많지 않았다. 홍매와 가장 오랜 시간을 함께 보낸 어멈만이 쓸쓸한 얼굴로 무덤까지 따라갔을 뿐이다.

연홍은 홍매의 시신이 기방을 떠날 때 관을 부여잡고 엉엉 울다 끝내 혼절해 방으로 실려갔다.

선노미와 덕임은 이 모든 사정을 별채 하인들의 수군거리는 소리로 전해 들었다. 며칠이 지나도록 그들은 틈만 나면 홍매와 연홍이 당한 사건에 열을 올렸다.

연홍은 그대로 몸져누웠다. 자리를 털고 일어나서도 충격이 심한 탓인지 사람들 얼굴이나 있었던 일을 잘 기억하지 못한다고 했다. 그래도 몸에 밴 가무 실력은 어딜 가지 않아서 기력이 좀 회복된 뒤엔 다시 연회장에 나오기 시작했다. 한동안 발길이 뜸했던 손님들까지 소식을 듣고 안부 인사 차 찾아오는 통에 연홍의 인기는 오히려 더 높아졌다.

"연홍 아씨가 빨리 예전으로 돌아와서 다행이야."

"에이, 겉으론 태연한 척해도 속은 어디 그렇겠어. 눈앞에서 사람이 죽었는데."

"맞아. 그러니 자꾸 깜빡깜빡하는 게지. 충격을 심하게 받으면 기억을 모조리 잃어버리기도 한다는데, 그래도 그만하면 다행인 건가."

하인들은 이렇게 쑥덕거렸다.

선노미도 연홍이 당한 일을 듣고 가슴이 쿵 내려앉았다. 얼마나 놀라고 무서웠을까. 게다가 홍매의 죽음이 제 탓이라며 자책하고 있을지도 몰랐다. 죄책감이 얼마나 큰 고통인지 잘 아는 선노미는 연홍이 모든 게 자신 때문이라며 괴로워하지 않길 바랐다.

"우리 연홍 언니 만나러 가볼까?"

선노미도 같은 생각을 했는데, 덕임이 먼저 말을 꺼냈다.

"그런 일을 당했는데 찾아가보지도 않으면 너무 매정하잖아. 언니가 우리한테 얼마나 잘해줬는데."

덕임이도 큰일을 겪은 연홍이 걱정되기는 마찬가지였다.

둘은 기생들 잔심부름을 도맡아 하는 하인에게 물어 연홍이 머무는 방을 찾아갔다. 숙소를 가르쳐준 하인은 지금은 좀 한가할 때라고 귀띔까지 해주었다.

끔찍한 사건에 휘말린 직후지만, 연홍의 미모는 여전했다. 하얀 얼굴은 어찌나 맑고 투명한지 마치 속이 비쳐 보일 것 같았다. 자그마한 얼굴에 빈틈없이 꽉 들어찬 눈코입이 솜씨 좋은 장인이 정성을 다해 빚어놓은 조각을 떠올리게 했다.

연홍은 붓을 들고 종이 위에 글을 쓰고 있었다. 손님에게 보내는 연서(戀書)인 모양이었다. 연홍이 선노미와 덕임의 발소리를 듣고 고개를 들었다.

"언니, 괜찮아?"

덕임이 연홍에게 조심스레 말을 걸었다.

연홍이 둘을 빤히 바라봤다. 어쩐지 멀뚱멀뚱 보기만 할 뿐 반가운 기색이라곤 전혀 없었다.

"소식 전해 듣고 걱정돼 찾아왔어."

덕임이 머뭇거리며 말했다. 그래도 연홍이 대꾸가 없자 덕임은 선노미 팔을 슬그머니 붙잡고 '너도 뭐라고 좀 해봐' 하고 속삭였다.

"많이 놀랐지?"

그제야 선노미도 한마디 거들었다.

연홍이 두 사람을 번갈아 보다가 비로소 입을 열었다.

"너희들 누구야?"

뜻밖의 말에 선노미와 덕임은 화들짝 놀랐다.

"우리…… 기억 안 나? 별채에 와서 맛있는 것도 주고 그랬잖아."

"……별채?"

그래도 연홍은 전혀 모르겠다는 얼굴이었다.

선노미와 덕임이 당황해 서로 눈치만 살폈다. 연홍이 충격으로 어떤 건 잘 기억 못 한다더니 그 소문이 사실인 모양이었다.

"덕임이가 여동생 같댔잖아. 그것도 생각 안 나?"

시무룩한 덕임이를 대신해 선노미가 물었다.

연홍이 갑자기 손에 들고 있던 붓을 탁 내려놓았다.

"어디서 온 누군지 모르겠지만, 방해하지 말고 좀 나가줄래?"

얼음장처럼 차가운 말투에 선노미도, 덕임도 한순간 말문이 막혔다.

"어, 언니⋯⋯."

덕임은 금방이라도 울 것 같은 표정이었다.

"이런 뜨내기 거지 같은 것들을 함부로 방에 들여보내다니. 나중에 하인한테 한소리 해야겠네."

연홍은 여전히 싸늘한 목소리로 혼잣말했다. 망연자실하던 두 사람은 쫓겨나듯 방에서 나왔다.

선노미는 적잖이 실망스러웠다. 아무리 기억을 못 한다지만 그런 막말까지 하다니. 연홍이 자신을 좋아해주길 기대한 건 아니지만, 어쩐지 씁쓸한 기분을 떨칠 수 없었다.

"⋯⋯저기."

돌아오는 내내 입을 꾹 다물고 있던 덕임이 불쑥 말을 꺼냈다.

"어쩐지 다른 사람 같지 않아?"

선노미도 같은 생각이었다. 오래 본 건 아니지만 지금껏 알고 있던 연홍이 아니었다. 하지만 사람한텐 여러 가지 얼굴이 있다. 어쩌면 방금 봤던 연홍은 이제껏 감춰왔던 또 다른 얼굴인지도 몰랐다.

"우리가 몰랐던 다른 모습일 수도 있지."

선노미는 그리 큰일도 아니라는 듯 대꾸했다.

"그런 게 아냐!"

덕임이 과하다 싶을 정도로 언성을 높였다.

"연홍 언니가 왼손잡이인 거 알아?"

덕임이 물었다. 선노미는 전혀 몰랐던 사실이다.

"전에 너 옷고름 찢어졌을 때 바느질 도구 구해다 손수 꿰매줬잖아. 그때 왼손잡이라서 신기했거든."

"그런데?"

눈썰미도 좋다고 생각하며 선노미가 되물었다.

덕임은 말하기 거북한지 잠시 주저주저했다.

"아까 언니가 붓을 손에 쥐고 있었지? 그거 오른손이었어."

선노미가 발걸음을 멈췄다.

"충격 때문에 기억을 잃어버렸다곤 하지만, 왼손잡이가 갑자기 오른손잡이가 될 수도 있는 거야?"

덕임이 혼란스러운 표정으로 선노미를 바라봤다. 선노미도 설마, 하는 얼굴로 덕임의 얼굴을 마주 봤다.

며칠 뒤 비바람이 세차게 몰아치는 밤이었다. 하늘에서 차가운 폭우가 쏟아졌다. 기세 좋게 내리퍼붓는 비는 쉽게 그칠 것 같지 않았다. 매서운 바람과 굵은 빗줄기 소리가 세상을 삼켜버릴 듯했다.

별채에 머무는 사당패 단원들은 큰방에 모여 저녁을 먹고 잘 준비를 했다. 밤중에 따로 할 게 없으니 다들 일찌감치 잠자리에 들려는 것 같았다. 바깥은 시린 비바람이 몰아치고 있었다.

별안간 아무런 기척도 없이 방문이 밖에서 벌컥 열렸다.

"누구야!"

놀란 사람들의 시선이 일제히 문으로 향했다.

"쉿!"

문 앞에 선 남자가 손가락을 세워 입술에 가져갔다.

서른 정도 되어 보이는 남자였다. 호리호리한 체구지만 근육이 붙은 몸은 꽤 단단해 보였다. 온몸이 비에 흠뻑 젖었는데, 한 손으로 옆구리를 움켜쥐고 있었다. 손가락 사이로 피가 흘러나오는 게 보였다. 움켜쥔 부위의 옷이 붉게 번진 걸 보니 상처가 심각할 것 같았다.

남자가 비틀거리며 문지방에 몸을 기댔다.

"이보시오, 어쩌다 이렇게 다친 거요?"

칠성이 부리나케 다가왔다. 손을 떼어내 옆구리를 살펴보곤 단원들에게 자리를 깔고 상처를 동여맬 깨끗할 천을 가져오라 일렀다. 무슨 연유인지 몰라도 일단 상처라도 치료해야겠다 싶었던 것이다.

고통이 심한지 남자가 숨을 헐떡이며 방 안에 한 발을 들여놓았다. 고개를 숙이자 풀어헤쳐 앞으로 잔뜩 흘러내린 머리칼이 흔들렸다. 머리칼 사이로 남자의 얼굴이 슬쩍 드러났다. 하얀 얼굴에 단정한 이목구비. 수려한 외모지만 눈빛은 섬뜩했다.

"어, 아저씨!"

선노미가 저도 모르게 소리를 질렀다.

남자는 예전에 삼개주막에서 만났던 타내였다. 짝사랑으로 가슴앓이하던 선노미에게 자신이 사랑했던 여자, 분이 이야기를 들려주었던 남자. 하지만 주인의 폭압으로 분이의 죽음을 지켜볼 수밖에 없었던 가슴 아픈 사연이 있었다. 타내가 양반들을 죽이는 살주계(殺主契)

일원이라는 건 그가 주막을 떠난 후 현상수배 전단지를 들고 온 포졸들을 통해 알게 됐다.

타내가 선노미를 돌아보았다. 서로 얼굴을 확인한 순간, 타내는 정신을 잃고 자리에 풀썩 쓰러지고 말았다.

타내의 옆구리엔 칼에 찔린 상처가 선명하게 나 있었다. 도망치다 생긴 상처일 거라고 선노미는 짐작했다. 지금까지도 살주계에 몸을 담고 있는 모양이었다. 악독한 주인 손에 종살이하던 부모와 사랑하는 여인을 모두 잃었으니 그의 증오심이 얼마나 클지 헤아릴 수 없을 것이다. 그래도 그가 그런 선택을 한 건 안타까웠다.

"아는 사람이냐?"

정신을 잃은 타내를 자리에 눕히고서 칠성이 물었다.

선노미는 고개만 끄덕였다. 뭐 하는 사람이고 어떻게 아는 사이냐며 꼬치꼬치 캐물으면 난감할 텐데 더는 묻지 않았다.

길상이 칠성을 도와 타내의 웃옷을 벗겼다. 상처를 지혈할 천을 동여매기 위해 상체를 일으키던 길상이 타내의 등에 아로새겨진 화상 자국을 보고 깜짝 놀랐는지 눈을 휘둥그렇게 떴다.

선노미는 그 상처를 알고 있었다. 분이를 지키려다 분이 대신 끓는 물을 뒤집어쓰는 바람에 생긴 상처다.

말로만 들었는데 직접 보니 차마 똑바로 볼 수 없어 고개를 돌렸다.

"힘들게 살았나 보구나."

칠성이 혼잣말하듯 중얼거렸다.

"상처가 많은 사람이야."

몸의 상처만 보고도 마음의 상처까지 짐작할 수 있을 정도였다.

"상처가 좀 나을 때까지만이라도 여기 있게 하면 안 될까요?"

선노미가 칠성의 눈치를 보며 어렵게 말을 꺼냈다. 더부살이하는
마당에 염치없는 부탁이란 건 잘 알았다. 하지만 몸도 성치 않은 타
내를 밖으로 내몰 순 없었다. 저 몸으로 돌아다니다 잡히기라도 하면
곧바로 참수형이다.

"그렇게 하자꾸나."

사람 좋은 칠성은 이번에도 흔쾌히 승낙했다.

"입 하나 더 는다고 큰일이 생기는 것도 아니고."

"혹시 죄짓고 도망 다니는 사람 아닐까요?"

사당패 일원인 순우가 걱정스러운 얼굴로 물었다.

"괜히 숨겨줬다가 말썽이 생길 수도 있잖아요. 그냥 관아에 신고합
시다."

선노미는 '안 돼!' 하고 소리 지를 뻔했다. 하지만 그랬다간 타내가
범죄자라고 인정하는 꼴이나 마찬가지라 겨우 말을 삼켰다. 어찌해
야 할지 몰라 선노미는 속이 바짝바짝 타들어갔다.

"관아에서 언제 우리 말을 제대로 들어줬다고 그래?"

뜻밖에도 길상이 퉁명스러운 말투로 막았다.

"사기를 당해도, 동네 사람들한테 두들겨 맞아도 천한 광대놈들이

라고 무시하기만 했는데."

여기저기서 '그건 그래' 하고 동조하는 목소리가 들렸다.

"도망자인지 아닌지 모르지만 선노미도 아는 사람이니 그리 나쁜 사람은 아닐 거야."

길상이 '그렇지?' 하는 표정으로 선노미를 돌아보았다.

선노미는 입술을 꾹 다물고 고개를 끄덕였다.

"그래, 관아에 고했다가 행여 번거로운 일에 휘말리면 곤란해. 그러면 우릴 받아준 이 기방에도 폐를 끼치는 거고."

고민하던 칠성이 입을 열었다.

"그냥 우리끼리 비밀로 하는 게 어때?"

잠시 서로의 눈치를 살폈다. 방구석에 앉아 있던 누군가 먼저 '그렇게 합시다'라고 목소리를 냈다. 그 말이 신호라도 됐는지 여기저기서 '좋습니다' 하는 말이 터져 나왔다.

"저도 좋아요."

마지막으로 덕임이 쐐기를 박듯 말했다.

"당분간 이 사람이랑 함께 지내게 되겠구나."

칠성이 선노미를 보며 걱정스런 미소를 지었다.

타내는 다음 날 오후가 다 지나서야 정신을 차렸다.

부상이 심했지만 빨리 치료한 덕분인지 목숨이 위태로울 정도는 아니었다. 눈을 뜬 타내가 혼자서 제 머리맡을 지키던 선노미를 멍하니 바라보았다.

"저, 선노미예요. 저한테 분이 누나 얘기 들려주셨잖아요. 기억 안 나세요?"

선노미가 타내에게 따뜻한 물 한 사발을 건넸다.

"선노미……. 마포나루 주막에서 만난 그 선노미?"

타내가 놀란 얼굴로 몸을 반쯤 일으키다 통증 때문인지 얼굴을 찌푸렸다.

그래도 내 얼굴을 기억하는 걸 보니 머리는 말짱한 모양이네. 선노미는 속으로 안도의 한숨을 내쉬었다.

"네가 왜 이런 데 있는 거냐?"

타내가 믿을 수 없다는 얼굴로 물었다.

"그게…… 사정이 좀 있어요."

선노미가 타내의 시선을 외면하며 대충 얼버무렸다.

"집에 무슨 변고가 생긴 거니?"

타내의 표정이 대번에 흐려졌다.

선노미는 대차게 고개를 흔들었다.

"그럼, 가출이라도 한 거냐?"

타내가 재차 물었다.

"얘기하자면 길어요."

선노미가 기어 들어가는 목소리로 대답했다.

타내가 말없이 선노미를 물끄러미 쳐다보았다. 걱정과 질책이 반쯤 섞인 눈빛으로. 걱정하는 한편, 사당패들과 낯선 곳을 헤매고 다니는 걸 꾸짖는 것 같았다.

그러고 보니 예전에 만났을 때도 타내가 자신을 묘한 시선으로 바라봤던 게 기억났다.

"긴 이야기라……."

선노미가 쉽사리 입을 열지 않을 거라 생각했는지 타내가 다시 자리에 몸을 눕혔다.

"지금이라면 아무리 긴 얘기도 들을 수 있을 것 같은데. 어차피 누워 있는 것 말곤 달리 할 일도 없으니까."

이걸로 끝났다고 생각했는데, 타내가 집요하게 물고 늘어졌다.

"혹시 배고프지 않으세요? 뭣 좀 갖다드릴까요?"

핑계를 대고 선노미는 적당히 자리를 뜨려 했다. 타내를 마주하는 게 어쩐지 부담스러워서였다.

"너, 내가 살주계 일원인 거 알고 있지?"

타내가 불쑥 말을 꺼냈다. 슬금슬금 자리를 뜨려다 그 말에 더 움직일 수 없었다.

"아는 모양이구나. 하긴 날 찾는 사람들이 그 주막에 들이닥쳤겠지."

타내가 선노미의 표정을 살피며 말을 이었다.

"그래서 하는 말인데, 도망 다니는 거라면 내가 전문이야."

'내가 도망 다닌다고?'

뜻밖의 말에 놀란 선노미가 타내를 똑바로 쳐다봤다.

"놀랐니? 딱 도망치는 사람 얼굴을 하고 있길래 찔러봤는데."

타내가 태연하게 말을 이었다.

어쩌면 타내 말대로인지도 모른다고 선노미는 생각했다. 집으로 돌아가지 않는 건 현실로부터 벗어나려는 거니까. 가족들이 내가 저지른 죄를 알고 실망할까 봐, 현실과 마주하기 두려운 나머지 계속 현실로부터 도망치고 있었던 건지도 몰랐다.

"너, 혹시 큰일을 겪은 거니? 무슨 잘못을 저지른 거야?"

타내가 일부러 넘겨짚듯이 말했다.

"그걸 어떻게……?"

선노미가 무심코 대꾸했다가 아차 싶어 황급히 입을 다물었다.

"도망 다니는 이유가 그것 말고 또 있겠니."

선노미는 저도 몰래 얼굴이 빨갛게 달아올라 고개를 숙였다.

"네가 무슨 잘못을 저질렀는지는 모르겠다만, 얘기해보렴. 어지간한 일로는 놀라지 않을 테니."

타내의 표정이 별안간 진지해졌다.

선노미는 망설였다. 잘 알지도 못하는 사람에게 자신이 저지른 죄를 털어놓는 게 꺼려졌다. 하지만 타내라면 절대 자신이 한 일을 퍼뜨리고 다니지 않을 것이다. 비밀이 많은 사람이니까. 그리고 자신은 여기서 그의 비밀을 아는 유일한 사람이니까.

주저하는 한편으로 가슴속에 묻어놓은 비밀을 누군가에게 털어놓고 싶다는 마음도 있었다. 이제껏 연암과 서양인 선교사를 제외하고 꼭꼭 감춰왔던 제 비밀을 누군가에게 훌훌 다 털어놓고 후련해지고 싶었다. 여기서 헤어지고 나면 아마 앞으로 두 번 다시 만날 일 없는 타내가 어쩌면 그 '누군가'에 적격일 수도 있었다.

"……사람을 죽였어요."

그걸 시작으로 선노미는 청나라에서 겪었던 일을 모두 털어놓았다.

이야기를 다 들은 타내는 한동안 침묵을 지켰다.

"기껏해야 싸움박질이거나 도둑질 정도인 줄 알았더니."

선노미는 풀이 죽어 고개를 푹 숙였다.

"하지만 그자를 죽이지 않았더라면 네 생명이 위험했잖니."

타내가 달래듯 말했다.

"그렇지만……."

선노미가 말꼬리를 흐렸다. '살인'이라는 단어를 다시 입에 올리고 싶지 않아서였다.

"사람을 죽였다는 사실은 변하지 않지."

타내가 선노미가 하고 싶었던 말을 대신하며 한숨을 내쉬었다.

"많이 괴로웠겠구나."

무슨 말을 해야 할지 몰라 선노미는 가만히 방바닥만 내려다보고 있었다.

"그래서 집에 못 돌아가는 거니? 가족들이 손가락질할까 봐 두려워서?"

선노미가 말없이 고개를 끄덕였다.

무거운 침묵이 두 사람 사이에 가로놓였다.

"두려워도 해야 하는 게 있지."

먼저 입을 뗀 사람은 타내였다.

"그게…… 뭔가요?"

"네 인생을 사는 것."

선노미는 타내를 멀거니 쳐다봤다. 타내가 한 말이 무슨 뜻인지 제대로 이해할 수 없었다.

"네가 사람을 죽인 사실은 변하지 않아. 그건 아무리 부정해도 마찬가지야. 그렇다고 계속 지금처럼 도망만 다닐 순 없잖니. 언젠가는 현실을 마주 봐야 해."

타내가 속을 꿰뚫어 볼 것처럼 진지한 시선으로 선노미를 바라봤다.

"그렇지 않으면 마음속 어둠이 너를 삼켜버릴 거다."

"마음속 어둠……."

선노미가 중얼거렸다. 그러고 보니 연암 나리와 헤어지기 전, 연경에서 만난 서양인 선교사도 그렇게 말했었다. 어둠이 마음을 좀먹게 내버려두지 말아요, 하고.

"너무 늦기 전에 그걸 깨달았으면 좋겠구나. 나처럼 되기 전에."

타내는 상처가 아리는지 끙, 신음을 흘리며 다시 자리에 드러누웠다.

며칠 뒤 연홍이 사당패가 머무는 별채로 찾아왔다.

"여기 있었구나!"

선노미와 덕임을 발견하곤 연홍이 반색했다.

"어쩐 일이야?"

요전 날 앙금이 아직 남았는지 덕임이 영 반갑지 않다는 투로 샐쭉하게 물었다.

"사과하러 왔어."

연홍이 둘의 눈치를 살피며 말했다.

"저번에 내가 너무 심했지? 미안해."

"이젠 우리가 기억나는 거야?"

덕임이 살짝 미심쩍어하며 물었다. 연홍은 고개를 끄덕였다.

"응, 너희가 돌아간 뒤에 누굴까 한참 고민해보니 갑자기 떠오르더라고. 정말 미안."

연홍이 화를 풀어주려는 듯 배시시 웃었다.

"요즘 내가 신경이 많이 날카로워진 것 같아. 기억이 오락가락하는 것 때문에 그런가 봐. 그날도 생각이 안 나니 갑자기 와락 짜증이 나서……."

연홍이 이번엔 잔뜩 풀이 죽은 목소리로 중얼거렸다.

"괜찮아. 뭘 그런 걸로."

"그래, 기억이 돌아왔으니 다행이네."

선노미와 덕임이 앞다퉈 말했다. 연홍의 안색이 환하게 밝아졌다.

"그럼 우리 다 같이 옆 동네 장 서는 거 구경 가지 않을래?"

선노미와 덕임이 서로 쳐다봤다. 선뜻 그러자는 말이 나오지 않았다. 기방에 매인 몸이라 연홍은 어딜 놀러 가자고 한 적이 한 번도 없었다. 이따금 짬을 내서 별채로 둘을 보러 오는 게 고작이었다. 그런데 옆 동네까지 가자고?

"손님들한테 얘길 들었는데 옆 동네는 장이 굉장히 크게 선대. 온갖 신기한 물건이 다 들어온다나 봐. 가보고 싶지 않아? 내가 맛있는 것도 사줄게."

"하지만…… 네가 바쁘잖아. 저녁엔 손님들도 올 테고."

선노미가 완곡하게 거절하려 했다.

"얼른 다녀오면 되지. 얼마나 멀다고."

연홍은 아무런 문제가 안 된다며 여유를 부렸다. 그래도 선노미와 덕임이 좀처럼 내켜 하지 않는다는 걸 눈치채자 연홍의 표정이 다시 어두워졌다.

"홍매 형님 일도 있고 기방은 뒤숭숭하고 해서 기분 전환하고 싶었거든. 그런데 기방 동료랑 가면 또 형님 얘기가 나올 것 같아서……."

연홍의 눈가에 금세 눈물이 맺혔다.

"그래, 가자."

덕임이 더는 못 보겠다는 듯 호탕하게 승낙했다. 석연찮았지만 이게 연홍이 다시 평안을 되찾는 데 도움이 될 수도 있다 생각하니 거절할 이유가 없어졌다. 큰 장이 서는 걸 구경하고 싶은 마음도 있었고.

선노미도 따라나설 수밖에 없었다. 홍매를 죽인 강도도 아직 안 잡혔는데, 여자 둘만 밖으로 내보내는 게 내키지 않았다.

"아, 잘됐다!"

연홍이 환한 웃음을 지었다.

옆 동네까지 가는 동안 연홍은 쉬지 않고 조잘거렸다. 선노미와 덕임은 적당히 맞장구를 쳤지만 대화가 겉도는 느낌을 지울 수 없었다. 분명 연홍인데 어쩐지 다른 사람이랑 얘기를 나누는 것 같았다.

석연치 않은 건 또 있었다. 의심을 품고 봐서 그런지 연홍이 사람들 발길이 뜸한 외진 길만 일부러 골라 가는 것 같았다.

'일부러 사람들 눈을 피하는 걸까?'

선노미는 변함없이 고운 연홍의 옆모습을 물끄러미 쳐다봤다.

어느덧 셋은 숲길 초입에 접어들었다. 헐벗은 나무들이 우거진 숲길은 낮인데도 음산하고 황량해 보였다. 홍매가 강도에게 살해당한 바로 그 길이었다.

"이리로 가려고?"

덕임이 주저했다.

"여기가 지름길이야. 큰길로만 가면 늦어."

연홍은 그렇게 말하곤 성큼성큼 앞서 걷기 시작했다. 선노미와 덕임도 서로 눈치를 보다가 어쩔 수 없이 뒤따랐다.

연홍은 쫓아가기 벅찰 정도로 재게 걸었다. 턱 끝까지 숨이 차올랐을 때쯤 선노미는 불길한 생각에 사로잡히기 시작했다. 굳이 이 길로

가야 할 다른 이유가 있는 건 아닐까?

연홍은 부지런히 걷다가 막 핀 매화꽃 앞에서 잠깐 멈춰 섰다. 묘한 표정으로 꽃을 바라보며 '붉은 매화였더라면 더 좋았을 텐데' 하고 중얼거렸었다.

"아악!"

다시 앞서가던 연홍이 비명을 지르며 주저앉았다.

"왜 그래, 언니?"

놀란 덕임과 선노미가 연홍에게 달려갔다.

"발목이 접질린 것 같아."

삔 곳이 견딜 수 없이 아픈지 연홍의 얼굴이 하얗게 질렸다.

"어디야, 여기?"

선노미가 발목을 어루만지자 연홍은 다시 악, 소리를 질렀다.

"큰일이네."

선노미는 절로 한숨이 나왔다. 이래서야 옆 동네 가는 건 고사하고 다시 기방으로 돌아가기도 쉽지 않을 터였다.

"여기까지 오는 동안 사람 그림자도 못 봤는데."

덕임이 사방을 둘러보다 낙심한 투로 말했다.

"저기 사람이 살지 않을까?"

연홍이 어딘가를 손가락으로 가리켰다. 그러고 보니 그리 멀지 않은 곳에 낡은 오두막 한 채가 서 있는 게 보였다. 울창한 나무들 사이에 가려져 있어 눈에 잘 띄지 않는데, 용케도 그걸 발견했다.

선노미와 덕임은 오두막까지 연홍을 부축했다. 거기서 쉬게 한 뒤 기방으로 달려가 사람을 불러와야겠다고 생각했다.

오두막은 많이 낡았는데, 주위엔 풀이 무성하게 자라 있었다. 사람이 살지 않는 것 같았다.

"계세요?"

선노미가 집을 둘러보았다. 볕이 들지 않는 안쪽은 어두컴컴했다. 축축한 곰팡이 냄새가 코를 찔렀다. 어딘지 모르게 음산한 기운이 흘렀다.

"아무도 없나 봐. 돌아가자."

심상치 않다고 느낀 선노미가 서둘러 말했다. 그런데 덕임이 아무 말이 없었다. 어딜 쳐다보고 있는데, 하며 덕임의 눈길을 따라가니 낡은 장식장 위에 옥을 깎아 만든 고급스런 비녀가 보였다. 이 폐가와는 어울리지 않는 물건이었다.

"혹시 저거…… 강도가 빼앗아 갔다는 비녀 아냐?"

덕임이 떨리는 목소리로 물었다. 선노미도 등골이 오싹해졌다. 정말 그렇다면 여기는…….

"눈치가 빠르네."

등 뒤에서 걸걸한 남자 목소리가 들렸다. 화들짝 놀라 돌아보았다.

어디서 있다 나왔는지 덩치 큰 남자가 문을 가로막고 서 있었다. 얼굴엔 시커먼 복면까지 쓴 채. 저 남자는…….

선노미는 온몸에 소름이 쫙 돋았다. 남자는 홍매를 죽인 살인자가 틀림없다. 저 옥비녀가 바로 그 증거다.

선노미는 침을 꿀꺽 삼키며 남자를 노려보았다. 남자가 문을 가로막고 서 있어 도망갈 길이 없었다. 그렇다고 힘으로 상대할 수 있을 것 같지도 않았다.

'하지만 셋이라면…….'

슬쩍 덕임과 연홍을 돌아보다가 선노미는 그대로 얼어붙고 말았다.

연홍이 덕임의 목에 칼을 들이대고 있었다. 잘 벼린 칼날이 시퍼렇게 번뜩였다.

"왜, 왜 이러는 거야?"

덕임이 겁에 질려 모기만 한 목소리로 겨우 말했다.

"잘 생각해보면 알 텐데. 너 보기보단 영리하더구나."

연홍의 목소리가 싸늘해졌다.

선노미의 시선이 칼을 든 연홍의 손에 붙박였다. 이번에도 어김없이 오른손이었다. 분명 왼손잡이라고 했는데…….

"그래, 연홍은 왼손잡이였지."

연홍이 남 얘기하듯이 말했다.

"잊고 있었는데 그걸 눈치채다니 솔직히 좀 놀랐어. 앞으로 더 조심하지 않으면 안 되겠는걸."

선노미는 연홍이 지금 무슨 말을 하는지 알 수 없었다. 덕임에게 칼을 겨눈 연홍이 마치 연홍의 얼굴을 뒤집어쓴 괴물처럼 보였다.

"그래도 악기 뜯을 땐 티가 안 나 다행이야. 연홍일 가르칠 때 오른손으로 하도록 교정시켰으니까. 그러고 보면 선견지명이 있었던 건가."

연홍이 재미있다는 듯 까르르 웃었다.

"너, 넌 대체 누구야!"

선노미가 떨리는 목소리로 물었다.

"내가 누구냐고? 내가 연홍이지 누구겠어? 왜? 그렇게 안 보여?"

연홍은, 아니 연홍과 얼굴이 똑같은 자가 비아냥거렸다.

"내가 만약 연홍이 아니라면 대체 누굴까."

가짜 연홍은 금방 콧노래라도 흥얼거릴 것처럼 즐거워했다.

"너, 홍매지?"

덕임이 겁먹은 목소리로 물었다.

"역시 똑똑해. 어린것이."

연홍이, 아니 홍매가 다시 까르르 웃었다.

"어떻게 된 거야? 홍매는 죽은 게 아니었어?"

선노미가 두려운 와중에도 간신히 목소리를 짜내 물었다.

"죽은 건 홍매의 몸뚱이지. 난 여전히 살아있단다. 연홍의 몸속에서."

선노미는 머리가 어지러웠다. 어떻게 연홍의 몸속에 홍매가 들어간단 말인가. 하지만 그 말대로라면 모든 것이 짜 맞춘 것처럼 이해가 되었다. 연홍의 몸을 빌린 홍매가 자신과 덕임을 기억하지 못했던 것도, 마치 다른 사람이 된 것처럼 행동했던 것도. 이곳으로 자신들을 유인해 칼을 겨눈 이유도 짐작할 수 있었다. 아마 제 비밀을 눈치 챈 자신들을 입막음하기 위해서일 것이다.

"어떻게 그럴 수 있는 거지? 그럼 연홍을 당신이 죽인 거야? 진짜 연홍은 어디 있는 건데?"

선노미는 생각나는 대로 궁금한 걸 쏟아냈다. 꼭 궁금한 게 많아서만은 아니었다. 지금 할 수 있는 거라곤 이렇게라도 시간을 끄는 것밖에 없다고 생각했기 때문이다. 홍매를 자극하지 않으면서 계속 말하게 해야 했다. 등에 송골송골 식은땀이 맺혔다.

"다 저 술사(術士)님 덕분이지."

홍매가 복면을 두르고 선 남자를 가리켰다. 홍매는 제가 한 짓을 떠벌리고 싶은지 술술 이야기를 털어놓았다.

술사의 존재는 기방을 자주 드나드는 매분구에게서 전해 들었다. 아녀자들에게 화장품을 팔고, 때로는 곱게 단장까지 해주는 매분구는 기녀들에게 없어선 안 될 존재였다. 게다가 기방에 자주 오는 매분구 순덕은 홍매가 젊은 시절부터 20년 넘게 알고 지낸 사이였다. 잃어버린 젊음을 한탄하는 홍매에게 순덕은 젊음을 되돌려주는 술사가 있다며 귀띔했다.

반신반의하면서도 홍매는 술사를 찾아갔다.

검은 복면을 둘러쓴 술사는 젊음을 되돌릴 순 있지만, 그러려면 대가가 필요하다고 했다.

"대가라고요? 물론이죠. 이 옥비녀를 드릴게요."

홍매가 제 머리에 꽂은 비녀를 가리켰다. 비녀를 준 사람 얼굴 따원 이제 기억도 나지 않는다. 하지만 눈이 튀어나올 만큼 비싼 그 비녀는 한때 자신이 최고였다는 걸 일깨워주는 추억의 기념품이었다. 그만큼 홍매에겐 소중한 물건이지만, 다시 젊어질 수 있다면 그 정도는 얼마든지 내줄 수 있었다.

"흠, 비싸 보이는군. 그건 나중에 일을 성사시키면 받도록 하고."

복면 사이로 교활한 눈을 반짝이며 술사가 말했다.

"하지만 내가 말한 대가는 그런 게 아니야."

"그럼 뭐죠?"

홍매가 불안한 얼굴로 물었다.

"자네, 죽을 각오가 돼 있나?"

술사의 말에 홍매는 깜짝 놀랐다.

"다시 젊어지려면 죽여야만 해. 제 늙은 몸뚱이를."

술사는 자신을 찾아온 사람을 젊을 적 모습으로 되돌릴 순 없다고 했다. 대신 젊은이 몸에 나이 든 사람의 넋을 옮겨 심을 순 있다. 그러기 위해선 우선 젊은이의 육체가 필요하다. 또한 넋이 젊은 육체에 옮겨가고 나서 텅 빈 껍데기가 된 원래의 늙은 육체는 폐기 처분할 수밖에 없다. 그게 술사가 말한 '죽음'의 의미였다.

"그럼 몸을 빼앗긴 젊은이의 넋은 어떻게 되나요?"

"적당한 곳에 가둬놔야지. 육신은 살아있는데 혼만 저승으로 갈 순 없으니까."

홍매는 술사의 말을 곰곰이 곱씹었다. 그리고 결심했다. 젊음을 되찾을 수만 있다면 이보다 더한 일도 할 각오가 돼 있다고.

마침 홍매 주변엔 젊고 아리따운 육체도 많았다. 그 가운데 가장 먼저 떠오른 이가 바로 연홍이었다. 홍매는 늘 연홍에게 복잡한 감정을 품고 있었다. 기방 부엌데기로 일하던 어린 연홍을 알아본 사람이 그녀였다. 땟국물이 줄줄 흐르던 촌뜨기가 성공한 건 모두 홍매 덕분이었다.

기생으로 전성기를 지난 홍매는 취미 삼아 연홍을 가르치기 시작했다. 기대 이상의 변신이었다. 흙 속에 묻힌 진주라는 건 딱 연홍을 일컫는 말인 것 같았다. 얼마 지나지 않아 연홍은 기방을 대표하는 기녀가 됐다.

반면 홍매는 갈수록 초라해졌다. 가는 세월만큼은 홍매도 어찌할 도리가 없었다. 그저 남몰래 어린 후배들을 질투하는 게 고작이었다.

특히 연홍을 볼 때마다 홍매는 속이 부글부글 끓어올랐다. 연홍을 키웠다는 자부심은 들끓는 질투심 앞에 속절없이 무너졌다. 마치 연홍이 제 자리를 뺏은 것 같았다. 연홍이 자신을 '형님, 형님' 하면서 살갑게 대할 때도 '속으론 나를 무시하고 있겠지' 고깝게 생각했다. 그랬기에 연홍을 희생자로 점찍었을 때도 미안한 마음은 들지 않았다.

산책을 하자고 제안했던 건 홍매였다. 연홍은 아무런 의심 없이 기뻐했다.

홍매는 술사의 지시에 따라 발을 삔 척하며 연홍을 오두막 안으로 유인했다.

미리 기다리고 있던 술사가 화병으로 머리를 내리쳐 연홍을 기절시켰다.

"걱정 마. 죽진 않았으니."

놀라서 연홍이 다치진 않았는지 살펴보는 홍매에게 술사가 말했다.

'앞으로 내가 쓸 몸뚱이인데 흠집이라도 나면 어쩌려고!'

홍매는 그렇게 말대꾸하고 싶은 걸 꾹 참았다.

술사는 연홍을 바닥에 누이고 품에서 풀피리를 꺼냈다.

삐이이익.

술사가 피리에 입술을 갖다 대자, 높고 날카로운 소리가 허공에 울렸다. 신경을 긁는 것처럼 불쾌한 소리였다. 깊이 잠들어 있는 무언가를 억지로 두들겨 깨우려 할 때 낼 법한 소리 같았다. 홍매는 저도 모르게 인상을 찌푸렸다.

삐이이익.

술사가 다시 풀피리를 불었다.

별안간 투명하고 하얀 막 같은 것이 연홍의 몸에서 빠져나와 둥실 떠오르는 게 보였다. 그것은 구름처럼 가볍지만, 구름과 같은 형체는 없었다. 강물 위에 피어오르는 물안개 같기도, 저녁 무렵 부뚜막에서 올라오는 연기 같기도 했다. 그것은 연홍의 몸 위로 한 뼘 정도 두둥실 떠오르더니 돛을 내린 배처럼 그 자리에 멈춰 있었다.

"옳지, 옳지."

마치 강아지를 어르듯 술사가 하얀 연기에 대고 말했다. 연기가 허공에서 살짝 꿈틀거렸다. 마치 강아지가 꼬리를 살랑 흔든 것처럼.

풀피리를 품속에 집어넣은 술사는 이번엔 곁에 있는 죽통을 집어 들었다. 대나무로 만든 가느다란 원통형 죽통은 아래위를 가죽으로 단단하게 밀봉한 상태였다. 술사가 죽통 윗부분을 감싼 가죽을 벗겼다.

꿈틀.

희뿌연 연기가 들썩였다. 어쩐지 겁을 먹고 뒤로 물러서려는 것 같았다. 연기가 연홍의 심장 언저리에 동그란 원을 그리며 계속 맴돌았다. 다시 제 몸속으로 들어가고 싶다는 듯이.

휘이이익.

술사가 별안간 휘익, 휘파람을 불었다.

연기가 움직임을 멈췄다. 그때를 놓치지 않고 술사는 연기 쪽으로 다가가 죽통 입구를 들이댔다.

스르르륵.

마치 얼음 위를 미끄러지듯 연기가 슥 움직였다. 알 수 없는 힘에 이끌려 죽통 속으로 빨려 들어가는 것 같았다. 순식간에 연기는 죽통 속으로 사라졌다. 술사는 기다렸다는 듯 가죽 마개를 단단히 씌웠다.

아아아악!

닫힌 죽통 안에서 여자의 외마디 비명이 들렸다. 연홍의 목소리였다. 홍매는 저도 모르게 소름이 쭉 돋았다.

"이젠 당신 차례요."

술사가 얼굴이 하얗게 질린 홍매를 돌아봤다.

"각오는 됐겠지?"

홍매가 바들바들 떨면서 고개를 끄덕였다.

술사는 품에서 칼을 꺼내 순식간에 홍매의 목을 그었다.

홍매의 목에서 새빨간 피가 왈칵 솟구쳤다. 시야가 부옇게 흐려지고 손발이 싸늘하게 식어갔다. 숨이 점점 막혀 왔다. 홍매는 물 밖에 나온 물고기처럼 숨을 헐떡거렸다.

"조금만 참아. 곧 끝날 테니."

그 말을 듣자마자 홍매는 곧 까무룩 정신을 잃었다.

얼마나 지났을까. 홍매는 제 몸이 연기처럼 가벼워진 것 같았다. 자신을 옥죄던 갑갑한 옷을 비로소 벗어던진 기분이었다. 문득 아래를 보니 한 뼘쯤 발 밑에 흰자를 허옇게 드러낸 자신이 누워 있는 게 보였다. 목에 난 상처에선 아직도 피가 흘러내리고 있었다.

'저, 저건!'

목소리가 나오지 않았다. 손을 뻗었지만 몸을 만질 수도 없었다. 마치 연기라도 된 것 같았다.

"이제 새집으로 옮겨 가야지."

술사가 낮은 목소리로 중얼거렸다.

휘이이익.

술사의 휘파람 소리에 홍매는 두둥실 어디론가 떠밀려가는 걸 느꼈다.

휘이이익.

다시금 휘파람 소리가 들렸다. 늪 속으로 순식간에 빨려들 때처럼 홍매는 어디론가 눈 깜짝할 사이에 쑥 끌려 들어갔다.

"아아아악!"

홍매가 비명을 지르며 몸을 일으켰다. 제 귀에 들린 제 목소리에 낯설어하면서. 그 목소리는 바로 연홍의 목소리였다.

홍매가 두근거리는 심정으로 찬찬히 제 몸을 훑어보았다. 길고 가녀린 손가락, 잘록한 허리, 봉긋한 가슴.

술사가 건네는 거울을 낚아채 홍매는 그 안을 들여다봤다. 거울 속에 비친 아리따운 얼굴은 젊고, 윤기가 흘렀다. 거울 속엔 젊음이 환하게 꽃핀 연홍이 빙그레 웃고 있었다.

그렇게 홍매는 연홍이 됐다.

"다들 감쪽같이 속아 넘어갔지."

홍매가 덕임의 목에 겨눈 칼에 더 힘을 주며 말했다.

연홍의 몸에 들어간 홍매는 술사의 도움을 받아 숨이 빠져나간 제 육신을 길가로 옮겼다. 울며불며 연극을 하다가 처음 발견한 자에게 강도를 만났다고 둘러댔다. 아무도 의심하지 않았다.

그녀에게 연기를 하는 건 그리 어려운 일이 아니었다. 거짓으로 울고 웃고 산 세월이 적지 않았다. 게다가 관에 실려 나가는 제 시신을 보고 흘린 눈물은 진심이었다. 이미 시들어버린 육체이건만, 사십 년 가까이 가졌던 몸뚱이와 이별하는 건 팔다리를 떼어내는 것처럼 힘들었다. 그래도 모든 게 완벽하게 맞아떨어졌다.

다만 홍매가 생각지도 못했던 허점이 하나 있었다. 연홍이 남몰래 친하게 지냈던 선노미와 덕임의 존재였다. 연홍이 어쩌다 그런 아이들을 아는지는 몰랐지만, 홍매는 본능적으로 위험을 감지했다. 그들을 방에서 물리친 후 몰래 뒤를 밟았다. 그러다 연홍이 왼손잡이라는 대화를 듣고, 그냥 둬선 안 되겠다고 작정했다. 행여 이 소문이 퍼져 나가면 발각될지도 모르니 아예 없애기로 한 것이다.

홍매는 술사를 다시 찾아갔고, 술사는 둘을 오두막으로 유인해 데려오라 했다. 조용히 처리한 뒤 숲속에 파묻어버리자고.

"사람을 죽여서까지 젊어지고 싶었다니!"

홍매의 이야기를 들은 덕임의 얼굴에 혐오감이 스쳤다.

흥분한 홍매가 칼을 쥔 손에 힘을 주자 덕임의 목에서 한 줄기 가느다란 피가 흘렀다.

"너처럼 어린애가 뭘 알아? 넌 모른다, 늙는 게 얼마나 비참한 건지."

홍매의 눈에서 불꽃이 튀었다.

덕임이 바들바들 떨며 눈을 질끈 감았다.

"사내들은 기녀더러 해어화(解語花)라고 하지. 사람 말을 알아듣는 꽃이라고. 그런데 슬픈 게 뭔지 알아? 꽃은 언젠가 지게 돼 있다는 거야."

홍매의 눈이 광기가 이글거렸다.

선노미가 슬픈 눈으로 홍매를 바라봤다. 그런 홍매가 더욱 비참해 보였기 때문이다.

"하지만 나는 아니야! 연홍의 몸이 늙으면 다른 아이에게로 그리고 또 다른 아이에게로 몸을 옮겨 다니면서 지지 않는 꽃이 될 거야. 어린 여자애라면 이 기방에 얼마든지 널렸으니까."

홍매가 그렇게 말하고선 깔깔대고 웃었다.

섬뜩한 웃음소리에 선노미는 온몸에 소름이 돋았다.

"이제 슬슬 해치우죠."

홍매가 술사에게 눈짓했다.

술사가 고개를 끄덕이며 허리에 찬 긴 칼을 빼 들었다.

이젠 마지막일 것 같아 선노미는 덕임이를 바라봤다. 덕임이도 체념했는지 두 눈을 꼭 감고 최후의 순간을 기다리는 것 같았다. 선노미도 눈을 감고 제게 닥칠 운명을 기다렸다. 번뜩이는 칼날이 제 몸을 찌르는 순간을.

하지만 그런 일은 일어나지 않았다. 칼이 제 몸을 베는 고통이 느껴지지 않았다. 덕임이도 마찬가지였다. 제 곁에 그대로 서 있었다. 선노미가 조심스레 감았던 눈을 떴다.

술사의 날카로운 긴 칼끝은 자신들이 아닌 홍매의 목덜미를 겨누고 있었다.

"왜…… 왜 이러는 거예요?"

겁에 질린 홍매가 몸을 떨며 술사를 보았다.

술사가 서서히 검은 복면을 벗었다. 복면 속 얼굴은 초로의 남자였다. 젊음을 유지하는 술법을 아는 사람답지 않게 주름 가득한 얼굴은 삶에 찌들고 풍파에 치인 모습이었다.

"……술사님?"

"나는 술사가 아니야."

영문을 모른 채 오들오들 떠는 홍매에게 남자가 퉁명스레 말했다.

"당신이 만났던 술사는 저기 있지."

남자가 가리킨 방 한 귀퉁이엔 그와 비슷한 체구의 남자 하나가 쓰러져 있었다. 얼굴이 바닥을 향한 자세로 엎드린 남자의 등엔 칼이 꽂혀 있었다. 죽은 게 틀림없었다. 설마 그런 구석에 사람이 죽어 있을 줄은 아무도 몰랐다.

"어째서……."

넋 나간 목소리로 중얼거리던 홍매가 고개를 돌려 남자를 똑바로 쳐다보았다.

"술사가 아니라면, 넌 대체 누구야?"

"기억이 안 난다니 서운한데. 우린 만난 적이 있는데."

남자가 빈정거리듯 말했다.

하지만 홍매는 여전히 혼란스러웠다.

"얼마 전 내가 기방으로 널 찾아갔었는데."

"날 만나러 왔었다고? 너, 내 손님이었어?"

"역시 기억을 못 하는군. 그때처럼."

남자가 손을 들어 홍매의 말을 가로막았다.

"그래서 확신했지. 넌 내 딸이 아니라고."

"……딸?"

홍매의 얼굴이 순식간에 창백해졌다. 귀신이라도 본 것처럼.

"연홍이가 비밀로 했었나 보지? 아비가 살아있다는 걸."

이죽거리며 남자가 말했다.

"하긴 노름에 미쳐 딸자식을 기방에 팔아버린 아비가 자랑스러울
리는 없겠지. 그래서 그년이 뭐라고 하던가? 어린 시절 부모님을 다
잃고 기방으로 팔려왔다고?"

남자가 피식 웃었다.

"그래도 잊지 않고 꼬박꼬박 집에 돈을 부쳐줬으니 고맙긴 했지.
그렇게라도 하지 않으면 제 여동생마저 기방에 팔아넘길까 봐 걱정
돼서 그랬을 테지만."

"그런……."

덕임이 발끈했다. 연홍이 생전에 여동생 얘기를 했던 게 떠올랐다.

"그런데 올 때가 됐는데도 돈이 안 오기에 기방으로 찾아왔지. 넌
날 보고서도 아는 척도 안 했어. 연기가 아니라 정말 모르는 눈치였
다고."

이상하다는 걸 직감한 남자는 몰래 홍매를 감시했다. 어느 날 홍매
가 은밀히 술사를 찾아가 뜨내기 사당패 아이들에게 제 비밀이 들킨
것 같다고 고백했다. 홍매의 뒤를 밟아 오두막을 찾은 남자는 제 짐
작대로 연홍의 얼굴을 한 사람이 제 딸이 아님을 알게 됐다.

홍매가 오두막을 떠난 뒤 남자는 홀로 남은 술사를 칼로 찔러 죽

였다.

아비 노릇 제대로 해준 적 한번 없지만, 그래도 딸의 원수는 갚았다 여겼다. 그러나 군이 홍매까지 뒤쫓아가 베지는 않았다. 대신 알아내기로 했다. 대체 어떻게 해서 홍매가 연홍의 몸 안에 들어가게 된 것인지.

그래서 술사의 검은 복면을 쓰고 술사 행세를 한 것이다.

"이럴 수가, 이럴 수가……."

홍매가 믿을 수 없다며 고개를 절레절레 저었다.

"이쯤 얘기했으니 사정은 다 파악했을 테고."

남자가 홍매의 목에 칼끝을 겨눈 채 말했다.

"이제 우리 거래를 해볼까?"

"……거래?"

"너는 저 애들 입을 막아야 하고, 나는 돈이 필요해. 내가 꼬맹이들을 처리하고 비밀을 지켜줄 테니 대가로 돈을 부쳐. 연홍이 그랬던 것처럼."

"그, 그런……."

홍매는 기가 막히는지 말을 더듬었다.

"같은 액수는 안 돼. 딸을 죽인 죄인이니 두 배는 더 받아야지."

"네가 그러고도 아비냐!"

홍매의 눈빛이 날카로워졌다. 돈 얘기가 나오니 현실이 실감 나는 것 같았다.

"연홍이를 죽인 인간이 할 말은 아닌 것 같은데."

남자가 비아냥거렸다. 그래도 홍매는 주눅 들지 않았다.

"멍청한 놈. 네가 술사를 죽이지만 않았어도 나는 계속 다른 사람들 몸으로 갈아탈 수 있었어. 그런데 네가 다 망쳐놨어!"

홍매가 두려움도 잊고 씩씩거렸다. 홍매가 칼끝을 옆으로 쳐내며 남자에게 다가섰다.

"이 육신의 젊음이 얼마나 갈 것 같아? 10년? 15년? 그럼 그다음엔 어떡해야 하지? 또 속절없이 늙어갈 텐데. 네가 술사를 죽인 바람에 내 꿈이 물거품이 됐어."

"이봐, 잠깐만! 물러서라고!"

주춤주춤 뒷걸음치며 남자가 소리쳤다.

"왜? 한번 찔러보시지 그래! 당장 죽일 것처럼 굴더니."

홍매가 큰소리쳤다.

"어차피 찌를 생각도 없었지? 넌 연홍이가, 아니 연홍이의 육체가 살아있어야 거기 기생해서 먹고 살 수 있을 테니까."

홍매의 기세에 눌려 남자는 칼을 든 손을 부들부들 떨었다.

"내가 그걸 두고 보기만 할 것 같아?"

홍매가 덕임을 겨눴던 단도를 남자에게 겨눴다.

"겨우 그까짓 칼로 날 당해낼 수 있을 줄 아나 보군."

두 개의 칼날이 허공에서 번뜩였다. 누가 먼저 상대를 찔러도 이상하지 않을 만큼 일촉즉발의 순간이었다. 그때 넋 놓고 있는 선노미

곁으로 덕임이 다가와 살짝 손을 잡았다. 덕임이 눈짓으로 도망치자는 신호를 보냈다.

이때가 아니면 안 되겠다는 생각에 선노미도 고개를 까닥였다. 둘은 발소리를 죽이며 한 발짝, 한 발짝 오두막 입구 쪽을 향해 뒷걸음질 쳤다.

두둑.

갑자기 덕임이 발밑에서 무언가 부러지는 소리가 들렸다. 아래를 내려다보니 바닥에 나뒹굴던 피리가 덕임이 발에 밟혀 우지끈 부러져 있었다. 낡고 손때 묻은 것이 술사가 쓰던 피리인 것 같았다.

홍매와 남자가 동시에 시선을 돌렸다.

"저것들이!"

홍매가 단도를 들고 달려오려 하다가 갑자기 다리에 힘이 풀렸는지 무릎을 꺾으며 앞으로 푹 고꾸라졌다.

치맛자락이라도 밟았나, 싶었는데 다시 몸을 일으킨 홍매는 완전히 다른 모습이 돼 있었다.

"어, 얼굴이……."

덕임이 달아나려던 것도 잊고 저도 모르게 중얼거렸다. 선노미도 놀라 눈을 휘둥그레 떴다.

홍매의 얼굴에 순식간에 주름이 번져가더니 어느새 다 늙은 노파가 되어버렸다. 주름진 피부 곳곳에 검버섯이 여기저기 피어올랐다. 숱이 듬성듬성해진 머리칼이 서리라도 맞은 것처럼 새하얗게 변했다.

홍매가 떨리는 제 손을 눈앞으로 가져갔다. 두 손 역시 온통 주름 투성이였다.

"······이게 ······어떻게 된 거지?"

믿을 수 없다는 듯 홍매가 중얼거렸다. 탁하고 쉰 목소리가 나왔다. 등짝도 앞으로 굽어 있었다. 지팡이를 짚어야 할 것처럼 구부정하게 서 있는 홍매는 연홍이 백 세 노파가 됐을 때 모습을 하고 있었다.

"세상에."

남자가 믿을 수 없다는 얼굴로 늙어버린 홍매에게 다가왔다.

"대체 이게······."

홍매를 찬찬히 뜯어보던 남자가 간신히 납득이 간다는 듯 고개를 끄덕였다.

"그렇군. 주술이 풀린 거야. 저 꼬마가 술사의 피리를 부러뜨린 바람에."

홍매는 그저 눈만 끔뻑거렸다.

이 상황이 이해가 가지 않는 듯, 아니 받아들일 수 없다는 듯이.

"이거 완전 호호백발이 됐잖아. 이래서야 기생은 고사하고 주방 허드렛일도 못 하겠어."

남자가 키들키들 웃었다.

그제야 홍매가 정신을 차린 듯 남자 쪽으로 고개를 홱 돌렸다. 남자를 바라보는 홍매의 눈빛에 살기가 번뜩였다.

"너 때문이야. 네가 끼어들지만 않았어도!"

홍매의 몸이 분노로 부들부들 떨렸다.

"네가 모든 걸 망쳐놨어!"

홍매가 소리를 지르며 있는 힘을 다 쥐어짜 들고 있던 칼로 남자의 목덜미를 찔렀다. 방심하고 있던 남자는 갑작스러운 공격에 깜짝 놀라 몇 걸음 뒤로 물러섰다.

목덜미에선 피가 솟구치고 있었다. 남자가 당황하며 제 목을 손바닥으로 감싸 쥐었다. 손가락 사이로 피가 줄줄 흘렀다.

"이런 죽일 년이!"

남자의 눈빛이 험악해졌다. 욕설을 퍼붓던 남자는 그대로 몸을 날려 홍매를 덮쳤다. 삭정이 같은 홍매의 육신이 바닥에 픽 쓰러졌다. 남자는 그 위에 올라타 홍매의 목을 졸랐다.

"지금이야, 도망가!"

덕임이가 선노미에게 소곤거렸다.

둘은 곧장 밖을 향해 내달렸다. 남자가 뒤쫓아오지나 않을까 싶어 숨이 턱까지 차올라도 뜀박질을 멈추지 않았다. 온몸이 땀으로 흠뻑 젖고 작은 나뭇가지들이 발바닥을 찔러도 계속 달음박질쳤다.

마을 어귀에 도착했을 때야 비로소 둘은 가쁜 숨을 몰아쉬며 바닥에 털썩 주저앉았다. 하마터면 목숨을 잃을 뻔했다는 사실이 아직도 실감이 나지 않았다.

"당분간 산엔 절대 안 갈 거야."

덕임이가 헐떡거리며 말했다.

"나도."

선노미가 대답했다.

그제야 마음을 놓은 둘은 서로의 얼굴을 보며 안도의 한숨을 내쉬었다.

기방에선 며칠 사이 많은 일이 벌어졌다. 다들 실종된 연홍을 밤낮으로 찾아다녔지만, 찾을 수 없었다. 연홍은 연기처럼 홀연히 사라졌다. 마침내 사람들은 이 바닥에 환멸을 느낀 연홍이 어디론가 도망가 꼭꼭 자취를 감춰버린 거라며 좋을 대로 생각했다.

선노미와 덕임이는 침묵을 지켰다. 사실을 얘기해봤자 바뀌는 것도 없거니와 아무도 믿어주지 않을 것이기 때문이다.

"너네들, 혼자서 산 위에 막 올라가거나 하면 안 된다. 위험하니까. 얼마 전 거기서 시신 세 구가 발견됐다더라."

칠성이 어느 날 기방에 떠도는 소문을 들었는지 덕임과 선노미를 불러 주의를 줬다.

시신은 남자 둘과 백 살쯤 먹은 노파였다. 한 남자는 등 뒤에 칼이 꽂히고, 다른 남자는 칼로 목의 동맥이 베고, 노파는 목이 졸려 숨진 채였다고 했다. 칠성의 말을 듣고 선노미와 덕임은 홍매와 연홍의 아버지가 죽었다는 사실을 알았다.

"그런데 소문에 따르면 죽은 노파가 연홍의 옷을 입고 있었다고 하네. 거참, 희한하기도 하지."

칠성은 그렇게 말하며 고개를 갸웃거리더니 '하긴 세상에 희한한 일이 한둘인가' 하며 중얼거렸다.

자취를 감춘 사람은 연홍만이 아니었다. 선노미와 덕임이 산에서 내려왔을 때 타내도 사라지고 없었다. 누군가 제 정체를 눈치채기 전에 도망친 모양이었다. 연홍과 달리 아무도 타내의 행방을 궁금해하지 않았다.

'인사라도 하고 갈 것이지.'

오직 선노미만이 타내가 떠난 것이 서운했다. 하지만 늘 도망 다녀야만 하는 타내의 처지를 생각하면 이해 못 할 일은 아니었다.

"저기……."

둘만 있을 때 덕임이 주위를 살피곤 선노미에게 작은 목소리로 소곤거렸다.

"홍매가 갑자기 노파가 된 거, 정말 내가 피리를 밟아서였을까?"

"갑자기 왜?"

선노미가 되물었다.

"그냥…… 꼭 피리 때문만은 아닌 것 같아서."

"그럼 뭐 때문이야?"

"사실은 홍매도 연홍을 죽인 게 계속 마음에 걸렸던 게 아닐까?"

그래도 오랫동안 알던 사이인데……. 덕임이 혼잣말하듯 말했다.

"주술이 풀려서일 수도 있지만, 내 생각엔 홍매를 그렇게 만든 건 죄책감 같아."

"죄책감……."

선노미가 덕임의 말을 따라 중얼거렸다.

"죄 짓고 두 발 뻗고 자는 사람은 없대. 양심의 가책에서 자유로울 순 없거든."

덕임이 그렇게 말한 뒤 '나도 오라버니한테 들은 거야'라고 덧붙였다.

"그러니 죄를 짓지 말아야 한댔어. 결국엔 그게 자신을 좀먹어 들어갈 테니까."

선노미는 길상이 꽤 그럴듯한 말을 했다고 생각했다. 문득 타내도 비슷한 말을 했던 게 떠올랐다. 어둠이 너를 삼키게 내버려두지 말라고.

"그런데도 만약 어쩔 수 없이 죄를 지었다면 어떻게 해야 해?"

선노미가 저도 모르게 불쑥 물었다.

"그것도 도저히 씻을 수 없는 죄라면."

덕임이 영문을 모르겠다는 표정으로 선노미를 물끄러미 바라봤다.

선노미는 괜한 소리를 했다 싶었다. 하지만 이미 뱉어버린 말을 주워 담을 수 없어 고개를 떨구고 묵묵히 발가락만 꼼지락거렸다.

"받아들여야 하지 않을까?"

한참 뒤에 덕임이 입을 열었다.

"아무리 아니라고 부정해봤자 이미 저지른 일을 되돌릴 수는 없잖아. 그런 다음에 어떻게 할지 생각해 봐야겠지."

덕임이 남동생한테 이르듯 제법 어른스러운 투로 말했다.

"받아들인다고……."

언제까지 도망 다닐 거냐?

네가 사람을 죽인 사실은 변하지 않아. 그건 아무리 부정해도 마찬가지야. 그렇다고 계속 지금처럼 도망만 다닐 순 없잖니. 언젠가는 현실을 마주 봐야 해.

타내의 목소리가 선노미의 귓전에 되살아났다.

'아저씨, 어떻게 해야 현실을 마주 볼 수 있는 거예요?'

선노미가 타내에게 물어보듯 그가 머물던 방을 쳐다봤다. 타내의 흔적이 사라진 방은 텅 비어 있었다.

결국 답을 찾는 것은 선노미의 몫이었다.

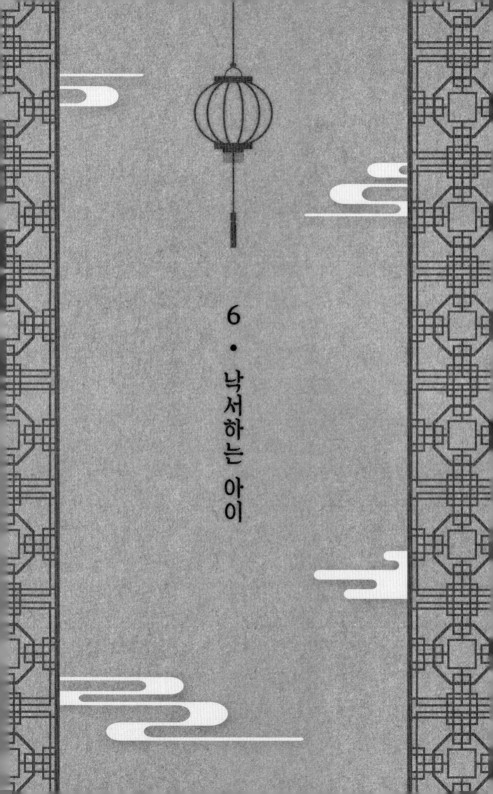

6 · 낙서하는 아이

선선한 바람이 선노미의 얼굴을 스치고 지나갔다. 며칠 전만 해도 살을 에듯 날카로웠던 한풍이 이젠 많이 누그러졌다. 슬쩍 온기가 느껴지는 것이 봄기운을 머금은 것 같았다.

'봄이 오는 거구나!'

선노미는 아직 잎이 돋지 않은 앙상한 나뭇가지들을 바라봤다. 여전히 헐벗었지만, 그래도 가만 보면 군데군데 작은 봉오리가 맺힌 것이 잎을 틔워낼 준비를 하는 것처럼 보였다.

'시간이 정말 빨라…….'

청나라 사절단 일행에게서 떨어져 나온 게 여름 무렵이었으니 그 사이 가을, 겨울까지 세 계절이 지났다. 선노미가 떠돌아다닌 지도 벌써 반년이나 된다. 그동안 용케 잘 버텼다 싶어 선노미는 스스로 조금 대견한 기분이 들었다. 물론 그건 어려울 때마다 손을 내밀어준

이들이 있었기에 가능했다. 사당패는 무슨 인연인지 두 번이나 다시 만나 도움을 받았다.

"또 헤어지네."

사당패 일행을 떠나올 때 덕임은 많이 아쉬워했다. 하지만 예전처럼 붙잡진 않았다. '어쩐지 나중에 다시 만날 것 같으니까'라면서.

"그때는 꼭 훌륭한 줄광대가 돼 있어야 해."

"걱정 마셔."

선노미의 당부에 덕임은 자신만만하게 대답했다.

"그러니까 너도 꼭 원하는 답을 찾으면 좋겠어."

'돌이킬 수 없는 죄를 지었으면 어떻게 해야 하냐'고 물었던 걸 기억하고 하는 말인가 싶어 선노미는 가슴이 뜨끔했다. 그러나 덕임은 헤어질 때까지 아무것도 캐묻지 않았다.

덕임과 사당패 일행을 뒤로하고 선노미는 다시 혼자 길을 떠났다. 그게 벌써 사흘 전이다.

이틀 동안은 인심 좋은 마을 사람들 덕분에 끼니를 해결했다. 주먹밥을 몇 덩이 챙겨주기도 했는데, 아무리 아껴 먹어도 하루를 못 넘겼다. 언제까지고 빌어먹을 수는 없으니 방법을 찾아야 했다.

마을에 당도해 주막부터 찾기로 했다. 주위를 두리번거리는데 어디선가 낭랑한 소리가 들렸다. 아이들이 여럿 모여 함께 내는 소리였다. 선노미는 길목을 돌아 소리가 들리는 곳으로 가보았다.

가나다라마바사.

가갸거겨, 나냐너녀.

방문이 열린 좁은 방 안에서 어린아이들이 훈장 선생님을 따라 언문을 읽고 있었다. 대부분 사내아이였지만, 여자아이들도 몇 있었다. 드물게 동네 아낙과 나이 많은 장정도 보였다. 수수한 차림새를 보니 양반은 아닌 것 같았다. 나이와 성별은 달라도 모두 글을 배우는 데 열심이었다.

선노미도 처음 언문을 배웠던 때를 떠올렸다.

이것은 기역(ㄱ)이다. 기역에다 'ㅏ'를 더하면 '가'가 된다.

글을 가르쳐 준 선비는 주막집 평상 위에 종이를 늘어놓고 글자를 쓰면서 그렇게 말했다. 이름이 종훈이었던가. 춘추관 사관인 종훈은 연암이 연 기담회에 참석해 자신이 겪은 기이한 일을 들려줬다. 그러고 나서 며칠 뒤 뜬금없이 삼개주막에 들러 자신에게 글을 가르쳐주었다. 들리는 말로는 한양을 떠났다던데.

옛 생각이 나서 그런지 선노미 입에 빙그레 미소가 물렸다. 인기척이 느껴져 문득 옆을 보니 예닐곱 살 먹은 사내아이가 나뭇가지로 땅바닥에 뭘 그리고 있었다. 가만 보니 언문 글자를 서툴게 따라 그리는 것 같았다.

"글을 배우고 싶니?"

선노미가 아이에게 다가갔다.

아이가 고개를 들었다. 작고 깡마른 소년이었다. 땟국물이 잔뜩 긴 얼굴은 입고 있는 옷만큼이나 꾀죄죄했다. 옷자락 사이로 드러난 손목이 나뭇가지만큼이나 가느다랬다. 손목 윗부분엔 가늘고 불그스름한 자국 같은 게 슬쩍 비쳤다.

아이는 서둘러 옷자락을 내리고 벌떡 일어섰다.

"놀랐니? 겁주려고 그런 거 아니야."

선노미가 달래려 했지만 아이는 주춤주춤 뒷걸음치더니 그대로 달아나버렸다.

"도망가지 않아도 된다니까!"

당황한 선노미가 소리쳤다. 아이는 금세 시야에서 사라졌다.

"거기 누구요?"

소리가 거슬렸는지 훈장이 방에서 나와 내다보았다. 생각보다 젊은 남자였다. 하얗고 말쑥한 얼굴이 딱 선비 같았다. 어쩐지 그 얼굴이 낯익은 것 같다는 생각이 들었다.

"아, 너는!"

"서, 선비님?"

훈장과 선노미가 화들짝 놀라 동시에 말을 내뱉었다.

"이것 참 희한한 인연이구나."

남자의 입가에 서서히 희미한 미소가 번졌다. 그는 바로 선노미에게 글을 가르쳐 준 선비 종훈이었다.

학생들이 다 돌아가고 난 뒤 선노미는 종훈과 마주 앉았다.

종훈의 아내 가영은 손님상을 차린다며 부엌으로 나갔다. 그녀는 수수한 얼굴에 자연스러운 기품이 몸에 밴 여자였다.

"여기는 어쩐 일이니?"

방 안에 둘만 남자, 종훈이 물었다.

"여긴 한양에서 혼자 올 수 있는 데가 아닌데."

"연암 나리를 따라 청나라 사절단으로 갔다가…… 그냥 이렇게 됐어요."

"그냥 이렇게라고?"

종훈은 의아해하며 눈썹을 치켜세웠지만, 선노미가 난처해질까 봐 더는 묻지 않았다.

"선비님이야말로 왜 여기 내려와 계세요?"

이번엔 선노미가 물었다.

"그게…… 그럴 만한 사정이 있었다."

선노미도 더는 묻지 않았다.

둘이 입을 다물자 잠시 어색한 침묵이 흘렀다.

"언문은 다 깨쳤니?"

먼저 말문을 연 건 종훈이었다.

"네! 덕분에 이제 읽고 쓰는 건 아무 문제 없어요."

선노미가 자신 있게 대답했다. 종훈의 표정이 그 말 한마디에 밝아졌다.

"가르친 보람이 있구나."

흐뭇해하는 종훈의 얼굴을 보며 선노미도 오랜만에 환하게 웃었다.

"서당은 언제 여셨어요?"

"석 달쯤 됐나. 나보다 나이 많은 학생들도 있는데, 선생님이라 부르니 영 어색하더구나."

"속으론 좋아하시면서 뭘 그래요."

어느새 밥상을 들고 들어온 가영이 불쑥 끼어들었다. 놀리는 말투에 종훈이 괜스레 쑥스러워했다.

밥상엔 뭇국과 나물 반찬 몇 가지가 올라와 있었다. 간소했지만 간이 잘 배어 맛깔스러웠다. 모락모락 김이 나는 따뜻한 밥이 선노미에겐 오늘 첫 끼였다.

"어디 머물 곳은 있니?"

허겁지겁 먹는 걸 물끄러미 지켜보던 가영이 물었다. 선노미가 입에 밥을 가득 문 채로 고개를 저었다.

"그럼 당분간 여기서 지내렴."

선노미가 놀라 부부를 번갈아 보았다.

"아직 나이도 어린데 고생하는 게 안쓰러워서 그래. 괜찮죠, 여보?"

가영이 종훈을 쳐다봤다. 종훈은 오히려 고마운 듯 고개를 크게 끄덕였다.

"당연하지. 따지고 보면 선노미가 내 첫 제자인데."

"그럼 잘 부탁드리겠습니다."

선노미가 수저를 놓고 단정히 꿇어앉아 인사를 올렸다.

"있으면서 일도 좀 거들고. 언문을 다 아니까 도와줄 게 꽤 있을 거다."

종훈이 그렇게 말했지만 선노미가 부담을 느끼지 않도록 배려한 것이었다.

"이 동네 학구열이 보통 높은 게 아니거든."

"아, 그러고 보니……"

땅바닥에 나뭇가지로 언문을 따라 쓰던 아이가 생각났다. 선노미가 생김새를 얘기하자 종훈의 표정이 흐려졌다.

"차돌이 말이구나."

"무슨 문제라도 있나요?"

"글이 배우고 싶은 모양인데……"

종훈이 대답했다.

"부모님이 차돌이가 서당 다니는 걸 싫어하나 봐요?"

"그런 것 같더구나."

"밥은 잘 먹고 다니는지 모르겠어요. 그렇게나 깡말라서."

가영이 곁에서 한숨을 푹 내쉬었다.

"다음에 또 보거든 말 한번 붙여보렴."

선노미는 작은 등을 둥글게 말고 앉아 나뭇가지로 땅바닥을 끄적이던 차돌이가 떠올랐다. 어쩐지 예전에 주막에서 손님들 이야기를 듣고 그걸 그림으로 남겨놓던 제 모습이 겹쳐졌다.

'다음에 만나면 꼭 알아봐야겠어.'

선노미는 속으로 그렇게 다짐했다.

차돌이가 머뭇머뭇 싸리문을 열고 안으로 들어왔다.

집을 비운 걸 어머니가 눈치챘을까. 살짝 빠져나갔다 왔으니 모를 거야. 시키는 대로 장작도 다 패놓고 뒷간 청소도 마쳤으니. 콩닥거리는 가슴을 억누르며 헛간으로 조심스레 걸음을 옮겼다.

"어딜 갔다 이제 오는 거야!"

헉! 차돌은 숨을 들이키며 그대로 멈춰 섰다. 최대한 발소리를 죽였는데도 영순이 어느새 나타났다.

"밖에 나다니지 말라고 내가 몇 번 말했어!"

"죄송해요, 어머니."

차돌이 고개를 푹 숙였다.

영순이 차돌이를 세차게 밀쳤다. 몸집이 가냘픈 아이는 몇 걸음 밀려나다 그대로 바닥에 픽 쓰러졌다.

"말로만 죄송하다, 죄송하다 하면서 계속 같은 잘못을 저지르잖아."

"……죄송해요."

기어 들어가는 목소리로 차돌이 간신히 대답했다.

"왜 자꾸 같은 실수를 하는 거야! 너 바보니? 바보야?"

영순이 나동그라진 차돌이를 발로 찼다. 내지르는 발길이 차돌의 옆구리를 파고들었다. 차돌이가 태아처럼 몸을 작게 말고 신음했다.

"그렇게 지저분한 꼴로 동네를 돌아다니니까 사람들이 날 이상하게 생각하는 거 아냐."

분이 풀리지 않는지 영순이 연거푸 차돌이를 발길질했다. 옆구리,

배, 다리…….

울음이 터져 나오려는 걸 차돌은 이를 악물고 참았다. 울음소리가 새 나오면 영순은 더 닦달할 것이다. 그러면 매질로 끝나지 않는다. 차돌이가 제일 싫어하는…….

살갗에 와닿는 부지깽이의 뜨거운 열기가 떠올라 차돌은 눈을 질끈 감고 숨을 죽였다.

"내가 전생에 무슨 죄를 지었길래 이런 골칫덩이를."

늘 그렇듯 구타의 마지막은 영순의 신세 한탄으로 끝났다.

"꼴 보기 싫으니 어서 썩 꺼져!"

영순이 악을 썼다.

차돌은 일어나려 했지만 몸이 말을 듣지 않았다. 발로 차인 곳이 욱신욱신 쑤셨다. 옆구리가 뻐근했다. 어쩌면 갈비뼈에 금이 갔는지도 몰랐다. 예전에도 그랬던 것처럼.

"엄살 떨래? 기어이 혼쭐이 나겠다는 거지?"

차돌은 있는 힘을 다해 몸을 일으켰다. 더 이상 어머니를 화나게 했다가는 부지깽이가 날아들 것이다. 일어서니 온몸이 불에 덴 것처럼 화끈거리며 욱신욱신 쑤셨다. 하지만 그래도 팔다리가 움직이는 걸 보면 적어도 부러진 데는 없는 것 같았다.

"게으름 피웠으니 오늘 저녁은 없어!"

절룩거리며 걸어가는 차돌이 등 뒤로 영순의 사나운 목소리가 들렸다.

헛간으로 들어가 문을 닫은 뒤에야 차돌은 간신히 참았던 울음을 터뜨렸다. 눈물이 뺨을 타고 줄줄 흘러내렸다. 그래도 울음소리가 밖으로 새 나가선 안 된다는 생각에 꾀죄죄한 옷자락으로 연신 눈물을 훔쳤다.

꼬르륵.

종일 아무것도 먹지 못한 배에서 밥 달라는 소리가 났다. 대접을 보니 물이 이미 다 말라붙어 있었다. 우물가까지 걸어갈 엄두는 도저히 나지 않았다. 그러다 들키기라도 하면 이번엔 얻어맞고 걷어차이는 걸로 끝나지 않을 것이다. 차라리 배고픔을 참는 게 나았다.

'괜찮아, 괜찮아, 괜찮아.'

차돌이 스스로를 달래고는 짚더미를 더듬어 숨겨놓은 종이와 숯을 꺼냈다.

종이는 보부상인 아버지가 남기고 간 것이다. 이것도 어머니한테 들키면 안 된다. 짚더미를 뒤져볼 일은 없을 테니 큰 걱정은 하지 않았다.

욱신거리는 허리를 짚고 차돌은 하얀 종이 위에 숯으로 끄적거렸다. 아픔과 배고픔과 외로움을 잠시나마 잊게 만들 낙서를. 그건 차돌을 이곳에서 다른 세상으로 데려다주는 마술이었다.

차돌 옆엔 어느새 아버지가 다가와 앉아 있었다. 먼 곳에 장사를 다니느라 항상 집에 없는 아버지. 하지만 다정하기 그지없는 아버지.

그런 아버지가 차돌은 늘 그리웠다.

"오늘은 뭘 그리고 있니?"

차돌이 아버지에게 종이를 보여줬다. 온화한 아버지의 표정에 그늘이 졌다.

"마음에 안 들어요, 아버지?"

"글쎄다, 다음엔 다른 걸 그려보렴."

"어떤 거요?"

"주먹밥 나무라든지."

"주먹밥 나무? 그게 뭐예요?"

"뭐긴 뭐야. 말 그대로 주먹밥이 열리는 나무지."

"세상에 그런 게 있어요?"

차돌이 눈을 반짝 빛냈다.

"물론 있고말고. 내가 직접 봤는데."

차돌의 입에서 우와, 하는 감탄사가 터져 나왔다.

"얘기해주세요."

"여기서 백 리나 먼 고을에 갔을 때였는데."

아버지가 차돌이 머리를 쓰다듬으며 이야기를 시작했다.

"한참 동안 떠돌아다녀도 도무지 인가가 안 보이지 뭐니. 길을 잃은 것 같았어. 다리는 무겁고, 배는 고프고……."

"저도 지금 그래요."

아버지는 다 안다는 듯 고개를 끄덕이며 말을 이었다.

"그늘에 앉아서 좀 쉬려고 나무 밑에 봇짐을 내려놓는데 뭐가 툭 떨어졌어. 처음엔 솔방울인가 했는데 가만 보니 주먹밥이더구나."

차돌은 침을 꼴깍 삼켰다.

"갓 지은 밥으로 만들었는지 따끈따끈했어. 굶주린 참이라 바로 한 입 베어 물었지."

"맛이 어땠어요?"

"소금 간이 적당히 밴 게 꿀맛이더구나. 고개를 들어 올려다보니 나뭇가지에 주먹밥이 한 개도 아니고 수십 개가 감처럼 주렁주렁 달려 있었어."

"에이, 거짓말."

"정말이라니까."

아버지가 일부러 힘을 주어 말했다.

"마침 누군가 저만치 지나가기에 불러서 물어봤단다. 이보쇼, 내 눈이 이상한 거 아니죠? 이 나무에 주먹밥이 열린 거 맞죠?'"

"그랬더니요?"

"그 남자가 이상한 표정으로 날 쳐다보면서 형씨, 주먹밥 나무 처음 보쇼, 하더구나. 이 동네엔 주먹밥 나무가 흔한 거라고."

"그럼 그곳엔 배가 고픈 사람들이 없겠네요?"

"그렇단다."

아버지가 고개를 끄덕였다.

"주먹밥 나무가 얼마든지 있으니 말이다. 다들 안마당에 주먹밥 나무를 키워서 열매가 열리면 주먹밥을 따서 먹는다고 하더라."

"주먹밥 나무는 어떻게 키워요?"

"그게 말이야, 요만한 쌀 한 톨을 땅에 묻고 하루에 한 번씩 물을 주면 열흘 밤이 지나서 나무가 쑥쑥 자라 주먹밥이 열린다는구나."

"쌀 한 톨요?"

그거면 나도 구할 수 있어, 하고 차돌은 생각했다. 어머니 몰래 뒤주에서 쌀 한 톨을 꺼내 주먹밥이 주렁주렁 열리는 마을로 도망쳐야겠다. 그곳에서 주먹밥 나무를 심을 거야. 주먹밥이 열리면 거기서 쌀을 몇 톨 떼낸 뒤 땅에 묻어 나무를 여러 그루로 늘려야지. 그럼 앞으로는 절대 배를 곯지 않을 거야.

"아버지, 주먹밥 나무는 어디에 있어요?"

차돌이 물었다.

"다음에 올 때 가르쳐주마."

"다음에 언제 올 건데요?"

"사흘 밤이 지나면."

"사흘 뒤에 꼭 올 거죠?"

"그럼! 약속이다."

아버지가 새끼손가락을 내밀었다.

차돌이도 새끼손가락을 내미는데, 아버지는 이미 사라지고 없었다. 왔을 때처럼 홀연히. 흔적도 없이.

선노미는 며칠이 지나도록 차돌을 만날 수 없었다. 마치 안 나타나기로 마음먹은 것처럼 얼씬도 하지 않았다. 그랬기에 마침내 차돌을 다시 만났을 때 선노미는 반가워 한달음에 달려갔다.

"얘, 차돌아!"

제 이름을 듣자 차돌은 흠칫 놀랐다. 달아나려는 차돌의 손목을 선노미가 단단히 붙잡았다. 그 바람에 차돌이 옆구리에 끼고 있던 게 바닥에 툭 떨어졌다.

"이게 뭐야?"

바닥에 떨어진 건 곱게 접은 종이였다.

"펴봐도 돼?"

차돌의 시선이 불안하게 이리저리 흔들렸다. 당장이라도 도망치고 싶지만 선노미가 제 물건을 갖고 있어 어쩔 줄 모르는 것 같았다.

선노미는 종이를 조심스레 펴보았다. 거칠거칠한 흰 종이에 투박한 솜씨로 비뚤비뚤 그림이 그려져 있었다.

"네가 그린 거야?"

눈치를 보며 차돌이 보일락말락 고개를 까닥였다.

그림 속엔 둥그런 주먹밥이 주렁주렁 달린 나무가 여러 그루 서 있고, 그 옆에 어린 남자아이가 물을 주고 있었다.

"이거 주먹밥이야? 하하, 재밌네."

"주먹밥 나무는 진짜 있어."

선노미가 웃자 차돌은 기분이 상한 듯했다.

"아버지가 얘기해줬어."

선노미는 다시 종이를 접어 차돌에게 돌려주려 했다. 그러다 문득 나무 밑에 서툴게 쓴 글씨가 눈에 들어왔다. '나무'라는 두 글자가 적혀 있었다.

"너, 언문을 알아?"

선노미가 물었다.

차돌이 고개를 흔들었다.

"이거 네가 쓴 거 아냐?"

"……조금 ……밖에 몰라."

잔뜩 목을 움츠리며 차돌이 대답했다.

"그래도 대단하네. 정식으로 배운 것도 아니고 여기서 귀동냥으로 들었을 거 아냐."

야단치는 게 아니란 걸 알았는지 차돌이 조금 긴장을 푸는 듯했다. 이때다 싶어 선노미가 물었다.

"언문은 왜 배우고 싶은 거야?"

차돌이 입을 다물고 물끄러미 발밑을 내려다보다 불쑥 입을 열었다.

"다른 세상엘 갈 수 있으니까."

"다른 세상? 다른 세상이 어디야?"

"여기가 아닌 곳."

차돌의 말은 알쏭달쏭했다.

"그곳에 가는 데 언문이 왜 필요한데?"

차돌은 설명할 말을 찾는지 한참 동안 고개를 숙이고 있다 중얼거
렸다.

"……사라지니까."

"사라진다고? 뭐가?"

"머릿속에 있는 게."

차돌은 제 것을 돌려달라며 손을 내밀었다.

종이를 건네자 차돌이 냉큼 받아들었다. 그때 옷소매가 슬쩍 올라
가며 팔뚝이 드러났다.

"이게 뭐야? 다쳤어?"

선노미가 팔을 낚아채 소매를 걷어올렸다.

화상 자국이 팔을 온통 뒤덮고 있었다. 아물어 허옇게 상처만 남은
곳도 있었고, 벌겋게 성이 나서 진물이 흐르는 데도 있었다.

"안 되겠다, 안에 들어가 치료하자."

차돌은 질겁하며 소매를 내렸다.

"안 돼!"

"안 되긴 뭐가 안 돼. 다친 거 이렇게 놔두면 덧나."

선노미가 차돌이를 끌어당겼다.

"다른 사람들이랑 얘기하지 말랬어."

차돌이 잔뜩 겁을 먹은 표정으로 말했다.

"누가? 아버지가?"

차돌의 표정이 확 바뀌었다. 이젠 겁을 먹은 게 아니라 화가 난 얼

굴이었다.

"아버지 얘기하지 마!"

차돌이 빽 소리 지르곤 등을 돌렸다.

"차돌아, 잠깐 있어봐!"

"저리 비켜!"

선노미가 깜짝 놀랄 정도로 차돌이 온몸으로 떠밀었다. 선노미는
비틀거리며 몇 걸음 뒤로 물러섰다.

"따라오지 마!"

차돌이 고함을 지르곤 후다닥 달아났다. 선노미는 차돌이 안 보일
때까지 지켜보았다.

아버지는 약속을 지키지 않았다. 사흘 밤이 지났는데도 보러오지
않았다. 아버지에게 무슨 일이라도 생긴 걸까. 차돌이는 인상을 찌푸
리며 흰 종이에 그린 그림을 보았다. 불에 덴 다리가 견딜 수 없이 욱
신욱신 쑤셨다. 영순이 기어이 부지깽이를 들었기 때문이다.

동네 아낙이 '그 집 아이, 밥은 잘 먹고 다니는 거 맞아요?' 하고 참
견을 한 게 화근이었다. '차림새도 형편없던데, 신경 좀 써야겠어요'
라며, 아낙들 앞에서 창피를 줬다고 영순은 길길이 날뛰었다. 나다니
지 말랬는데도 왜 말을 안 들어서 기어이 이런 꼴을 당하게 하냐고.

"말 안 듣는 아이는 벌을 받아야 해."

영순은 화로에 벌겋게 달군 부지깽이를 가져와 차돌이 다리를 지

졌다.

살 타는 냄새가 나면서 통증이 발끝부터 머리끝까지 치달았다. 비명이 목구멍까지 솟구쳤다가 영순이 입에 물려놓은 재갈에서 막혔다. 온몸에 솟은 땀 때문에 옷이 흥건하게 젖었다. 머리가 빙빙 도는 것이 금세라도 정신 줄을 놓을 것 같았다. 그 바람에 바지 뒤춤에 숨겨놨던 종이가 바닥에 흘러내렸다.

"뭐야, 서당에라도 간 거야?"

종이를 발견한 영순이 씩씩거렸다.

"이건 또 어디서 훔쳤어?"

"훔친 게 아니에요……."

차돌이 말꼬리를 흐렸다.

"훔친 게 아니면 어디서 났어? 바른대로 말 못 해?"

아버지 물건이라고 하면 영순이 당장 종이를 다 뺏어갈 것이다. 그것만은 안 되는데…….

"이게 진짜 보자보자 하니까."

종이를 북북 찢은 영순이 분을 못 참겠는지 이번엔 부지깽이로 차돌의 다른 쪽 다리를 지졌다.

치지직.

차돌이가 몸을 활처럼 휘면서 버둥거렸다. 재갈이 입을 막지 않았더라면 고통을 못 이겨 혀를 깨물었을 게 분명했다. 눈앞이 하얘졌다가 노래졌다가 다시 하얘졌다.

"죄송…… 해요. 용서…… 해…… 주세요."

차돌이는 정신이 혼미한 와중에도 필사적으로 빌었다.

"또 그놈의 죄송하단 소리!"

발끈한 영순이 차돌을 억지로 일으켜 목덜미를 잡은 채 헛간으로 질질 끌고 갔다.

"거기서 네 잘못이 뭔지 생각해봐."

영순은 그렇게 쏘아붙이곤 헛간 문을 걸어 잠갔다.

헛간 안은 싸늘한 냉기가 돌았다. 하지만 차돌은 추위를 느낄 수도 없었다. 눈앞의 사물들이 점점 희미해지더니 마침내 새카만 어둠이 눈앞을 뒤덮었다. 다시 정신을 차리고 나니 헛간 안에 홀로 덩그러니 남겨져 있었다.

"아버지……."

차돌이 울먹거리며 아버지를 불렀다. 그래도 아버지는 오지 않았다. 오지 않는 아버지를 기다리며 차돌은 들었던 이야기들을 떠올렸다. 고통을 잊기 위해, 그리움을 잊기 위해.

호수에 도끼를 빠뜨린 나무꾼 이야기, 제비가 물어다 준 박씨를 심어 부자가 된 가난뱅이 이야기, 공주와 결혼한 바보가 장군이 되는 이야기……. 이야기를 하나씩 떠올리는 동안 눈이 스르르 감겼다. 차돌이는 다시 정신을 놓았다.

선노미는 내내 차돌의 팔뚝에 난 화상 자국을 머리에서 지울 수 없었다.

어쩌다 그런 걸까. 얼마나 아팠을까. 사고로 난 상처가 아닌 것 같아 더 신경 쓰였다. 일부러 아이 몸에 낸 상처 같았다. 대체 누가 그런 못된 짓을 할까? 아직 어린애에게!

"저…… 차돌이를 봤는데요."

선노미는 서당 수업이 끝나길 기다렸다가 종훈에게 차돌이 얘기를 꺼냈다. 팔뚝에 난 화상 자국까지 털어놓자 종훈이 얼굴을 찌푸렸다.

"팔뚝에 화상 자국이 그렇게 많다고? 어쩌다 그랬을까?"

선노미가 고개를 저었다.

종훈이 골똘히 생각에 잠겼다가 늦게까지 남은 아이들에게 차돌이라는 애를 아는지 물었다. 다들 고개를 저었다.

"걔 좀 이상한 애 아니에요? 몸에서 냄새도 나고 사람들만 보면 슬슬 피하고."

"아마 친구 하나도 없을걸요?"

그중 제일 나이 많은 열다섯 살 강쇠가 종훈에게 다가와 은근슬쩍 말했다.

"차돌이는 계모랑 둘이 살아요. 어머니 말로는 계모가 걜 구박하는 것 같대요."

"아버지가 있다면서 왜 안 말리지?"

선노미가 이상해하며 물었다.

"아버지?"

강쇠가 어리둥절한 표정을 지었다.

"차돌이 아버지는 작년에 돌아가셨는데."

강쇠 말에 따르면, 보부상이던 차돌이 아버지는 자주 집을 비웠다고 했다. 그때도 계모는 차돌을 살갑게 대하진 않았지만, 차돌이 아버지가 죽고 나자 대놓고 막 대하는 것 같다고 했다. 차돌이는 영양상태도 부실해 보이고 옷차림도 점점 형편없어졌다. 이따금 그것 때문에 계모에게 뭐라고 하는 사람들도 있었지만, 남의 집 일이니 그이상 간섭하기도 어려웠다.

차돌이 밖엘 나다니는 일도 적어졌다. 사람들을 봐도 경계하고 달아나기 일쑤였다. 말수가 없어도 그 정도는 아니었는데⋯⋯. 강쇠는 거기까지 단숨에 털어놨다.

"혹시 그 화상 자국, 계모가 그런 걸까요?"

선노미가 조심스레 물어봤다.

"아무리 그래도 그런 짓까지 했으려고."

그렇게 말하면서도 종훈은 꺼림칙한 얼굴이었다.

"말 나온 김에 차돌이 집에 한번 가보자꾸나."

종훈과 선노미는 강쇠가 가르쳐준 대로 차돌이 집을 찾아 나섰다.

그사이 무슨 일이라도 벌어졌으면 어쩌나, 선노미 가슴이 불안하게 술렁거렸다.

차돌이네 집은 마을 외곽에 있었다. 근방에 집들이 뜸했다. 밖에서 보니 사는 게 그리 궁핍해 보이진 않았다. 차돌이 외양을 보고 선노미가 짐작했던 형편과는 사뭇 달랐다.

"계십니까?"

종훈이 싸리문 밖에서 기척을 냈다. 대답이 없었다. 종훈이 한 차례 더 목소리를 냈다. 그제야 한참 있다 방안에서 체구가 작은 여자가 나와 문을 열었다.

"누구세요?"

혈색이 안 좋고 눈매가 사나운 여자였다. 이목구비가 반듯했지만 음침한 인상 때문에 예쁘장한 얼굴이 가려졌다. 여자가 미심쩍은 얼굴로 종훈과 선노미를 번갈아 바라보았다.

"혹시 여기 차돌이네 집인가요?"

"그런데요?"

차돌이 이름이 나오자 경계하는 기색이 어렸다.

"서당 훈장인데 차돌이를 좀 볼 수 있을까요?"

"차돌이는 서당에 안 다니는데요."

여자가 퉁명스럽게 말했다.

"차돌이가 가끔 서당에 놀러 오곤 해서요. 요새 통 안 보이기에 혹시 어디 아픈가 해서 와봤습니다."

"자기 학동도 아닌데 오지랖이 퍽도 넓으시네요."

여자가 톡 쏘아붙이듯 말했다.

"차돌이 집에 있나요?"

이번엔 선노미가 물었다.

"없어. 놀러 나갔어."

"어디로 갔습니까?"

끈질기다 싶었는지 여자가 노골적으로 싫은 내색을 했다.

"어디서 노는지 알 게 뭐예요. 열 살짜리 사내애를 어떻게 일일이 다 따라다녀요."

열 살이라고? 선노미는 믿기지 않았다. 작고 앙상한 차돌은 여섯 일곱 살 정도로밖에 안 보였다.

"밖엘 잘 안 다닌다던데요."

"밖엘 안 나다니는데 서당엘 어떻게 갔겠어요. 서당에서 걜 보셨다 면서요."

여자는 이제 대놓고 눈을 부라렸다.

"더 볼일 없으면 어서 가보세요."

"차돌이가 돌아올 때까지 집 안에서 기다려도 되겠습니까?"

여자가 펄쩍 뛰었다.

"이게 무슨 수작이에요! 여자 혼자 있는 집에 남정네가 둘씩이나 들이닥쳐서는."

여자의 퍼런 서슬에 종훈이 주춤했다.

"내가 자식새끼 잡아먹기라도 할까 봐서요? 남의 집 일에 무슨 간 섭이람."

여자가 종훈과 선노미를 밀어낸 뒤 눈앞에서 싸리문을 단단하게 걸어 잠궜다.

"그럼 밖에서 기다리겠습니다."

종훈이 고집스럽게 말했다.

"기다리긴 뭘 기다려요!"

여자가 마침내 빽 소리를 질렀다.

"계속 얼쩡거리면 서당 훈장이 여인네 혼자 사는 집에 막무가내로 들어오려 했다고 동네방네 다 떠들고 다닐 거에요."

"나중에 다시 와요."

종훈이 진땀을 흘리는 걸 보며 선노미가 속삭였다.

"어쩔 수 없구나."

종훈이 한숨을 푹 내쉬었다.

둘은 마지못해 발길을 돌렸다.

차돌이네를 떠나오면서도 선노미는 못내 마음이 무거웠다. 뭔가 큰 실수를 저지른 기분이었다. 어쩐지 차돌이가 등 뒤에서 자신을 부르는 것 같다는 느낌을 선노미는 지울 수 없었다.

눈을 떠보니 차돌은 솜털 같은 구름 위에 앉아 있었다. 폭신폭신한 감촉이 기분 좋았다. 하얀 솜털을 조금 떼서 입으로 후, 하고 불어봤다. 민들레 씨앗처럼 하얗고 보슬보슬한 가루가 파란 하늘로 널리 퍼져나갔다.

"아이고, 왕자님. 오셨군요. 기다리고 있었습니다."

늙수그레한 남자가 달려와 황급히 차돌을 일으켜 세웠다.

"왕자님이라고? 여기가 어디예요?"

영문을 몰라 주위를 두리번거렸다.

"기억 안 나십니까?"

남자가 서글픈 얼굴로 고개를 흔들었다.

"여기는 왕자님이 사시던 하늘나라 궁전입니다."

"내가 여기 살았다고요?"

구름 위에 처마가 높게 솟은 으리으리한 대궐이 보였다. 하늘 위에 가볍게 떠 있는 집을 하얀 구름이 마치 담쟁이덩굴처럼 이리저리 얽고 있었다. 노랑과 빨강 깃털이 섞인 예쁜 새가 이 구름에서 저 구름 사이로 포르릉 날아갔다. 모두 다 처음 보는 신기한 광경이었다.

"그런데 왜 기억이 안 나요?"

"곧 기억이 나실 겁니다."

남자가 안쓰럽다는 듯 말했다.

"인간 세상에 너무 오래 살아 이곳에서의 기억이 흐려졌을 뿐, 곧 돌아올 거예요."

차돌이 고개를 갸웃했다. 남자가 하는 말을 처음부터 끝까지 도무지 알아들을 수 없었다.

"내가 왕자라면 왜……?"

맞고, 배를 굶고, 모진 고통을 당해야 했냐고 물어보려다 차돌은 말을 삼켰다. 이런 멋진 곳에선 떠올리기조차 싫은 기억이었다.

"못된 마귀가 왕자님을 납치해 땅으로 데려갔거든요. 행여나 누가 왕자님을 발견하고 다시 하늘로 데려갈까 봐 꼭꼭 가둬놨지요."

차돌의 마음을 읽은 듯 남자가 대답해주었다.

"그런데 왜 아무도 절 안 찾았어요?"

여기서 산 기억도 아직 돌아오지 않는데 차돌은 원망부터 밀려왔다. 왜 날 그곳에 혼자 내버려둔 거야. 왜 아무도 날 구해주지 않은 거야. 왜.

"안 찾기는요."

남자가 억울하다는 표정을 지었다.

"임금님이 왕자님을 찾으려고 땅에 햇빛과 비를 내려보냈답니다. 하지만 왕자님이 갇힌 곳엔 햇빛도 들지 않았고, 빗물도 뚫을 수가 없었어요. 결국엔 곳간에서 먹을 걸 뒤지던 생쥐가 왕자님을 발견했지요."

남자의 말은 '차돌아'라고 부르는 목소리 때문에 중간에서 뚝 끊겼다. 차돌이 소리 난 곳을 돌아봤다. 번쩍번쩍 빛나는 옷을 입은 아버지가 서 있었다.

"아버지!"

차돌이 구름 위를 마구 뛰어가 아버지 품에 안겼다.

"왜 절 보러 안 왔어요? 약속해놓고선. 보고 싶었는데."

저도 모르게 눈물이 줄줄 흘러나왔다.

"대신 널 이렇게 구해내지 않았니."

아버지가 다정한 목소리로 말하며 차돌이 얼굴에 흐르는 눈물을 닦았다.

"이제 더는 힘든 일 겪지 않아도 돼. 이곳에선 배고플 일도, 아플 일도 없단다."

"주먹밥 나무도 있어요?"

아버지가 웃었다.

"그것보다 훨씬 더 좋은 것들이 있지. 먹고 싶은 건 뭐든 다 먹을 수 있어."

"와!"

차돌이 환호성을 지르며 아버지를 꼭 끌어안았다. 다시는 놓치지 않겠다는 듯이.

"아버지, 나 아버지랑 있을래요. 같이 쭉 살래요."

아버지가 어쩐지 슬퍼 보이는 미소를 지으며 고개를 끄덕였다.

이제 더는 밤마다 다른 세상을 꿈꾸지 않아도 돼. 아버지가 들려줬던 이야기를 곱씹으며 잠들지 않아도 돼. 차돌은 가슴속 깊이 행복이 차오르는 걸 느꼈다.

'지금이 너무너무 좋아.'

스르르 눈을 감으며 차돌은 그렇게 중얼거렸다.

선노미가 차돌이 죽었다는 소식을 들은 건 차돌네를 방문한 며칠 뒤였다. 강쇠한테서 그 얘기를 전해 듣고 선노미는 가슴이 미어졌다.

"어린 애가 어쩌다 그렇게 갔다니! 며칠 전만 해도 선노미가 봤다던데."

종훈도 충격을 받은 모습이었다.

"잘 모르겠어요. 뭘 잘못 먹은 것 같다는데."

강쇠가 우물쭈물하며 덧붙였다.

"저희 어머니는 계모가 수상하댔어요. 어쩌면 몰래 차돌이를 해치웠을 거라고."

해치웠다는 말은 다소 과장되게 들렸지만, 그 여자가 계모라면 그럴 수도 있을 것 같았다.

"그래서 차돌이는……."

"계모가 묫자리 파는 할아버지한테 부탁해서 뒷산에 묻었어."

강쇠가 선노미 마음을 알아채고 대답했다.

선노미는 차돌이 안타깝고 안쓰러워 견딜 수 없었다. 눈물 흘려줄 사람도 없는 불쌍한 차돌이 무덤에 찾아가 절이라도 해야 할 것만 같았다.

"혹시 그 묫자리 파는 할아버지 어디 계신지 알아?"

묘지기 노인을 찾기도 전에 선노미는 차돌이 무덤을 바로 발견했다.

묘지 어귀에 만든 지 얼마 안 돼 흙도 아직 덜 마른 작은 무덤이 다른 무덤들과 좀 떨어진 곳에 동그마니 놓였다. 크기가 자그마한 것이 한눈에 봐도 어린아이 무덤이었다.

"차돌아, 나 기억해? 이제 도망 안 갈 거지?"

선노미가 주머니에서 주먹밥을 꺼내 무덤 앞에 놓았다. 이곳에 올 때 가영이 싸준 것이다.

"무슨 일을 겪은 거니? 어쩌다 그렇게 급히 떠난 거야?"

무덤과 마주 앉은 선노미가 통곡하듯 물었다. 돌아오는 대답은 없고 메아리만 서글프게 울려 퍼졌다. 죽어서도 찾는 사람 하나 없는데, 여기서도 얼마나 외로울까. 선노미는 무덤 흙을 쓰다듬듯 어루만졌다.

"거기 누구요?"

등 뒤에서 걸걸한 목소리가 들렸다. 돌아보니 머리가 새하얀 노인이 서 있었다. 묘지기 노인 장수인 모양이었다. 나이에 비해 체구가 다부지고 뼈대도 강건해 보이는 사람이었다.

"형제는 없다던데……. 혹시 죽은 아이 친군가?"

장수가 무덤 앞에 놓인 주먹밥을 보며 물었다. 선노미가 얼떨결에 고개를 끄덕였다.

"먹을 건 없지만 기왕 여기까지 왔으니 잠시 한숨 돌리고 가."

장수가 뒷짐 지고 느릿느릿 무덤가를 떠나자 선노미도 뒤를 따랐다. 물어볼 게 있었기 때문이다.

좁은 집 안은 장수 혼자 사는지 세간살이가 단출했다.

"안사람이 먼저 간 지 오래돼서……."

어지러운 살림살이가 부끄러운지 장수가 말꼬리를 흐렸다.

"차돌이는……."

선노미가 먼저 운을 뗐다. 하지만 막상 입을 열고 보니 뭘 물어야
할지 알 수 없었다.

"어린애를 묻고 나면 며칠간 기분이 안 좋아."

장수가 담뱃대를 물며 말했다.

"그런데 어쩨 이번엔 기분이 특히 더 안 좋더구면."

"왜요?"

"꼬마가 많이 굶주린 것 같았어. 드러난 팔다리에 화상 자국도 잔
뜩 있었고."

장수는 그렇게 말하며 담뱃대를 뻐끔거렸다.

"혹시……."

누군가 차돌이를 죽인 것 같냐고 묻고 싶었지만 차마 입이 떨어지
지 않았다.

"어떻게 죽었는지 몰라도 아이가 살았을 때 행복하지 않았던 건 분
명하더군."

"차돌이 어머니는 어때 보였어요?"

장수는 피식 코웃음을 쳤다.

"혹 하나 떼낸 사람처럼 후련해 보이던데. 수고비로 돈 몇 푼 던져
주고 애 무덤엔 와 보지도 않았어. 아무리 피 한 방울 안 섞였대도 그
렇지, 어미라는 사람이."

장수가 쯧쯧 혀를 찼다.

"그래도 그나마 다행일세. 찾아와 빌어주는 사람이 하나는 있으니."

장수가 길게 연기를 뿜어냈다.

"아, 그렇지."

문득 생각난 듯 장수가 장롱 서랍을 주섬주섬 뒤져 뭔가를 꺼냈다. 그의 손에 들린 건 낡고 구겨진 종이뭉치 다발이었다.

"이게 뭐예요?"

"죽은 애 품에 있던 거야."

선노미가 놀라 눈을 크게 떴다.

"어찌나 꼬깃꼬깃 접어 숨겨놨는지 하마터면 발견 못 하고 그냥 같이 묻어버릴 뻔했어. 원래는 가족에게 전해줘야 하는데 어쩐지 그 어미라는 여자가 꺼림칙해서 말았어. 자네가 가져가."

장수가 휴우, 하고 깊은 한숨을 내쉬었다.

"이 일을 오래 하다 보니 사연 있는 죽음은 직감적으로 눈치를 채겠더군. 그 아이, 아마 말 못 할 사연이 있었을 거야."

선노미는 돌아와 장수에게서 받은 종이부터 펼쳐 보았다.

하얀 종이에는 숯으로 그린 낙서가 빼곡했다. 부부로 보이는 남녀가 커다란 호박 같은 걸 켜고 있는 그림이 가장 먼저 눈에 들어왔다. 반쯤 열린 박 안에 금덩이와 비단옷 같은 게 들어 있는 게 보였다. 남자 머리 위로는 제비를 닮은 새 한 마리가 날아가고 있었다.

'옛날이야기를 표현한 모양이구나.'

다음 장을 넘겨봤다. 새카만 새들 머리를 밟고 서 있는 두 남녀가 손을 맞잡고 눈물을 펑펑 흘리고 있었다. 이건 아마 견우직녀 이야기인 것 같았다.

어쩐지 차돌이가 자신과 닮았다는 생각이 들었다. 만약 차돌이가 살아있다면 자신이 겪은 이야기를 해 줄 수도 있을 텐데. 무섭다고 귀를 막으면서도 바싹 다가와 앉는 차돌이 모습이 머릿속에 선하게 그려졌다.

다음 장은 색다른 그림이었다. 뭉게구름 위를 뛰어다니는 사내아이를 그린 그림. 사내아이 그림 밑엔 삐뚤빼뚤한 글씨체로 '나'라고 적혀 있었다. 아마도 차돌이가 구름 속에서 노는 제 모습을 상상한 모양이었다.

커다란 새의 다리를 붙잡고 날아가는 소년, 거북이를 타고 바다 밑으로 가서 본 용궁 모습……. 이렇게 맑은 아이가…….

마지막 장을 넘기던 선노미는 갑자기 손을 멈추었다. 이건……. 두근거리는 가슴을 억누르며 뚫어져라 쳐다봤다.

한 손에 기다란 막대기 같은 걸 들고 있는 여자가 보였다. 여자 옆에는 화로가 그려져 있고, 화로 안 시커먼 숯덩이에선 모락모락 연기가 피어올랐다. 여자가 쓰러진 남자아이의 몸에 막대기를 갖다 댔고 아이는 괴로워하고 있었다. 여자 그림 밑에는 서투른 글씨체로 '어머니', 남자아이 그림 밑에는 '나'라고 적혀 있었다.

선노미는 떨리는 가슴을 누르며 기다란 막대기 밑에 적힌 글씨로 시선을 옮겼다. 삐딱한 글씨로 쓴 '부지깽이'라는 네 글자를 본 순간 선노미는 질끈 눈을 감고 말했다. 부정하고 싶었지만, 차돌이 팔뚝에 있던 그 화상 흉터들은 역시 계모가 만든 게 틀림없었다.

여자가 남자아이를 발로 차고, 주먹질하는 그림도 보였다. 종이 위를 채운 그림을 볼수록 선노미는 가슴이 먹먹해졌다. 차돌이는 낙서로 제가 겪은 일을 고발하고 있었다.

오늘도 굶었다. 배가 고프다.

언제쯤 헛간에서 나갈 수 있을가.

종이 한 귀퉁이에는 맞춤법이 틀린 글자도 비뚤비뚤 적혀 있었다.

'얼마나 무서웠니. 얼마나 외로웠니.'

저도 모르게 눈물이 울컥 솟아 선노미는 손등으로 눈물을 훔쳤다. 차돌이가 겪었던 지옥 같은 현실을 접하고 나니 앞서 봤던 그림이 어쩐지 달라 보였다. 유난히 밝고 행복한 허구의 세계. 어쩌면 차돌은 지옥 같은 현실을 벗어나기 위해 그런 이야기에 매달렸던 것인지도 몰랐다. 삶을 견디기 위해. 희망의 끈을 놓지 않기 위해. 왜 언문을 배우고 싶냐고 물었을 때 '사라지니까'라고 했던 말도 떠올랐다.

'너한테 이야기란 게, 글이란 게 그런 의미였구나.'

아무도 눈치채지 못했지만, 차돌은 도와달라고 말하고 있었던 것이다. 어른들에게, 제 불행에 무관심한 타인에게.

'미안해, 너무 늦게 알아서.'

흐르는 눈물을 닦으려다 선노미는 결국 엉엉 소리 내 울고 말았다.

밤이 깊었다. 새카만 어둠 위에 초승달이 희미하게 빛을 던지고 있었다. 별조차 보이지 않는 검은 하늘엔 어둠만큼 깊은 적막이 감돌았다.

영순은 화로를 앞에 놓고 홀로 술잔을 기울였다. 봄기운이 느껴진다고는 하지만 늦은 밤은 아직도 쌀쌀했다. 화로의 따뜻한 열기에 술기운이 온몸으로 더 빨리 퍼지는 것 같았다.

눈엣가시 같던 차돌이 사라졌건만 영순은 그리 편치 않았다. 죽은 아이가 딱해서 그런 게 아니다. 뒤통수에 끈적하게 달라붙는 사람들의 수군거림과 미심쩍은 눈빛이 신경 쓰였다. 저 여자가 기어이 일을 냈어. 누군가 그렇게 소곤거리던 게 영순의 귀에도 들렸다.

'흥, 자기들이 뭐라고!'

술잔을 기울이며 영순이 코웃음을 쳤다.

그렇게 말하는 자기들은 무슨 성인군자인가. 다들 남의 집 일이라고 팔짱 끼고 수수방관해 놓고는 이제 와서 착한 척은.

'일부러 죽인 것도 아니었는데.'

영순은 사람들이 의심하는 게 억울했다. 대놓고 말할 순 없지만, 자기가 한 짓을 까발려서 아이를 죽이진 않았다는 걸 보여주고 싶었다. 자신은 결코 차돌이를 죽이지 않았다. 죽게 내버려 뒀을 수는 있지만.

상처 입은 차돌을 헛간에 가둬놓고 며칠간 굶긴 뒤 문을 열었더니 아이는 그사이 싸늘한 주검으로 변해 있었다. 겨우 그 정도로 죽어버리는 거야? 영순은 가슴이 덜컥 내려앉기보다 어이가 없었다.

다행히 차돌의 죽음을 제 탓으로 돌릴 증거는 없었다. 수군거리는 이웃집 사람들조차 닫힌 문 안에서 벌어지는 일까지는 속속들이 모른다. 아이는 그냥 아프다 죽었다고 하면 된다. 그게 틀린 말도 아니니까. 하지만 묘지기 영감에게 묻어달라 돈 몇 푼 건네주고 돌아오면서 영순은 묘하게 심란한 기분이 들었다.

처음부터 차돌이 꼴 보기 싫었던 건 아니었다. 하지만 부부 관계가 틀어지면서 남편에 대한 원망은 아이에 대한 증오로 바뀌었다.

죽은 남편은 일 때문에 늘 먼 곳을 떠돌았다. 그걸 알면서도 혼례를 올렸지만, 현실은 더 견디기 힘들었다. 독수공방도 모자라 어린애 뒤치다꺼리까지 해야 하니 불쑥불쑥 분노가 치밀었다. 게다가 남편은 오랜만에 집에 돌아와도 늘 차돌이를 먼저 찾았다. 차돌이가 점점 밉살스러워 보였다.

차곡차곡 쌓아만 두던 증오가 터진 건 남편이 앓아눕게 되면서부터였다. 길고 지루한 병시중이 시작됐다. 아이를 여럿 낳고 오순도순 살고자 했던 영순의 꿈이 산산이 부서졌다. 신이 있다면 마치 자신을 희롱하는 것 같다고 생각했다. 다른 사람들은 모두 행복한데 나만 이렇게 불행하다고.

영순은 제 분노를 차돌에게 돌렸다. 특별한 이유는 없었다. 가장 가까이 있고, 만만한 존재라는 것 외에는. 남편이 병든 것도, 제 배로 아이를 낳을 수 없는 것도, 과부가 된 것도 모두 차돌이 잘못이 됐다. 자신의 힘으로 어찌할 수 없는 불행을 남의 탓으로 돌리니 현실은 달라지지 않을지언정 적어도 속은 후련했다. 처음엔 한두 대 때리는 걸로 시작했다. 그게 석 대, 넉 대가 되고 마침내 걷잡을 수 없어졌다.

때로는 점차 잔인하게 변하는 자신을 보며 흠칫 놀라기도 했다. 하지만 시간이 지나자 그것도 금세 무덤덤해졌다. 어느 순간 영순은 차돌을 괴롭히는 걸 즐기는 자신을 발견했다. 누군가를 괴롭히는 순간에는 적어도 자신이 힘 있고 대단한 존재처럼 느껴졌다. 그렇게 학대는 일상이 되어갔다.

휘이이익.

한 줄기 바람이 불어와 방을 밝히고 있던 촛불을 껐다.

영순은 쯧쯧, 혀를 차며 몸을 일으켜 부엌에서 불씨를 가져오려 했다. 그때 누군가 치맛자락을 잡아당겼다. 내려다보니 얼굴에 핏기 하나 없이 창백한 아이가 자신을 올려다보고 있었다.

"에그머니나!"

영순이 화들짝 놀라 비명을 질렀다.

"너, 너, 너는!"

어머니.

아이는 차돌의 얼굴을 하고 있었다.

어머니, 나랑 놀아줘요.

영순은 등골이 서늘했다. 분명 죽어서 묻은 아이가 왜 여기 있나. 혹시 나한테 복수라도 하려고 나타난 걸까. 하지만 난 차돌이를 죽이지 않았는데.

거짓말! 어머니가 나를 죽였잖아요!

차돌의 눈빛이 순식간에 무섭게 변했다.

"아니야, 내가 그런 게 아니야!"

영순이 슬슬 뒷걸음질 쳤다. 차돌에게서 멀어지려는 것처럼. 하지만 아이는 얼음판 위를 미끄러지는 것처럼 스르륵 다가왔다.

거짓말! 거짓말! 거짓말!

차돌이 앵무새처럼 같은 말을 반복했다. 지치지도 않는 것처럼 몇 번씩이나. 반복해서 말할수록 목소리도 점점 커졌다. 영순의 귓가가 윙윙 울리기 시작했다. '거짓말'이라는 아이의 말이 귀에 딱 달라붙어 떨어지지 않았다.

"그만해!"

견딜 수 없어진 영순이 두 귀를 막고 소리쳤다.

갑자기 차돌의 목소리가 뚝 끊겼다.

귓가를 윙윙 울리던 소음도 함께 사라졌다. 한순간 소리가 사라진 집 안은 괴이하리만치 정적이 감돌았다.

영순은 언제 깨질지 모를 고요가 섬뜩했다. 등에서 식은땀이 배어나와 옷을 축축하게 적셨다. 불쾌한 땀 냄새가 코를 찔렀다. 어쩌면 그건 공포의 냄새인지도 모르겠다고 영순은 생각했다.

나쁜 아이는 벌을 받아야 해.

차돌이 낮은 소리로 말했다. 아이답지 않게 낮고 음산한 목소리였다. 영순은 저도 모르게 몸을 부르르 떨었다.

나쁜 어른도 벌을 받아야 해.

차돌의 목소리는 아까보다 훨씬 더 섬뜩했다.

"미안해, 내가 잘못했어. 그럴 생각은 없었어."

겁에 질린 영순이 차돌 앞에 꿇어앉아 두 손을 싹싹 빌었다.

죄송해요, 죄송해요, 죄송해요, 죄송해요!

이번엔 차돌이 새된 아이 목소리를 냈다.

영순은 다시 머리가 지끈거려 통증이 밀려오는 관자놀이를 손가락으로 꾹꾹 눌렀다. 높고 가는 아이의 목소리가 쉴 새 없이 지껄이는 걸 듣고 있자니 머리가 터져버릴 것만 같았다.

이제 제발 그만하라고 소리를 지를 뻔했다가 얼른 입을 다물었다.

잘못한 걸 아는데 왜 자꾸만 그런 짓을 한 거지?

차돌이 얼굴을 스윽 들어 올렸다. 말갛던 아이 얼굴엔 온통 짓무른 화상 자국이 뒤덮여 있었다. 녹아서 달라붙은 피부는 똑바로 쳐다보기 힘들 정도였다. 생긴 지 얼마 안 된 듯한 시뻘건 상처에선 누런 고름이 끊임없이 흘렀다.

"저, 저리 가!"

영순이 눈을 가리며 슬슬 뒤로 물러섰다.

왜요?

스르륵.

미끄러지듯 차돌이 영순에게 다가왔다.

어머니가 이렇게 하셨잖아요.

"아니야, 아니야!"

영순은 고개를 흔들며 마루에서 뛰어내려 안마당으로 달려갔다. 싸리문까지 질주한 영순이 다급하게 문을 열려 했다. 하지만 마음과는 달리 간단히 여닫는 문 걸쇠가 아무리 해도 열리지 않았다.

밖에 함부로 나다니지 마!

어느새 다가온 차돌이 섬뜩한 목소리로 말했다.

문득 발치에서 열기가 느껴져 쳐다보니 차돌의 한 손엔 벌겋게 달궈진 부지깽이가 들려 있었다. 차돌이 부지깽이를 들어 보이며 씩 웃었다.

"안 돼, 저리 가! 저리 가!"

스르륵.

영순이 손을 휘저어도 아랑곳없이 차돌이 단번에 거리를 좁혀 왔다.

치이익.

곧이어 살갗이 타들어가는 소리가 들리며 허벅지에 참을 수 없는 고통이 밀려왔다.

치맛자락이 시커멓게 타들어가 그 속에 있는 살점이 벌겋게 익었다.

"꺄아아악!"

비명을 지른 영순이 바닥에 쓰러졌다. 너무 고통스러워 혀를 물 것만 같았다. 저도 모르는 사이 눈이 뒤집혔다. 영순은 흰자를 드러내고 드러누워 헐떡거렸다.

나쁜 아이는 벌을 받아야 해.

나쁜 어른도 벌을 받아야 해.

차돌이 노래하듯 흥얼거리며 다가왔다.

지지직.

이번엔 손등이 불에 타들어갔다. 제 살이 익어가는 소리와 냄새에 영순은 헛구역질이 밀려왔다. 격렬한 고통이 뇌를 마비시킬 것 같았다. 입에 게거품이 끓었다.

"미안해, 제발 그만해, 제발!"

영순이 흐느껴 울면서 절규했다.

왜 내가 살아있을 땐 미안해하지 않았어요?

차돌이 싸늘한 목소리로 물었다.

차돌의 시선이 안마당 어딘가로 향했다. 영순은 차돌의 눈길이 닿은 곳을 보고 헉, 숨을 들이켰다.

차돌은 화로를 바라보고 있었다. 조금 전까지 영순이 몸을 녹이던 화로엔 시뻘건 숯 더미가 가득했다.

"아니야, 안 돼. 하지 마, 안 돼!"

영순이 차돌에게 애걸했다. 땀인지 눈물인지 모를 액체로 얼굴이 뒤범벅됐다.

씨익.

차돌이 웃으며 부지깽이를 높이 들어 올린 순간.

"안 돼!"

영순은 절규하며 미친 듯이 어딘가를 향해 달려갔다.

선노미와 종훈이 포졸들과 함께 영순을 찾아왔을 때 영순은 이미 숨이 끊어진 뒤였다.

포졸들이 전한 말로는 영순은 숯이 이글이글 타는 화로에 머리를 처박고 죽어 있었다고 했다. 태어나 그런 끔찍한 광경은 처음이라고, 목격한 사람들은 다들 입을 모았다.

영순의 죽음은 두고두고 마을 사람들 입에 오르내렸다. 사고라고 주장한 사람들은 제 손으로 목숨을 끊는다면 그렇게 잔혹하고 고통스러운 방법을 택하지 않았을 거라고 했다. 한편 어떤 이들은 사고로 화로가 쓰러져 몸을 덮쳤다면 온몸에 화상 자국이 나 있을 텐데 다른 곳은 깨끗하고 얼굴만 뭉개진 것으로 보아 의도한 죽음이 틀림없다고 반박했다. 결국 영순의 죽음은 수수께끼로 남았다.

선노미가 보기에 영순은 무언가로부터 도망치려 했던 것 같았다. 그게 무엇이든 자신을 괴롭히는 끔찍한 것으로부터 도망가기 위해 우왕좌왕하다 혼미한 정신에 화로에 얼굴을 처박았을 것이다. 영순이 본 것이 실재했건, 양심이 빚어낸 환영이었건 간에 천벌을 받은 게 틀림없다고 선노미는 생각했다.

영순이 죽은 뒤에도 선노미는 한동안 차돌의 죽음이 남긴 여파에서 벗어날 수 없었다. 자신이 차돌을 구할 수 있었던 기회는 여러 번 있었다. 하지만 모두 놓쳐버렸다. 차돌의 처지를 빨리 깨닫지 못해서, 차돌의 집 앞에서 발길을 돌려서. 차돌의 죽음이 마치 제 책임인 것처럼 느껴졌다.

"차돌이 그렇게 된 건 네 탓이 아니다."

종훈이 조용히 타일렀다.

"하지만……."

"그 아이를 살릴 수 있었단 말은 하지 말거라. 우리는 앞일을 내다볼 수 있는 신이 아니야."

선노미가 고개를 푹 숙였다.

"잘못이 있다면 그건 차돌이한테 무관심했던 어른들이지 네가 아니다."

종훈의 목소리가 씁쓸해졌다.

"그때 차돌이를 집에 돌려보내지 말걸 그랬어요."

종훈은 고개를 저었다.

"했더라면이라는 말로 달라지는 건 아무것도 없어. 중요한 건 지금, 그리고 미래야."

종훈에게서 드물게 나온 엄한 말투였다. 그 말이 어쩐지 선노미의 가슴에 묵직하게 와닿았다. 선노미가 고개를 들어 종훈을 바라봤다.

"내 생각엔 차돌이가 너한테 고마워하고 있을 것 같구나."

다소 누그러진 어조로 종훈이 말을 이었다.

"왜 그렇게 생각하세요?"

"너는 이야기가 차돌에게 어떤 의미인지를 잘 알고 있으니까."

이해가 가지 않아 선노미가 종훈을 물끄러미 바라봤다.

"이야기의 힘은 생각보다 크다. 사람을 웃기고, 울리고, 때로는 죽이거나 살릴 수도 있어. 차돌이에게 이야기는 살아갈 힘이었을 거다."

종훈이 진지한 눈빛으로 선노미를 바라봤다.

"그걸 가장 잘 아는 사람이 바로 너 아니냐? 그러니 차돌의 마음도 가장 잘 이해했을 게야."

"이야기의 힘……."

선노미가 종훈이 한 말을 따라 중얼거렸다. 문득 비슷한 말을 했던 게 떠올랐다.

저는 어떤 이야기가 좋은 이야기인지 모릅니다. 하지만 이 이야기들을 할 때 사람들은 울고 웃었습니다. 저도 먼발치서 이야기를 엿들으며 속으로 같이 기뻐하고, 화를 냈습니다. 그러니 황당하고 뜬구름 잡는 얘기라도 얕잡아볼 수만은 없지 않겠습니까?

바로 자신이 했던 말이었다. 왜 기이한 이야기에 끌리냐고 물었던 연암에게 자신은 그렇게 대답했다. 그런데 그 말뜻을 이제야 깨닫다니.

"나 역시 이야기의 도움을 받았다."

종훈이 담담하게 말을 이었다.

"기담회에서 모든 걸 털어놓고 난 뒤 난 모두 내려놓을 수 있었어. 이야기 덕분에, 네 덕분에 위안을 얻었던 거다."

선노미는 묵직한 게 가슴으로 치솟는 것 같았다. 종훈 말고도 기담회와 이야기에서 위안을 받았다는 사람들이 더러 있었다. 하지만 그들은 모를 것이다. 가장 위안을 받은 건 바로 자신이었다는 걸.

"했더라면이라는 말로 달라질 건 아무것도 없다."

무슨 생각에선지 종훈이 조금 전 했던 말을 되풀이했다.

"그러니 이제 앞으로 나아갈 때야. 선노미 너, 사실 방황하고 있는 게지?"

선노미는 화들짝 놀랐다.

"뭔가 사정이 있으리라는 건 안다. 하지만 지나고 나서 후회하면 늦어."

선노미를 바라보는 종훈의 눈빛은 다정하면서도 엄했다.

"너도 이번 일로 아마 그걸 깨달았을 테지."

선노미가 가만히 고개를 끄덕였다. 이제껏 스치고 지나갔던 많은 사람들이 해준 이야기가 불현듯 머릿속에 하나씩 되살아났다.

세상에 쓸모없는 건 하나도 없다.

언제까지 도망 다닐 거냐?

네 인생을 살아.

선노미가 주먹을 꾹 쥐었다. 이제는 분명히 알 수 있다. 무엇을 해야 할지. 무엇을 잘할 수 있을지. 이 세상에 쓸모없는 일이라는 게 없다면, 그리고 만약 소명이라는 게 있다면 자신의 소명은 무엇인지.

'나도 이야기의 힘을 믿어.'

그렇게 생각하자 자신이 있어야 할 곳이 어딘지 비로소 선명해졌다. 그건 바로 이야기가 모이고 이야기를 만드는 삼개주막이었다. 연암과 처음 만났고, 함께 기담회를 만들었던 곳. 어머니와 사랑하는 가족들이 자신이 돌아오길 기다리는 곳.

'돌아가자. 이젠 돌아가야 할 때야.'

선노미가 고개를 번쩍 들어 종훈을 바라보았다.

종훈은 고개를 끄덕이며 그저 미소만 지었다.

삼개주막은 한양 도성에서 서남쪽으로 10리쯤 떨어진 마포나루 어귀에 있었다.

마포나루, 혹은 삼개나루라고도 불리는 그곳은 한강을 거슬러 오는 장삿배들과 사람들로 언제나 북적거렸다. 많고 많은 사람들이 모여드는 이곳엔 사람들만큼이나 괴이하고 신기한 기담도 모여들었다.

신기한 이야기가 만나는 곳에서 선노미는 자신의 긴 여정을 시작했다. 이야기를 통해 괴짜 선비 연암과 만나고, 그와 함께 이야기를 찾아 더 넓은 세상으로 떠났다.

한때 어두운 마음에 홀려 홀로 길을 헤맸던 소년은 이제 한층 성숙하고 성장한 모습으로 다시 자신의 출발점을 향해 돌아가려 하고 있었다.